JN057282

晩年

晩年　目次

葉

撰(えら)ばれてあることの
恍惚(こうこつ)と不安と
二つわれにあり

ヴェルレエヌ

死のうと思っていた。ことしの正月、よそから着物を一反もらった。お年玉としてである。着物の布地は麻であった。鼠色のこまかい縞目(しまめ)が織りこめられていた。これは夏に着る着物であろう。夏まで生きていようと思った。

ノラもまた考えた。廊下へ出てうしろの扉をばたんとしめたときに考えた。帰ろうかしら。

私がわるいことをしないで帰ったら、妻は笑顔をもって迎えた。

その日その日を引きずられて暮しているだけであった。下宿屋で、たった独りして酒を飲み、独りで酔い、そうしてこそこそ蒲団を延べて寝る夜はことにつらかった。夢をさえ見なかった。疲れ切っていた。何をするにも物憂かった。「汲み取り便所は如何に改善すべきか?」という書物を買って来て本気に研究したこともあった。彼はその当時、従来の人糞の処置には可成まいっていた。

新宿の歩道の上で、こぶしほどの石塊がのろのろ這って歩いているのを見たのだ。石が這って歩いているな。ただそう思うていた。しかし、その石塊は彼のまえを歩いている薄汚い子供が、糸で結んで引摺っているのだということが直ぐに判った。

子供に欺かれたのが淋しいのではない。そんな天変地異をも平気で受け入れ得た彼自身の自棄が淋しかったのだ。

そんなら自分は、一生涯こんな憂鬱と戦い、そうして死んで行くということに成るんだな、と思えばおのが身がいじらしくもあった。青い稲田が一時にぽっと霞んだ。泣いたのだ。

彼は狼狽えだした。こんな安価な殉情的な事柄に涕を流したのが少し恥かしかったのだ。電車から降りるとき兄は笑うた。

「莫迦にしょげてるな。おい、元気を出せよ」

そうして竜の小さな肩を扇子でポンと叩いた。夕闇のなかでその扇子が恐ろしいほど白っぽかった。竜は頬のあからむほど嬉しくなった。兄に肩をたたいて貰ったのが有難かったのだ。いつもせめて、これぐらいにでも打ち解けて呉れるといいが、と果敢なくも願うのだった。

訪ねる人は不在であった。

兄はこう言った。「小説を、くだらないとは思わぬ。おれには、ただ少しまだるっこいだけである。たった一行の真実を言いたいばかりに百頁の雰囲気をこしらえている」私は言い憎そうに、考え考えしながら答えた。「ほんとうに、言葉は短いほどよい。それだけで、信じさせることができるならば」

また兄は、自殺をいい気なものとして嫌った。けれども私は、自殺を処世術みたいな打算的なものとして考えていた矢先であったから、兄のこの言葉を意外に感じた。

白状し給え。え？　誰の真似なの？
水到りて渠成る。

彼は十九歳の冬、「哀蚊」という短篇を書いた。それは、よい作品であった。同時に、それは彼の生涯の渾沌を解くだいじな鍵となった。形式には、「雛」の影響が認められた。けれども心は、彼のものであった。原文のまま。

おかしな幽霊を見たことがございます。あれは、私が小学校にあがって間もなくのことでございますから、どうせ幻燈のようにとろんと霞んでいるに違いございませぬ。いいえ、でも、その青蚊帳に写した幻燈のような、ぼやけた思い出が奇妙にも私には年一年と愈々はっきりして参るような気がするのでございます。

なんでも姉様がお婿をとって、あ、ちょうどその晩のことでございます。御祝言の晩のことでございました。芸者衆がたくさん私の家に来て居りまして、ひとりのお綺麗な半玉さんに紋附の綻びを縫って貰ったりしましたのを覚えて居りますし、父様が離座敷の真暗な廊下で脊のお高い芸者衆とお相撲をお取りになっていらっしゃったのもあの晩のことでございました。父様はその翌年お歿くなりになられ、今では私の家の客間の壁の大きな御写真のなかに、おはいりになって居られるのでございますが、私はこの御写真を見るたびごとに、あの晩のお相撲のことを必ず思い出すのでございます。私の父様は、弱い人をいじめるようなことは決してなさらないお方でございましたから、あのお相撲も、きっと芸者衆が何かひどくいけないことをなしたので父様はそれをお懲しめになっていらっしゃったのでございましょう。

それやこれやと思い合せて見ますと、確かにあれは御祝言の晩に違いございませぬ。ほんとうに申し訳がございませぬけれど、なにもかも、まるで、青蚊帳の幻燈のような、そのような有様でございますから、どうで御満足の行かれますようお話ができかねるのでございます。てもなく夢物語、いいえ、でも、あの晩に哀蚊の話を聞かせて下さったときの婆様の御めめと、それから、幽霊、とだけは、あれだけは、どなたがなんと仰言ったとて決して決して夢ではございませぬ。夢だなぞとおろかなこと、もうこれ、こんなにまざまざ眼先に浮んで参ったではございませんか。あの婆様の御めめと、それから。

さようでございます。私の婆様ほどお美しい婆様もそんなにあるものではございませぬ。

昨年の夏お歿くなりになられましたけれど、その御死顔と言ったら、すごいほど美しいとはあれでございましょう。白蝋の御両頬には、あの夏木立の影も映らむばかりでございました。そんなにお美しくていらっしゃるのに、縁遠くて、一生鉄漿をお附けせずにお暮しなさったのでございます。

「わしという万年白歯を餌にして、この百万の身代ができたのじゃぞえ」

富本でこなれた渋い声で御生前よくこう言い言いして居られましたから、いずれこれには面白い因縁でもあるのでございましょう。どんな因縁なのだろうなどと野暮なお探りはお止しなさいませ。婆様がお泣きなさるでございましょう。と申しますのは、私の婆様は、それはそれは粋なお方で、ついに一度も縮緬の縫紋の御羽織をお離しになったことがございませんでした。お師匠をお部屋へお呼びなされて富本のお稽古をお始めになられたのも、よほど昔からのことでございましたでしょう。私なぞも物心地が附いてからは、日がな一日、婆様の老松やら浅間やらの咽び泣くような哀調のなかにうっとりしているときがままございました程で、世間様から隠居芸者とはやされ、婆様御自身もそれをお耳にしては美しくお笑いになって居られたようでございました。いかなることか、私は幼いときからこの婆様が大好きで、乳母から離れるとすぐ婆様の御懐に飛び込んでしまったのでございます。もっとも私の母様は御病身でございました故、子供には余り構うて呉れなかったのでございます。父様も母様も婆様のほんとうの御子ではございませぬから、婆様はあまり母様のほうへお遊びに参りませず四六時中、離座敷のお部屋にばかりいらっしゃいますので、私も婆様のお傍(そば)にくっついて三日も四日も母様のお顔を見ないことは珍しゅうございませんでした。それゆえ婆様も、私の姉様なぞよりずっと私のほうを可愛がって下さいまして、毎晩のように草双紙(くさぞうし)を読んで聞かせて下さったのでございます。なかにも、あれあの八百屋お七の物語を聞いたときの感激は私は今でもしみじみ味うことができるのでございます。そしてまた、婆様がおたわむれに私を「吉三(きちざ)」「吉三」とお呼びになって下さった折のその嬉しさ。らんぷの黄色い燈火(ともしび)の下でしょんぼり草双紙をお読みになっていらっしゃる婆様のお美しい御姿、左様、私はことごとくよく覚えているのでございます。

　とりわけあの晩の哀蚊の御寝物語は、不思議と私には忘れることができないのでございます。そう言えばあれは確かに秋でございました。

「秋まで生き残されている蚊を哀蚊と言うのじゃ。蚊燻(かいぶ)しは焚(た)かぬもの。不憫(ふびん)の故にな」

ああ、一言一句そのまんま私は記憶して居ります。婆様は寝ながら滅入(めい)るような口調でそう語られ、そうそう、婆様は私を抱いてお寝になられるときには、きまって私の両足を婆様のお脚のあいだに挟んで、温めて下さったものでございます。或る寒い晩なぞ、婆様は私の寝巻をみんなお剥ぎとりになってしまいになり、婆様御自身も輝くほどお綺麗な御素肌をおむきだし下さって、私を抱いてお寝になりお温めなされてくれたこともございました。それほど婆様は私を大切にしていらっしゃったのでございます。

「なんの。哀蚊はわしじゃがな。はかない……」

仰言りながら私の顔をつくづくと見まもりましたけれど、あんなにお美しい御めめもないものでございます。母屋の御祝言の騒ぎも、もうひっそり静かになっていたようでございましたし、なんでも真夜中ちかくでございましたでしょう。秋風がさらさらと雨戸を撫でて、軒の風鈴がその度毎に弱弱しく鳴って居りましたのも幽かに思いだすことができるのでございます。ええ、幽霊を見たのはその夜のことでございます。ふっと眼をさましまして、おしっこ、と私は申しましたのでございます。婆様の御返事がございませんでしたので、寝ぼけながらあたりを見廻しましたけれど、婆様はいらっしゃらなかったのでございます。心細く感じながらも、ひとりでそっと床から脱け出しまして、てらてら黒光りのする欅普請の長い廊下をこわごわお厠のほうへ、足の裏だけは、いやに冷や冷やして居りましたけれど、なにさま眠くって、まるで深い霧のなかをゆらりゆらり泳いでいるような気持ち、そのときです。幽霊を見たのでございます。長い長い廊下の片隅に、白くしょんぼり蹲くまって、かなり遠くから見たのでございますから、ふいるむのように小さく、けれども確かに、確かに、姉様と今晩の御婿様とがお寝になって居られるお部屋を覗いているのでございます。幽霊、いいえ、夢ではございませぬ。

芸術の美は所詮、市民への奉仕の美である。

花きちがいの大工がいる。邪魔だ。

それから、まち子は眼を伏せてこんなことを囁いた。

「あの花の名を知っている？　指をふれればぱちんとわれて、きたない汁をはじきだし、みるみる指を腐らせる、あの花の名が判ったらねえ」

僕はせせら笑い、ズボンのポケットへ両手をつっ込んでから答えた。

「こんな樹の名を知っている？　その葉は散るまで青いのだ。葉の裏だけがじりじり枯れて虫に食われているのだが、それをこっそりかくして置いて、散るまで青いふりをする。

あの樹の名さえ判ったらねえ」

「死ぬ？　死ぬのか君は？」

ほんとうに死ぬかも知れないと小早川は思った。去年の秋だったかしら、なんでも青井の家に小作争議が起ったりしていろいろのごたごたが青井の一身上に振りかかったらしいけれど、そのときも彼は薬品の自殺を企て三日も昏睡し続けたことさえあったのだ。またついせんだっても、僕がこんなに放蕩をやめないのもつまりは僕の身体がまだ放蕩に堪え得るからであろう。去勢されたような男にでもなれば僕は始めて一切の感覚的快楽をさけて、闘争への財政的扶助に専心できるのだ、と考えて、三日ばかり続けてP市の病院に通い、その伝染病舎の傍の泥溝の水を掬って飲んだものだそうだ。けれどもちょっと下痢をしただけで失敗さ、とそのことを後で青井が頬あからめて話すのを聞き、小早川は、そのインテリ臭い遊戯をこのうえなく不愉快に感じたが、しかし、それほどまでに思いつめた青井の心が、少からず彼の胸を打ったのも事実であった。

「死ねば一番いいのだ。いや、僕だけじゃない。少くとも社会の進歩にマイナスの働きをなしている奴等は全部、死ねばいいのだ。それとも君、マイナスの者でもなんでも人はすべて死んではならぬという科学的な何か理由があるのかね」

「ば、ばかな」

小早川には青井の言うことが急にばからしくなって来た。

「笑ってはいけない。だって君、そうじゃないか。祖先を祭るために生きていなければならないとか、人類の文化を完成させなければならないとか、そんなたいへんな倫理的な義務としてしか僕たちは今まで教えられていないのだ。なんの科学的な説明も与えられていないのだ。そんなら僕たちマイナスの人間は皆、死んだほうがいいのだ。死ぬとゼロだよ」

「馬鹿！　何を言っていやがる。どだい、君、虫が好すぎるぞ。それは成る程、君も僕もぜんぜん生産にあずかっていない人間だ。それだからとて、決してマイナスの生活はしていないと思うのだ。君はいったい、無産階級の解放を望んでいるのか。無産階級の大勝利を信じているのか。程度の差はあるけれども、僕たちはブルジョアジイに寄生している。それは確かだ。だがそれはブルジョアジイを支持しているのとはぜんぜん意味が違うのだ。一のプロレタリアアトへの貢献と、九のブルジョアジイへの貢献と君は言ったが、何を指してブルジョアジイへの貢献と言うのだろう。わざわざ資本家の懐を肥してやる点では、僕たちだってプロレタリアアトだって同じことなんだ。資本主義的経済社会に住んでいることが裏切りなら、闘士にはどんな仙人が成るのだ。そんな言葉こそウルトラというものだ。小児病（キンデルクランクハイト）というものだ。一のプロレタリアアトへの貢献、それで沢山。その一が尊いのだ。その一だけの為に僕たちは頑張って生きていなければならないのだ。そうしてそれが立派にプラスの生活だ。死ぬなんて馬鹿だ。死ぬなんて馬鹿だ」

生れてはじめて算術の教科書を手にした。小型の、まっくろい表紙。ああ、なかの数字の羅列（られつ）がどんなに美しく眼にしみたことか。少年は、しばらくそれをいじくっていたが、やがて、巻末のペエジにすべての解答が記されているのを発見した。少年は眉をひそめて呟（つぶや）いたのである。「無礼だなあ」

外はみぞれ、何を笑うやレニン像。

叔母の言う。

「お前はきりょうがわるいから、愛嬌（あいきょう）だけでもよくなさい。お前はからだが弱いから、心だけでもよくなさい。お前は嘘（うそ）がうまいから、行いだけでもよくなさい」

知っていながらその告白を強いる。なんというぃんけんな刑罰であろう。

満月の宵。光っては崩れ、うねっては崩れ、逆巻き、のた打つ浪のなかで互いに離れまいとつないだ手を苦しまぎれに俺が故意と振り切ったとき女は忽ち浪に呑まれて、たかく名を呼んだ。俺の名ではなかった。

われは山賊。うぬが誇をかすめとらむ。

「よもやそんなことはあるまい、あるまいけれど、な、わしの銅像をたてるとき、右の足を半歩だけ前へだし、ゆったりとそりみにして、左の手はチョッキの中へ、右の手は書き損じの原稿をにぎりつぶし、そうして首をつけぬこと。いやいや、なんの意味もない。雀の糞を鼻のあたまに浴びるなど、わしはいやなのだ。そうして台石には、こう刻んでおくれ。ここに男がいる。生れて、死んだ。一生を、書き損じの原稿を破ることに使った」

メフィストフェレスは雪のように降りしきる薔薇（ばら）の花弁に胸を頬を掌を焼きこがされて往生したと書かれてある。

留置場で五六日を過して、或る日の真昼、俺はその留置場の窓から脊のびして外を覗くと、中庭は小春の日ざしを一杯に受けて、窓ちかくの三本の梨の木はいずれもほつほつと花をひらき、そのしたで巡査が二三十人して教練をやらされていた。わかい巡査部長の号令に従って、皆はいっせいに腰から捕縄を出したり、呼笛を吹きならしたりするのであった。俺はその風景を眺め、巡査ひとりひとりの家について考えた。

私たちは山の温泉場であてのない祝言をした。母はしじゅうくつくつと笑っていた。宿の女中の髪のかたちが奇妙であるから笑うのだと母は弁明した。嬉しかったのであろう。無学の母は、私たちを炉ばたに呼びよせ、教訓した。お前は十六魂（たまし）だから、と言いかけて、自信を失ったのであろう、もっと無学の花嫁の顔を覗き、のう、そうでせんか、と同意を求めた。母の言葉は、あたっていたのに。

妻の教育に、まる三年を費やした。教育、成ったころより、彼は死のうと思いはじめた。

病む妻や　とどこおる雲　鬼すすき。

赤え赤え煙こあ、もくらもくらと蛇体みたいに天さのぼっての、ふくれた、ゆららと流れた、のっそらと大浪うった、ぐるっぐるっと渦まえた、間もなくし、火の手あ、のののと荒けなくなり、地ひびきたてたて山ばのぼり始めたずおん。山あ、てっぺらまで、まんどろに明るくなったずおん。どうどうと燃えあがる千本万本の冬木立ば縫い、人を乗せたまっくろい馬こあ、風みたいに馳せていたずおん。（ふるさとの言葉で）

たった一言知らせて呉れ！　“Nevermore”

空の蒼く晴れた日ならば、ねこはどこからかやって来て、庭の山茶花のしたで居眠りしている。洋画をかいている友人は、ペルシャでないか、と私に聞いた。私は、すてねこだろう、と答えて置いた。ねこは誰にもなつかなかった。ある日、私が朝食の鰯を焼いていたら、庭のねこがものうげに泣いた。私も縁側へでて、にゃあ、と言った。ねこは起きあがり、静かに私のほうへ歩いて来た。私は鰯を一尾なげてやった。ねこは逃げ腰をつかいながらもたべたのだ。私の胸は浪うった。わが恋は容れられたり。ねこの白い毛を撫でたく思い、庭へおりた。脊中の毛にふれるや、ねこは、私の小指の腹を骨までかりりと噛み裂いた。

役者になりたい。

むかしの日本橋は、長さが三十七間四尺五寸あったのであるが、いまは廿七間しかない。それだけ川幅がせまくなったものと思わねばいけない。このように昔は、川と言わず人間と言わず、いまよりはるかに大きかったのである。

この橋は、おおむかしの慶長七年に始めて架けられて、そののち十たびばかり作り変えられ、今のは明治四十四年に落成したものである。大正十二年の震災のときは、橋のらんかんに飾られてある青銅の竜の翼が、焔に包まれてまっかに焼けた。

私の幼時に愛した木版の東海道五十三次道中双六では、ここが振りだしになっていて、幾人ものやっこのそれぞれ長い槍を持ってこの橋のうえを歩いている画が、のどかにかかれてあった。もとはこんなぐあいに繁華であったのであろうが、いまは、たいへんさびれてしまった。魚河岸が築地へうつってからは、いっそう名前もすたれて、げんざいは、たいていの東京名所絵葉書から取除かれている。

ことし、十二月下旬の或る霧のふかい夜に、この橋のたもとで異人の女の子がたくさんの乞食の群からひとり離れて佇んでいた。花を売っていたのは此の女の子である。三日ほどまえから、黄昏どきになると一束の花を持ってここへ電車でやって来て、東京市の丸い紋章にじゃれついている青銅の唐獅子の下で、三四時間ぐらい黙って立っているのである。

日本のひとは、おちぶれた異人を見ると、きっと白系の露西亜人にきめてしまう憎い習性を持っている。いま、この濃霧のなかで手袋のやぶれを気にしながら花束を持って立っている小さい子供を見ても、おおかたの日本のひとは、ああロシヤがいる、と楽な気持で呟くにちがいない。しかも、チエホフを読んだことのある青年ならば、父は退職の陸軍二等大尉、母は傲慢な貴族、とうっとりと独断しながら、すこし歩をゆるめるであろう。また、ドストエーフスキイを覗きはじめた学生ならば、おや、ネルリ！ と声を出して叫んで、あわてて外套の襟を掻きたてるかも知れない。けれども、それだけのことであって、そのうえ女の子に就いてのふかい探索をして見ようとは思わない。

しかし、誰かひとりが考える。なぜ、日本橋をえらぶのか。こんな、人通りのすくないほの暗い橋のうえで、花を売ろうなどというのは、よくないことなのに、——なぜ？

その不審には、簡単ではあるが頗るロマンチックな解答を与え得るのである。それは、彼女の親たちの日本橋に対する幻影に由来している。ニホンでいちばんにぎやかな良い橋はニホンバシにちがいない、という彼等のおだやかな判断に他ならぬ。

女の子の日本橋でのあきないは非常に少なかった。第一日目には、赤い花が一本売れた。お客は踊子である。踊子は、ゆるく開きかけている赤い蕾を選んだ。

「咲くだろうね」

と、乱暴な聞きかたをした。

女の子は、はっきり答えた。

「咲キマス」

二日目には、酔いどれの若い紳士が、一本買った。このお客は酔っていながら、うれい顔をしていた。

「どれでもいい」

女の子は、きのうの売れのこりのその花束から、白い蕾をえらんでやったのである。紳士は盗むように、こっそり受け取った。

あきないはそれだけであった。三日目は、即ちきょうである。つめたい霧のなかに永いこと立ちつづけていたが、誰もふりむいて呉れなかった。

橋のむこう側にいる男の乞食が、松葉杖つきながら、電車みちをこえてこっちへ来た。女の子に縄張りのことで言いがかりをつけたのだった。女の子は三度もお辞儀をした。松葉杖の乞食は、まっくろい口鬚を噛みしめながら思案したのである。

「きょう切りだぞ」

とひくく言って、また霧のなかへ吸いこまれていった。

女の子は、間もなく帰り仕度をはじめた。花束をゆすぶって見た。花屋から屑花を払いさげてもらって、こうして売りに出てから、もう三日も経っているのであるから花はいい加減にしおれていた。重そうにうなだれた花が、ゆすぶられる度毎に、みんなあたまを顫わせた。

それをそっと小わきにかかえ、ちかくの支那蕎麦の屋台へ、寒そうに肩をすぼめながらはいって行った。

三晩つづけてここで雲呑を食べるのである。そこのあるじは、支那のひとであって、女の子を一人並の客として取扱った。彼女にはそれが嬉しかったのである。

あるじは、雲呑の皮を巻きながら尋ねた。

「売レマシタカ」

眼をまるくして答えた。

「イイエ。……カエリマス」

この言葉が、あるじの胸を打った。帰国するのだ。きっとそうだ、と美しく禿げた頭を二三度かるく振った。自分のふるさとを思いつつ釜から雲呑の実を掬っていた。

「コレ、チガイマス」

あるじから受け取った雲呑の黄色い鉢を覗いて、女の子が当惑そうに呟いた。

「カマイマセン。チヤシュウワンタン。ワタシノゴチソウデス」

あるじは固くなって言った。

雲呑は十銭であるが、叉焼雲呑は二十銭なのである。

女の子は暫くもじもじしていたが、やがて、雲呑の小鉢を下へ置き、肘のなかの花束からおおきい蕾のついた草花を一本引き抜いて、差しだした。くれてやるというのである。
彼女がその屋台を出て、電車の停留場へ行く途中、しなびかかった悪い花を三人のひとに手渡したことをちくちく後悔しだした。突然、道ばたにしゃがみ込んだ。胸に十字を切って、わけの判らぬ言葉でもって烈(はげ)しいお祈りをはじめたのである。
おしまいに日本語を二言囁いた。
「咲クヨウニ。咲クヨウニ」

安楽なくらしをしているときは、絶望の詩を作り、ひしがれたくらしをしているときは、生のよろこびを書きつづる。

春ちかきや?

どうせ死ぬのだ。ねむるようなよいロマンスを一篇だけ書いてみたい。男がそう祈願しはじめたのは、彼の生涯のうちでおそらくは一番うっとうしい時期に於いてであった。男は、あれこれと思いをめぐらし、ついにギリシャの女詩人、サフォに黄金の矢を放った。あわれ、そのかぐわしき才色を今に語り継がれているサフォこそ、この男のもやもやした胸をときめかす唯一の女性であったのである。

男は、サフォに就いての一二冊の書物をひらき、つぎのようなことがらを知らされた。けれどもサフォは美人でなかった。色が黒く歯が出ていた。ファオンと呼ぶ美しい青年に死ぬほど惚れた。ファオンには詩が判らなかった。恋の身投をするならば、よし死にきれずとも、そのこがれた胸のおもいが消えうせるという迷信を信じ、リュウカディアの岬から怒濤めがけて身をおどらせた。

生活。

よい仕事をしたあとで
一杯のお茶をすする
お茶のあぶくに
きれいな私の顔が

いくつもいくつも
うつっているのさ

どうにか、なる。

思ひ出

一章

黄昏のころ私は叔母と並んで門口に立つてゐた。叔母は誰かをおんぶしてゐるらしく、ねんねこを着て居た。その時の、ほのぐらい街路の靜けさを私は忘れずにゐる。叔母は、てんしさまがお隱れになつたのだ、と私に教へて生き神様、と言ひ添へた。いきがみさま、と私も興深げに呟いたやうな氣がする。それから、私は何か不敬なことを言つたらしい。叔母は、そんなことを言ふものでない、お隱れになつたと言へ、と私をたしなめた。どこへお隱れになつたのだらう、と私は知つてゐながら、わざとさう尋ねて叔母を笑はせたのを思ひ出す。

私は明治四十二年の夏の生れであるから、此の大帝崩御のときは數へどしの四つをすこし越えてゐた。多分おなじ頃の事であつたらうと思ふが、私は叔母とふたりで私の村から二里ほどはなれた或る村の親類の家へ行き、そこで見た瀧を忘れない。瀧は村にちかい山の中にあつた。青々と苔の生えた崖から幅の廣い瀧がしろく落ちてゐた。知らない男の人の肩車に乘つて私はそれを眺めた。何かの社が傍にあつて、その男の人が私にそこのさまざまな繪馬を見せたが私は段々とさびしくなつて、がちや、がちや、と泣いた。私は叔母をがちやと呼んでゐたのである。叔母は親類のひとたちと遠くの窪地に毛氈を敷いて騷いでゐたが、私の泣き聲を聞いて、いそいで立ち上つた。そのとき毛氈が足にひつかかつたらしく、お辭儀でもするやうにからだを深くよろめかした。他のひとたちはそれを見て、醉つた、醉つたと叔母をはやしたてた。私は遙かはなれてこれを見おろし、口惜しくて口惜しくて、いよいよ大聲を立てて泣き喚いた。またある夜、叔母が私を捨てて家を出て行く夢を見た。叔母の胸は玄關のくぐり戸いつぱいにふさがつてゐた。その赤くふくれた大きい胸から、つぶつぶの汗がしたたつてゐた。叔母は、お前がいやになつた、とあらあらしく呟くのである。私は叔母のその乳房に頬をよせて、さうしないでけんせ、と願ひつつしきりに涙を流した。叔母が私を搖り起した時は、私は床の中で叔母の胸に顏を押しつけて泣いてゐた。眼が覺めてからも、私はまだまだ悲しくて永いことすすり泣いた。けれども、その夢のことは叔母にも誰にも話さなかつた。

叔母についての追憶はいろいろとあるが、その頃の父母の思ひ出は生憎と一つも持ち合せない。曾祖母、祖母、父、母、兄三人、姉四人、弟一人、それに叔母と叔母の娘四人の大家族だつた筈であるが、叔母を除いて他のひとたちの事は私も五六歳になるまでは殆ど知らずにゐたと言つてよい。廣い裏庭に、むかし林檎の大木が五六本あつたやうで、どんよりと曇つた日、それらの木に女の子が多人數で昇つて行つた有樣や、そのおなじ庭の一隅に菊畑があつて、雨の降つてゐたとき、私はやはり大勢の女の子らと傘さし合つて菊の花の咲きそろつてゐるのを眺めたことなど、幽かに覺えて居るけれど、あの女の子らが私の姉や從姉たちだつたのかも知れない。

六つ七つになると思ひ出もはつきりしてゐる。私がたけといふ女中から本を讀むことを教へられ二人で樣々の本を讀み合つた。たけは私の教育に夢中であつた。私は病身だつたので、寢ながらたくさん本を讀んだ。讀む本がなくなればたけは村の日曜學校などから子供の本をどしどし借りて來て私に讀ませた。私は默讀することを覺えてゐたので、いくら本を讀んでも疲れないのだ。たけは又、私に道德を教へた。お寺へ屢々連れて行つて、地獄極樂の御繪掛地を見せて説明した。火を放けた人は赤い火のめらめら燃えてゐる籠を脊負はされ、めかけ持つた人は二つの首のある青い蛇にからだを卷かれて、せつながつてゐた。血の池や、針の山や、無間奈落といふ白い煙のたちこめた底知れぬ深い穴や、到るところで、蒼白く痩せたひとたちが口を小さくあけて泣き叫んでゐた。噓を吐けば地獄へ行つてこのやうに鬼のために舌を拔かれるのだ、と聞かされたときには恐ろしくて泣き出した。

そのお寺の裏は小高い墓地になつてゐて、山吹かなにかの生垣に沿うてたくさんの卒堵婆が林のやうに立つてゐた。卒堵婆には、滿月ほどの大きさで車のやうな黑い鐵の輪のついてゐるのがあつて、その輪をからから廻して、やがて、そのまま止つてじつと動かないならその廻した人は極樂へ行き、一旦とまりさうになつてから、又からんと逆に廻れば地獄へ落ちる、とたけは言つた。たけが廻すと、いい音をたててひとしきり廻つて、かならずひつそりと止るのだけれど、私が廻すと後戻りすることがたまたまあるのだ。秋のころと記憶するが、私がひとりでお寺へ行つてその金輪のどれを廻して見ても皆言ひ合せたやうにからんからんと逆廻りした日があつたのである。私は破れかけるかんしやくだまを抑へつつ何十回となく執拗に廻しつづけた。日が暮れかけて來たので、私は絶望してその墓地から立ち去つた。

父母はその頃東京にすまつてゐたらしく、私は叔母に連れられて上京した。私は餘程ながく東京に居たのださうであるが、あまり記憶に殘つてゐない。その東京の別宅へ、ときどき訪れる婆のことを覺えてゐるだけである。私は此の婆がきらひで、婆の來る度毎に泣いた。婆は私に赤い郵便自動車の玩具をひとつ呉れたが、ちっとも面白くなかったのである。

やがて私は故郷の小學校へ入ったが、追憶もそれと共に一變する。たけは、いつの間にかゐなくなってゐた。或漁村へ嫁に行ったのであるが、私がそのあとを追ふだらうといふ懸念からか、私には何も言はずに突然ゐなくなった。その翌年だかのお盆のとき、たけは私のうちへ遊びに來たが、なんだかよそよそしくしてゐた。私に學校の成績を聞いた。私は答へなかった。ほかの誰かが代って知らせたやうだ。たけは、油斷大敵でせえ、と言っただけで格別ほめもしなかった。

同じ頃、叔母とも別れなければならぬ事情が起った。それまでに叔母の次女は嫁ぎ、三女は死に、長女は齒醫者の養子をとってゐた。叔母はその長女夫婦と末娘とを連れて、遠くのまちへ分家したのである。私もついて行った。それは冬のことで、私は叔母と一緒に橇の隅へうずくまってゐると、橇の動きだす前に私のすぐ上の兄が、婿（むこ）、婿（むこ）と私を罵って橇の幌の外から私の尻を何邊もつついた。私は齒を食ひしばって此の屈辱にこらへた。私は叔母に貰はれたのだと思ってゐたが、學校にはひるやうになったら、また故郷へ返されたのである。

學校に入つてからの私は、もう子供でなかつた。裏の空屋敷には色んな雜草がのんのんと繁つてゐたが、夏の或る天氣のいい日に私はその草原の上で弟の子守から息苦しいことを教へられた。私が八つぐらゐで、子守もそのころは十四五を越えてゐまいと思ふ。苜蓿を私の田舍では「ぼくさ」と呼んでゐるが、その子守は私と三つちがふ弟に、ぼくさの四つ葉を搜して來い、と言ひつけて追ひやり私を抱いてころころと轉げ廻つた。それからも私たちは藏の中だの押入の中だのに隱れて遊んだ。弟がひどく邪魔であつた。押入のそとにひとり殘された弟が、しくしく泣き出した爲、私のすぐの兄に私たちのことを見つけられてしまつた時もある。兄が弟から聞いて、その押入の戸をあけたのだ。子守は、押入へ錢(ぜに)を落したのだ、と平氣で言つてゐた。

噓は私もしじゆう吐いてゐた。小學二年か三年の雛祭りのとき學校の先生に、うちの人が今日は雛さまを飾るのだから早く歸れと言つてゐる、と噓を吐いて授業を一時間も受けずに歸宅し、家の人には、けふは桃の節句だから學校は休みです、と言つて雛を箱から出すのに要らぬ手傳ひをしたことがある。また私は小鳥の卵を愛した。雀の卵は藏の屋根瓦をはぐと、いつでもたくさん手にいれられたが、さくらどりの卵やからすの卵などは私の屋根に轉つてなかつたのだ。その燃えるやうな綠の卵や可笑しい斑點のある卵を、私は學校の生徒たちから貰つた。その代り私はその生徒たちに私の藏書を五册十册とまとめて與へるのである。集めた卵は綿でくるんで机の引き出しに一杯しまつて置いた。すぐの兄は、私のその祕密の取引に感づいたらしく、ある晩、私に西洋の童話集ともう一册なんの本だか忘れたが、その二つを貸して呉れと言つた。私は兄の意地惡さを憎んだ。私はその兩方の本とも卵に投資して了つてないのであつた。兄は私がないと言へばその本の行先を追及するつもりなのだ。私は、きつとあつた筈だから捜して見る、と答へた。私は、私の部屋は勿論、家中いつぱいランプをさげて捜して歩いた。兄は私についてあるきながら、ないのだらう、と言つて笑つてゐた。私は、ある、と頑強に言ひ張つた。臺所の戸棚の上によぢのぼつてまで捜した。兄はしまひに、もういい、と言つた。

學校で作る私の綴方も、ことごとく出鱈目であつたと言つてよい。私は私自身を神妙ないい子にして綴るやう努力した。さうすれば、いつも皆にかつさいされるのである。剽竊さへした。當時傑作として先生たちに言ひはやされた「弟の影繪」といふのは、なにか少年雜誌の一等當選作だつたのを私がそつくり盗んだものである。先生は私にそれを毛筆で清書させ、展覽會に出させた。あとで本好きのひとりの生徒にそれを發見され、私はその生徒の死ぬことを祈つた。やはりそのころ「秋の夜」といふのも皆の先生にほめられたが、それは、私が勉強して頭が痛くなつたから縁側へ出て庭を見渡した、月のいい夜で池には鯉や金魚がたくさん遊んでゐた、私はその庭の靜かな景色を夢中で眺めてゐたが、隣部屋から母たちの笑ひ聲がどつと起つたので、はつと氣がついたら私の頭痛がなほつて居た、といふ小品文であつた。此の中には眞實がひとつもないのだ。庭の描寫は、たしか姉たちの作文帳から拔き取つたものであつたし、だいいち私は頭のいたくなるほど勉強した覺えなどさつぱりないのである。私は學校が嫌ひで、したがつて學校の本など勉強したことは一回もなかつた。娯樂本ばかり讀んでゐたのである。うちの人は私が本さへ讀んで居れば、それを勉強だと思つてゐた。

しかし私が綴方へ眞實を書き込むと必ずよくない結果が起つたのである。父母が私を愛して呉れないといふ不平を書き綴つたときには、受持訓導に教員室へ呼ばれて叱られた。「もし戰爭が起つたなら。」といふ題を與へられて、地震雷火事親爺、それ以上に怖い戰爭が起つたなら先づ山の中へでも逃げ込まう、逃げるついでに先生をも誘はう、先生も人間、僕も人間、いくさの怖いのは同じであらう、と書いた。此の時には校長と次席訓導とが二人がかりで私を調べた。どういふ氣持で之を書いたか、と聞かれたので、私はただ面白半分に書きました、といい加減なごまかしを言つた。次席訓導は手帖へ、「好奇心」と書き込んだ。それから私と次席訓導とが少し議論を始めた。先生も人間、僕も人間、と書いてあるが人間といふものは皆おなじものか、と彼は尋ねた。さう思ふ、と私はもぢもぢしながら答へた。私はいつたいに口が重い方であつた。それでは僕と此の校長先生とは同じ人間でありながら、どうして給料が違ふのだ、と彼に問はれて私は暫く考へた。そして、それは仕事がちがふからでないか、と答へた。鐵縁の眼鏡をかけ、顔の細い次席訓導は私のその言葉をすぐ手帖に書きとつた。私はかねてから此の先生に好意を持つてゐた。それから彼は私にこんな質問をした。君のお父さんと僕たちとは同じ人間か。私は困つて何とも答へなかつた。

私の父は非常に忙しい人で、うちにゐることがあまりなかつた。うちにゐても子供らと一緒には居らなかつた。私は此の父を恐れてゐた。父の萬年筆をほしがつてゐながらそれを言ひ出せないで、ひとり色々と思ひ惱んだ末、或る晩に床の中で眼をつぶつたまま寢言(ねごと)のふりして、まんねんひつ、まんねんひつ、と隣部屋で客と對談中の父へ低く呼びかけた事があつたけれど、勿論それは父の耳にも心にもはひらなかつたらしい。私と弟とが米俵のぎつしり積まれたひろい米藏に入つて面白く遊んでゐると、父が入口に立ちはだかつて、坊主、出ろ、出ろ、と叱つた。光を脊から受けてゐるので父の大きい姿がまつくろに見えた。私は、あの時の恐怖を惟ふと今でもいやな氣がする。

母に對しても私は親しめなかつた。乳母の乳で育つて叔母の懷で大きくなつた私は、小學校の二三年のときまで母を知らなかつたのである。下男がふたりかかつて私にそれを教へたのだが、ある夜、傍に寢てゐた母が私の蒲團の動くのを不審がつて、なにをしてゐるのか、と私に尋ねた。私はひどく當惑して、腰が痛いからあんまやつてゐるのだ、と返事した。母は、そんなら揉んだらいい、たたいて許りゐたつて、と眠さうに言つた。私は默つてしばらく腰を撫でさすつた。母への追憶はわびしいものが多い。私が藏から兄の洋服を出し、それを着て裏庭の花壇の間をぶらぶら歩きながら、私の即興的に作曲する哀調のこもつた歌を口ずさんでは涙ぐんでゐた。私はその身装（みなり）で帳場の書生と遊びたく思ひ、女中を呼びにやつたが、書生は仲々來なかつた。私は裏庭の竹垣を靴先でからからと撫でたりしながら彼を待つてゐたのであるが、たうとうしびれを切らして、ズボンのポケツトに兩手をつつ込んだまま泣き出した。私の泣いてゐるのを見つけた母は、どうした譯か、その洋服をはぎ取つて了つて私の尻をぴしやぴしやとぶつたのである。私は身を切られるやうな恥辱を感じた。

私は早くから服裝に關心を持つてゐたのである。シヤツの袖口にはボタンが附いてゐないと承知できなかつた。白いフランネルのシヤツを好んだ。襦袢の襟も白くなければいけなかつた。えりもとからその白襟を一分(いちぶ)か二分(にぶ)のぞかせるやうに注意した。十五夜のときには、村の生徒たちはみんな晴衣を着て學校へ出て來るが、私も毎年きまつて茶色の太い縞のある本ネルの着物を着て行つて、學校の狹い廊下を女のやうになよなよと小走りにはしつて見たりするのであつた。私はそのやうなおしやれを、人に感附かれぬやうひそかにやつた。うちの人たちは私の容貌を兄弟中で一番わるいわるい、と言つてゐたし、そのやうな惡いをとこが、こんなおしやれをすると知られたら皆に笑はれるだらう、と考へたからである。私は、かへつて服裝に無關心であるやうに振舞ひ、しかもそれは或る程度まで成功したやうに思ふ。誰の眼にも私は鈍重で野暮臭く見えたにちがひないのだ。私が兄弟たちとお膳のまへに坐つてゐるときなど、祖母や母がよく私の顏のわるい事を眞面目に言つたものだが、私にはやはりくやしかつた。私は自分をいいをとこだと信じてゐたので、女中部屋なんかへ行つて、兄弟中で誰が一番いいをとこだらう、とそれとなく聞くことがあつた。女中たちは、長兄が一番で、その次が治ちやだ、と大抵さう言つた。私は顏を赤くして、それでも少し不滿だつた。長兄よりもいいをとこだと言つて欲しかつたのである。

私は容貌のことだけでなく、不器用だといふ點で祖母たちの氣にいらなかつた。箸の持ちかたが下手で食事の度毎に祖母から注意されたし、私のおじぎは尻があがつて見苦しいとも言はれた。私は祖母の前にきちんと坐らされ、何回も何回もおじぎをさせられたけれど、いくらやつて見ても祖母は上手だと言つて呉れないのである。

祖母も私にとつて苦手であつたのだ。村の芝居小屋の舞臺開きに東京の雀三郎一座といふのがかかつたとき、私はその興業中いちにちも缺かさず見物に行つた。その小屋は私の父が建てたのだから、私はいつでもただでいい席に坐れたのである。學校から歸るとすぐ、私は柔い着物と着換へ、端に小さい鉛筆をむすびつけた細い銀鎖を帶に吊りさげて芝居小屋へ走つた。生れて始めて歌舞伎といふものを知つたのであるし、私は興奮して、狂言を見てゐる間も幾度となく涙を流した。その興行が濟んでから、私は弟や親類の子らを集めて一座を作り自分で芝居をやつて見た。私は前からこんな催物が好きで、下男や女中たちを集めては、昔話を聞かせたり、幻燈や活動寫眞を映して見せたりしたものである。そのときには、「山中鹿之助」と「鳩の家」と「かつぽれ」と三つの狂言を並べた。山中鹿之助が谷河の岸の或る茶店で、早川鮎之助といふ家來を得る條を或る少年雜誌から拔き取つて、それを私が脚色した。拙者は山中鹿之助と申すものであるが、——といふ長い言葉を歌舞伎の七五調に直すのに苦心をした。「鳩の家」は私がなんべん繰り返して讀んでも必ず涙の出た長篇小説で、その中でも殊に哀れな所を二幕に仕上げたものであつた。「かつぽれ」は雀三郎一座がおしまひの幕の時、いつも樂屋總出でそれを踊つたものだから、私もそれを踊ることにしたのである。五六にち稽古して愈々その日、文庫藏（ぶんこぐら）のまへの廣い廊下を舞臺にして、小さい引幕などをこしらへた。晝のうちからそんな準備をしてゐたのだが、その引幕の針金に祖母が顎をひつかけて了つた。祖母は、此の針金でわたしを殺すつもりか、河原乞食の眞似糞はやめろ、と言つて私たちをののしつた。それでもその晩はやはり下男や女中たちを十人ほど集めてその芝居をやつてみせたが、祖母の言葉を考へると私の胸は重くふさがつた。私は山中鹿之助や「鳩の家」の男の子の役をつとめ、かつぽれも踊つたけれど少しも氣乘りがせずたまらなく淋しかつた。そののちも私はときどき「牛盜人」や「皿屋敷」や「俊徳丸」などの芝居をやつたが、祖母はその都度にがにがしげにしてゐた。

私は祖母を好いてはゐなかつたが、私の眠られない夜には祖母を有難く思ふことがあつた。私は小學三四年のころから不眠症にかかつて、夜の二時になつても三時になつても眠れないで、よく寢床のなかで泣いた。寢る前に砂糖をなめればいいとか、時計のかちかちを數へろとか、水で兩足を冷せとか、ねむのきの葉を枕のしたに敷いて寢るといいとか、さまざまの眠る工夫をうちの人たちから教へられたが、あまり效目がなかつたやうである。私は苦勞性であつて、いろんなことをほじくり返して氣にするものだから、尚のこと眠れなかつたのであらう。父の鼻眼鏡をこつそりいぢくつて、ぽきつとその硝子を割つてしまつたときには、幾夜もつづけて寢苦しい思ひをした。一軒置いて隣りの小間物屋では書物類もわづか賣つてゐて、ある日私は、そこで婦人雜誌の口繪などを見てゐたが、そのうちの一枚で黄色い人魚の水彩畫が欲しくてならず、盜まうと考へて靜かに雜誌から切り離してゐたら、そこの若主人に、治(をさ)こ、治(をさ)こ、と見とがめられ、その雜誌を音高く店の疊に投げつけて家まで飛んではしつて來たことがあつたけれど、さういふやりそこないもまた私をひどく眠らせなかつた。私は又、寢床の中で火事の恐怖に理由なく苦しめられた。此の家が燒けたら、と思ふと眠るどころではなかつたのである。いつかの夜、私が寢しなに厠へ行つたら、その厠と廊下ひとつ隔てた眞暗い帳場の部屋で、書生がひとりして活動寫眞をうつしてゐた。白熊の、氷の崖から海へ飛び込む有樣が、部屋の襖へマツチ箱ほどの大きさでちらちら映つてゐたのである。私はそれを覗いて見て、書生のさういふ心持が堪らなく悲しく思はれた。床に就いてからも、その活動寫眞のことを考へると胸がどきどきしてならぬのだ。書生の身の上を思つたり、また、その映寫機のフヰルムから發火して大事になつたらどうしようとそのことが心配で心配で、その夜はあけがた近くになる迄まどろむ事が出來なかつたのである。祖母を有難く思ふのはこんな夜であつた。

まづ、晩の八時ごろ女中が私を寢かして呉れて、私の眠るまではその女中も私の傍に寢ながら附いてゐなければならなかつたのだが、私は女中を氣の毒に思ひ、床につくとすぐ眠つたふりをするのである。女中がこつそり私の床から脱け出るのを覺えつつ、私は睡眠できるやうひたすら念じるのである。十時頃まで床のなかで轉輾してから、私はめそめそ泣き出して起き上る。その時分になると、うちの人は皆寢てしまつてゐて、祖母だけが起きてゐるのだ。祖母は夜番の爺と、臺所の大きい圍爐裏を挾んで話をしてゐる。私はたんぜんを着たままその間にはひつて、むつつりしながら彼等の話を聞いてゐるのである。彼等はきまつて村の人々の噂話をしてゐた。或る秋の夜更に、私は彼等のぼそぼそと語り合ふ話に耳傾けてゐると、遠くから蟲おくり祭の太鼓の音がどんどんと響いて來たが、それを聞いて、ああ、まだ起きてゐる人がたくさんあるのだ、とずゐぶん氣強く思つたことだけは忘れずにゐる。

音に就いて思ひ出す。私の長兄は、そのころ東京の大學にゐたが、暑中休暇になつて歸郷する度毎に、音樂や文學などのあたらしい趣味を田舍へひろめた。長兄は劇を勉強してゐた。或る郷土の雜誌に發表した「奪ひ合ひ」といふ一幕物は、村の若い人たちの間で評判だつた。それを仕上げたとき、長兄は數多くの弟や妹たちにも讀んで聞かせた。皆、判らない判らない、と言つて聞いてゐたが、私には判つた。幕切の、くらい晩だなあ、といふ一言に含まれた詩をさへ理解できた。私はそれに「奪ひ合ひ」でなく「あざみ草」と言ふ題をつけるべきだと考へたので、あとで、兄の書き損じた原稿用紙の隅へ、その私の意見を小さく書いて置いた。兄は多分それに氣が附かなかつたのであらう、題名をかへることなくその儘發表して了つた。レコオドもかなり集めてゐた。私の父は、うちで何か饗應があると必ず、遠い大きなまちからはるばる藝者を呼んで、私も五つ六つの頃から、そんな藝者たちに抱かれたりした記憶があつて、「むかしむかしそのむかし」だの「あれは紀のくにみかんぶね」だのの唄や踊りを覺えてゐるのである。さういふことから、私は兄のレコオドの洋樂よりも邦樂の方に早くなじんだ。ある夜、私が寢てゐると、兄の部屋からいい音が漏れて來たので、枕から頭をもたげて耳をすました。あくる日、私は朝早く起き兄の部屋へ行つて手當り次第あれこれとレコオドを掛けて見た。そしてたうとう私は見つけた。前夜、私を眠らせぬほど興奮させたそのレコオドは、蘭蝶だつた。

私はけれども長兄より次兄に多く親しんだ。次兄は東京の商業學校を優等で出て、そのまま歸郷し、うちの銀行に勤めてゐたのである。次兄も亦うちの人たちに冷く取扱はれてゐた。私は、母や祖母が、いちばん悪いをとこは私で、そのつぎに悪いのは次兄だ、と言つてゐるのを聞いた事があるので、次兄の不人氣もその容貌がもとであらうと思つてゐた。なんにも要らない、をとこ振りばかりでもよく生れたかつた、なあ治、と半分は私をからかふやうに呟いた次兄の冗談口を私は記憶してゐる。しかし私は次兄の顔をよくないと本心から感じたことが一度もないのだ。あたまも兄弟のうちではいい方だと信じてゐる。次兄は毎日のやうに酒を呑んで祖母と喧嘩した。私はそのたんびひそかに祖母を憎んだ。

末の兄と私とはお互ひに反目してゐた。私は色々な祕密を此の兄に握られてゐたので、いつもけむつたかつた。それに、末の兄と私の弟とは、顔のつくりが似て皆から美しいとほめられてゐたし、私は此のふたりに上下から壓迫されるやうな氣がしてたまらなかつたのである。その兄が東京の中學に行つて、私はやうやくほつとした。弟は、末子で優しい顔をしてゐたから父にも母にも愛された。私は絶えず弟を嫉妬してゐて、ときどきなぐつては母に叱られ、母をうらんだ。私が十か十一のころのことと思ふ。私のシヤツや襦袢の縫目へ胡麻をふり撒いたやうにしらみがたかつた時など、弟がそれを鳥渡笑つたといふので、文字通り弟を毆り倒した。けれども私は矢張り心配になつて、弟の頭に出來たいくつかの瘤へ不可飲といふ藥をつけてやつた。

私は姉たちには可愛がられた。いちばん上の姉は死に、次の姉は嫁ぎ、あとの二人の姉はそれぞれ違ふまちの女學校へ行つてゐた。私の村には汽車がなかつたので、三里ほど離れた汽車のあるまちと往き來するのに、夏は馬車、冬は橇、春の雪解けの頃や秋のみぞれの頃は歩くより他なかつたのである。姉たちは橇に醉ふので、冬やすみの時も歩いて歸つた。私はそのつどつど村端れの材木が積まれてあるところまで迎へに出たのである。日がとつぷり暮れても道は雪あかりで明るいのだ。やがて隣村の森のかげから姉たちの提燈がちらちら現れると、私は、おう、と大聲あげて兩手を振つた。

上の姉の學校は下の姉の學校よりも小さいまちにあつたので、お土産も下の姉のそれに較べていつも貧しげだつた。いつか上の姉が、なにもなくてえ、と顔を赤くして言ひつつ線香花火を五束六束バスケツトから出して私に與へたが、私はそのとき胸をしめつけられる思ひがした。此の姉も亦きりやうがわるいとうちの人たちからいはれいはれしてゐたのである。

上の姉は女學校へはひるまでは、曾祖母とふたりで離座敷に寢起してゐたものだから、曾祖母の娘だとばかり私は思つてゐたほどであつた。曾祖母は私が小學校を卒業する頃なくなつたが、白い着物を着せられ小さくかじかんだ曾祖母の姿を納棺の際ちらと見た私は、この姿がこののちながく私の眼にこびりついたらどうしようと心配した。

私は程なく小學校を卒業したが、からだが弱いからと言ふので、うちの人たちは私を高等小學校に一年間だけ通はせることにした。からだが丈夫になつたら中學へいれてやる、それも兄たちのやうに東京の學校では健康に惡いから、もつと田舍の中學へいれてやる、と父が言つてゐた。私は中學校へなどそれほど入りたくなかつたのだけれどそれでも、からだが弱くて殘念に思ふ、と綴方へ書いて先生たちの同情を強ひたりしてゐた。

この時分には、私の村にも町制が敷かれてゐたが、その高等小學校は私の町と附近の五六ヶ村と共同で出資して作られたものであつて、まちから半里も離れた松林の中に在つた。私は病氣のためにしじゆう學校をやすんでゐたのだけれどその小學校の代表者だつたので、他村からの優等生がたくさん集る高等小學校でも一番になるやう努めなければいけなかつたのである。しかし私はそこでも相變らず勉強をしなかつた。いまに中學生に成るのだ、といふ私の自矜が、その高等小學校を汚く不愉快に感じさせてゐたのだ。私は授業中おもに連續の漫畫をかいた。休憩時間になると、聲色(こわいろ)をつかつてそれを生徒たちへ說明してやつた。そんな漫畫をかいた手帖が四五册もたまつた。机に頰杖ついて教室の外の景色をぼんやり眺めて一時間を過すこともあつた。私は硝子窓の傍に座席をもつてゐたが、その窓の硝子板には蠅がいつぴき押しつぶされてながいことねばりついたままでゐて、それが私の視野の片隅にぼんやりと大きくはひつて來ると、私には雉か山鳩かのやうに思はれ、幾たびとなく驚かされたものであつた。私を愛してゐる五六人の生徒たちと一緒に授業を逃げて、松林の裏にある沼の岸邊に寢ころびつつ、女生徒の話をしたり、皆で着物をまくつてそこにうつすり生えそめた毛を較べ合つたりして遊んだのである。

その學校は男と女の共學であつたが、それでも私は自分から女生徒に近づいたことなどなかつた。私は欲情がはげしいから、懸命にそれをおさへ、女にもたいへん臆病になつてゐた。私はそれまで、二人三人の女の子から思はれたが、いつでも知らない振りをして來たのだつた。帝展の入選畫帳を父の本棚から持ち出しては、その中にひそめられた白い畫に頬をほてらせて眺めいつたり、私の飼つてゐたひとつがひの兎にしばしば交尾させ、その雄兎の脊中をこんもりと丸くする容姿に胸をときめかせたり、そんなことで私はこらへてゐた。私は見え坊であつたから、あの、あんまをさへ誰にも打ちあけなかつた。その害を本で讀んで、それをやめようとさまざまな苦心をしたが、駄目であつた。そのうちに私はそんな遠い學校へ毎日あるいてかよつたお陰で、からだも太つて來た。額の邊にあはつぶのやうな小さい吹出物がでてきた。之も恥かしく思つた。私はそれへ寶丹膏(はうたんかう)といふ藥を眞赤に塗つた。長兄はそのとし結婚して、祝言の晩に私と弟とはその新しい嫂の部屋へ忍んで行つたが、嫂は部屋の入口を脊にして坐つて髮を結はせてゐた。私は鏡に映つた花嫁のほのじろい笑顔をちらと見るなり、弟をひきずつて逃げ歸つた。そして私は、たいしたもんでねえでば！　と力こめて強がりを言つた。藥で赤い私の額のためによけい氣もひけて、尚のことこんな反撥をしたのであつた。

冬ちかくなつて、私も中學校への受驗勉強を始めなければいけなくなつた。私は雜誌の廣告を見て、東京へ色々の參考書を注文した。けれども、それを本箱に並べただけで、ちつとも讀まなかつた。私の受驗することになつてゐた中學校は、縣でだいいちのまちに在つて、志願者も二三倍は必ずあつたのである。私はときどき落第の懸念に襲はれた。そんな時には私も勉強をした。そして一週間もつづけて勉強すると、すぐ及第の確信がついて來るのだ。勉強するとなると、夜十二時ちかくまで床につかないで、朝はたいてい四時に起きた。勉強中は、たみといふ女中を傍に置いて、火をおこさせたり茶をわかさせたりした。たみは、どんなにおそくまで宵つぱりしても翌る朝は、四時になると必ず私を起しに來た。私が算術の鼠が子を産む應用問題などに困らされてゐる傍で、たみはおとなしく小説本を讀んでゐた。あとになつて、たみの代りに年とつた肥えた女中が私へつくやうになつたが、それが母のさしがねである事を知つた私は、母のその底意を考へて顔をしかめた。その翌春、雪のまだ深く積つてゐた頃、私の父は東京の病院で血を吐いて死んだ。ちかくの新聞社は父の訃を號外で報じた。私は父の死よりも、かういふセンセイションの方に興奮を感じた。遺族の名にまじつて私の名も新聞に出てゐた。父の死骸は大きい寢棺に横たはり橇に乘つて故郷へ歸つて來た。私は大勢のまちの人たちと一緒に隣村近くまで迎へに行つた。やがて森の蔭から幾臺となく續いた橇の幌が月光を受けつつ滑つて出て來たのを眺めて私は美しいと思つた。

つぎの日、私のうちの人たちは父の寢棺の置かれてある佛間に集つた。棺の蓋が取りはらはれるとみんな聲をたてて泣いた。父は眠つてゐるやうであつた。高い鼻筋がすつと青白くなつてゐた。私は皆の泣聲を聞き、さそはれて涙を流した。

私の家はそのひとつきもの間、火事のやうな騷ぎであつた。私はその混雜にまぎれて、受驗勉強を全く怠つたのである。高等小學校の學年試驗にも殆ど出鱈目な答案を作つて出した。私の成績は全體の三番かそれくらゐであつたが、これは明らかに受持訓導の私のうちに對する遠慮からであつた。私はそのころ既に記憶力の減退を感じてゐて、したしらべでもして行かないと試驗には何も書けなかつたのである。私にとつてそんな經驗は始めてであつた。

二章

いい成績ではなかつたが、私はその春、中學校へ受驗して合格をした。私は、新しい袴と黑い沓下とあみあげの靴をはき、いままでの毛布をよして羅紗のマントを洒落者らしくボタンをかけずに前をあけたまま羽織つて、その海のある小都會へ出た。そして私のうちと遠い親戚にあたるそのまちの呉服店で旅裝を解いた。入口にちぎれた古いのれんをさげてあるその家へ、私はずつと世話になることになつてゐたのである。

私は何ごとにも有頂天になり易い性質を持つてゐるが、入學當時は銭湯へ行くのにも學校の制帽を被り、袴をつけた。そんな私の姿が往來の窓硝子にでも映ると、私は笑ひながらそれへ輕く會釋をしたものである。

それなのに、學校はちつとも面白くなかつた。校舍は、まちの端れにあつて、しろいペンキで塗られ、すぐ裏は海峽に面したひらたい公園で、浪の音や松のざわめきが授業中でも聞えて來て、廊下も廣く教室の天井も高くて、私はすべてにいい感じを受けたのだが、そこにゐる教師たちは私をひどく迫害したのである。

私は入學式の日から、或る體操の教師にぶたれた。私が生意氣だといふのであつた。この教師は入學試驗のとき私の口答試問の係りであつたが、お父さんがなくなつてよく勉強もできなかつたらう、と私に情ふかい言葉をかけて呉れ、私もうなだれて見せたその人であつただけに、私のこころはいつそう傷けられた。そののちも私は色んな教師にぶたれた。にやにやしてゐるとか、あくびをしたとか、さまざまな理由から罰せられた。授業中の私のあくびが大きいので職員室で評判である、とも言はれた。私はそんな莫迦げたことを話し合つてゐる職員室を、をかしく思つた。

私と同じ町から來てゐる一人の生徒が、或る日、私を校庭の砂山の陰に呼んで、君の態度はじつさい生意氣さうに見える、あんなに毆られてばかりゐると落第するにちがひない、と忠告して呉れた。私は愕然とした。その日の放課後、私は海岸づたひにひとり家路を急いだ。靴底を浪になめられつつ溜息ついて歩いた。洋服の袖で額の汗を拭いてゐたら、鼠色のびつくりするほど大きい帆がすぐ眼の前をよろよろととほつて行つた。

私は散りかけてゐる花瓣であつた。すこしの風にもふるへをののいた。人からどんな些細なさげすみを受けても死なん哉と悶えた。私は、自分を今にきつとえらくなるものと思つてゐたし、英雄としての名譽をまもつて、たとひ大人の侮りにでも容赦できなかつたのであるから、この落第といふ不名譽も、それだけ致命的であつたのである。その後の私は兢兢として授業を受けた。授業を受けながらも、この教室のなかには眼に見えぬ百人の敵がゐるのだと考へて、少しも油斷をしなかつた。朝、學校へ出掛けしなには、私の机の上へトランプを並べて、その日いちにちの運命を占つた。ハアトは大吉であつた。ダイヤは半吉、クラブは半凶、スペエドは大凶であつた。そしてその頃は、來る日も來る日もスペエドばかり出たのである。

それから間もなく試驗が來たけれど、私は博物でも地理でも修身でも、教科書の一字一句をそのまま暗記して了ふやうに努めた。これは私のいちかばちかの潔癖から來てゐるのであらうが、この勉強法は私の爲によくない結果を呼んだ。私は勉強が窮屈でならなかつたし、試驗の際も、融通がきかなくて、殆ど完璧に近いよい答案を作ることもあれば、つまらぬ一字一句につまづいて、思索が亂れ、ただ意味もなしに答案用紙を汚してゐる場合もあつたのである。

しかし私の第一學期の成績はクラスの三番であつた。操行も甲であつた。落第の懸念に苦しまされてゐた私は、その通告簿を片手に握つて、もう一方の手で靴を吊り下げたまま、裏の海岸まではだしで走つた。嬉しかつたのである。

一學期をへて、はじめての歸郷のときは、私は故郷の弟たちに私の中學生生活の短い經驗を出來るだけ輝かしく説明したく思つて、私がその三四ヶ月間身につけたすべてのもの、座蒲團のはてまで行李につめた。

馬車にゆられながら隣村の森を拔けると、幾里四方もの青田の海が展開して、その青田の果てるあたりに私のうちの赤い大屋根が聳えてゐた。私はそれを眺めて十年も見ない氣がした。

私はその休暇のひとつきほど得意な氣持でゐたことがない。私は弟たちへ中學校のことを誇張して夢のやうに物語つた。その小都會の有樣をも、つとめて幻妖に物語つたのである。

私は風景をスケツチしたり昆蟲の採集をしたりして、野原や谷川をはしり廻つた。水彩畫を五枚ゑがくのと珍らしい昆蟲の標本を十種あつめるのとが、教師に課された休暇中の宿題であつた。私は捕蟲網を肩にかついで、弟にはピンセツトだの毒壺だののはひつた採集鞄を持たせ、もんしろ蝶やばつたを追ひながら一日を夏の野原で過した。夜は庭園で焚火をめらめらと燃やして、飛んで來るたくさんの蟲を網や箒で片つぱしからたたき落した。

末の兄は美術學校の塑像科へ入つてゐたが、まいにち中庭の大きい栗の木の下で粘土をいぢくつてゐた。もう女學校を卒へてゐた私のすぐの姉の胸像を作つてゐたのである。私も亦その傍で、姉の顔を幾枚もスケツチして、兄とお互ひの出來上り案配をけなし合つた。姉は眞面目に私たちのモデルになつてゐたが、そんな場合おもに私の水彩畫の方の肩を持つた。この兄は若いときはみんな天才だ、などと言つて、私のあらゆる才能を莫迦にしてゐた。私の文章をさへ、小學生の綴方、と言つて嘲つてゐた。私もその當時は、兄の藝術的な力をあからさまに輕蔑してゐたのである。

ある晩、その兄が私の寢てゐるところへ來て、治、珍動物だよ、と聲を低くして言ひながら、しやがんで蚊帳の下から鼻紙に輕く包んだものをそつと入れて寄こした。兄は、私が珍らしい昆蟲を集めてゐるのを知つてゐたのだ。包の中では、かさかさと蟲のもがく足音がしてゐた。私は、そのかすかな音に、肉親の情を知らされた。私が手暴くその小さい紙包をほどくと、兄は、逃げるぜえ、そら、そら、と息をつめるやうにして言つた。見ると普通のくはがたむしであつた。私はその鞘翅類をも私の採集した珍昆蟲十種のうちにいれて教師へ出した。

休暇が終りになると私は悲しくなつた。故郷をあとにし、その小都會へ來て、呉服商の二階で獨りして行李をあけた時には、私はもう少しで泣くところであつた。私は、そんな淋しい場合には、本屋へ行くことにしてゐた。そのときも私は近くの本屋へ走つた。そこに並べられたかずかずの刊行物の背を見ただけでも、私の憂愁は不思議に消えるのだ。その本屋の隅の書棚には、私の欲しくても買へない本が五六冊あつて、私はときどき、その前へ何氣なささうに立ち止つては膝をふるはせながらその本の頁を盗み見たものだけれど、しかし私が本屋へ行くのは、なにもそんな醫學じみた記事を讀むためばかりではなかつたのである。その當時私にとつて、どんな本でも休養と慰安であつたからである。

學校の勉強はいよいよ面白くなかつた。白地圖に山脈や港灣や河川を水繪具で記入する宿題などは、なによりも呪はしかつた。私は物事に凝るはうであつたから、この地圖の彩色には三四時間も費やした。歴史なんかも、教師はわざわざノオトを作らせてそれへ講義の要點を書き込めと言ひつけたが、教師の講義は教科書を讀むやうなものであつたから、自然とそのノオトへも教科書の文章をそのまま書き寫すよりほかなかつたのである。私はそれでも成績にみれんがあつたので、そんな宿題を毎日せいせい出してやつたのである。秋になると、そのまちの中等學校どうしの色色なスポオツの試合が始つた。田舍から出て來た私は、野球の試合など見たことさへなかつた。小説本で、滿壘(フルベエス)とか、アタツクシヨオトとか、中堅(センタア)とか、そんな用語を覺えてゐただけであつて、やがて其の試合の觀方をおぼえたけれど餘り熱狂できなかつた。野球ばかりでなく、庭球でも、柔道でも、なにか他校と試合のある度に私も應援團の一人として、選手たちに聲援を與へなければならなかつたのであるが、そのことが尚さら中學生生活をいやなものにして了つた。應援團長といふのがあつて、わざと汚い恰好で日の丸の扇子などを持ち、校庭の隅の小高い岡にのぼつて演說をすれば、生徒たちはその團長の姿を、むさい、むさい、と言つて喜ぶのである。試合のときは、ひとゲエムのあひまあひまに團長が扇子をひらひらさせて、オオル・スタンド・アツプと叫んだ。私たちは立ち上つて、紫の小さい三角旗を一齊にゆらゆら振りながら、よい敵よい敵けなげなれども、といふ應援歌をうたふのである。そのことは私にとつて恥しかつた。私は、すきを見ては、その應援から逃げて家へ歸つた。

しかし、私にもスポオツの經驗がない譯ではなかつたのである。私の顏が蒼黑くて、私はそれを例のあんまの故であると信じてゐたので、人から私の顏色を言はれると、私のその祕密を指摘されたやうにどぎまぎした。私は、どんなにかして血色をよくしたく思ひ、スポオツをはじめたのである。

私はよほど前からこの血色を苦にしてゐたものであつた。小學校四五年のころ、末の兄からデモクラシイといふ思想を聞き、母までデモクラシイのため税金がめつきり高くなつて作米の殆どみんなを税金に取られる、と客たちにこぼしてゐるのを耳にして、私はその思想に心弱くうろたへた。そして、夏は下男たちの庭の草刈に手つだひしたり、冬は屋根の雪おろしに手を貸したりなどしながら、下男たちにデモクラシイの思想を教へた。さうして、下男たちは私の手助けを餘りよろこばなかつたのをやがて知つた。私の刈つた草などは後からまた彼等が刈り直さなければいけなかつたらしいのである。私は下男たちを助ける名の陰で、私の顏色をよくする事をも計つてゐたのであつたが、それほど勞働してさへ私の顏色はよくならなかつたのである。

中學校にはひるやうになつてから、私はスポオツに依つていい顏色を得ようと思ひたつて、暑いじぶんには、學校の歸りしなに必ず海へはひつて泳いだ。私は胸泳といつて雨蛙のやうに兩脚をひらいて泳ぐ方法を好んだ。頭を水から眞直に出して泳ぐのだから、波の起伏のこまかい縞目も、岸の青葉も、流れる雲も、みんな泳ぎながらに眺められるのだ。私は龜のやうに頭をすつとできるだけ高くのばして泳いだ。すこしでも顏を太陽に近寄せて、早く日燒がしたいからであつた。

また、私のゐたうちの裏がひろい墓地だつたので、私はそこへ百米の直線コオスを作り、ひとりでまじめに走つた。その墓地はたかいポプラの繁みで圍まれてゐて、はしり疲れると私はそこの卒堵婆の文字などを讀み讀みしながらぶらついた。月穿潭底とか、三界唯一心とかの句をいまでも忘れずにゐる。ある日私は、錢苔（ぜにごけ）のいつぱい生えてゐる黒くしめつた墓石に、寂性清寥居士といふ名前を見つけてかなり心を騷がせ、その墓のまへに新しく飾られてあつた紙の蓮華の白い葉に、おれはいま土のしたで蛆蟲とあそんでゐる、と或る佛蘭西の詩人から暗示された言葉を、泥を含ませた私の人指ゆびでもつて、さも幽靈が記したかのやうにほそぼそとなすり書いて置いた。そのあくる日の夕方、私は運動にとりかかる前に、先づきのふの墓標へお參りしたら、朝の驟雨で亡魂の文字はその近親の誰をも泣かせぬうちに跡かたもなく洗ひさらはれて、蓮華の白い葉もところどころ破れてゐた。

　私はそんな事をして遊んでゐたのであつたが、走る事も大變巧くなつたのである。兩脚の筋肉もくりくりと丸くふくれて來た。けれども顔色は、やつぱりよくならなかつたのだ。黒い表皮の底には、濁つた蒼い色が氣持惡くよどんでゐた。

　私は顔に興味を持つてゐたのである。讀書にあきると手鏡をとり出し、微笑んだり眉をひそめたり頬杖ついて思案にくれたりして、その表情をあかず眺めた。私は必ずひとを笑はせることの出來る表情を會得した。目を細くして鼻を皺め、口を小さく尖らすと、兒熊のやうで可愛かつたのである。私は不滿なときや當惑したときにその顏をした。私のすぐの姉はそのじぶん、まちの縣立病院の内科へ入院してゐたが、私は姉を見舞ひに行つてその顏をして見せると、姉は腹をおさへて寢臺の上をころげ廻つた。姉はうちから連れて來た中年の女中とふたりきりで病院に暮してゐたものだから、ずゐぶん淋しがつて、病院の長い廊下をのしのし歩いて來る私の足音を聞くと、もうはしやいでゐた。私の足音は並はづれて高いのだ。私が若し一週間でも姉のところを訪れないと、姉は女中を使つて私を迎ひによこした。私が行かないと、姉の熱は不思議にあがつて容態がよくない、とその女中が眞顏で言つてゐた。

その頃はもう私も十五六になつてゐたし、手の甲には靜脈の青い血管がうつすりと透いて見えて、からだも異樣におもおもしく感じられてゐた。私は同じクラスのいろの黒い小さな生徒とひそかに愛し合つた。學校からの歸りにはきつと二人してならんで歩いた。お互ひの小指がすれあつてさへも、私たちは顏を赤くした。いつぞや、二人で學校の裏道の方を歩いて歸つたら、芹やはこべの青々と伸びてゐる田溝の中にゐもりがいつぴき浮いてゐるのをその生徒が見つけ、默つてそれを掬つて私に呉れた。私は、ゐもりは嫌ひであつたけれど、嬉しさうにはしやぎながらそれを手巾へくるんだ。うちへ持つて歸つて、中庭の小さな池に放した。ゐもりは短い首をふりふり泳ぎ廻つてゐたが、次の朝みたら逃げて了つてゐなかつた。

私はたかい自矜の心を持つてゐたから、私の思ひを相手に打ち明けるなど考へもつかぬことであつた。その生徒へは普段から口もあんまり利かなかつたし、また同じころ隣の家の瘦せた女學生をも私は意識してゐたのだが、此の女學生とは道で逢つても、ほとんどその人を莫迦にしてゐるやうにぐつと顏をそむけてやるのである。秋のじぶん、夜中に火事があつて、私も起きて外へ出て見たら、つい近くの社の陰あたりが火の粉をちらして燃えてゐた。社の杉林がその焰を圍ふやうにまつくろく立つて、そのうへを小鳥がたくさん落葉のやうに狂ひ飛んでゐた。私は、隣のうちの門口から白い寢卷の女の子が私の方を見てゐるのを、ちやんと知つてゐながら、横顏だけをそつちにむけてじつと火事を眺めた。焰の赤い光を浴びた私の横顏は、きつときらきら美しく見えるだらうと思つてゐたのである。こんな案配であつたから、私はまへの生徒とでも、また此の女學生とでも、もつと進んだ交渉を持つことができなかつた。けれどもひとりでゐるときには、私はもつと大膽だつた筈である。鏡の私の顏へ、片眼をつぶつて笑ひかけたり、机の上に小刀で薄い唇をほりつけて、それへ私の唇をのせたりした。この唇には、あとで赤いインクを塗つてみたが、妙にどすぐろくなつていやな感じがして來たから、私は小刀ですつかり削りとつて了つた。

私が三年生になつて、春のあるあさ、登校の道すがらに朱で染めた橋のまるい欄干へもたれかかつて、私はしばらくぼんやりしてゐた。橋の下には隅田川に似た廣い川がゆるゆると流れてゐた。全くぼんやりしてゐる經驗など、それまでの私にはなかつたのである。うしろで誰か見てゐるやうな氣がして、私はいつでも何かの態度をつくつてゐたのである。私のいちいちのこまかい仕草にも、彼は當惑して掌を眺めた、彼は耳の裏を掻きながら呟いた、などと傍から傍から説明句をつけてゐたのであるから、私にとつて、ふと、とか、われしらず、とかいふ動作はあり得なかつたのである。橋の上での放心から覺めたのち、私は寂しさにわくわくした。そんな氣持のときには、私もまた、自分の來しかた行末を考へた。橋をかたかた渡りながら、いろんな事を思ひ出し、また夢想した。そして、おしまひに溜息ついてかう考へた。えらくなれるかしら。その前後から、私はこころのあせりをはじめてゐたのである。私は、すべてに就いて滿足し切れなかつたから、いつも空虚なあがきをしてゐた。私には十重二十重の假面がへばりついてゐたので、どれがどんなに悲しいのか、見極めをつけることができなかつたのである。そしてたうとう私は或るわびしいはけ口を見つけたのだ。創作であつた。ここにはたくさんの同類がゐて、みんな私と同じやうに此のわけのわからぬをののきを見つめてゐるやうに思はれたのである。作家にならう、作家にならう、と私はひそかに願望した。弟もそのとし中學校へはひつて、私とひとつ部屋に寢起してゐたが、私は弟と相談して、初夏のころに五六人の友人たちを集め同人雜誌をつくつた。私の居るうちの筋向ひに大きい印刷所があつたから、そこへ頼んだのである。表紙も石版でうつくしく刷らせた。クラスの人たちへその雜誌を配つてやつた。私はそれへ毎月ひとつづつ創作を發表したのである。はじめは道德に就いての哲學者めいた小説を書いた。一行か二行の斷片的な隨筆をも得意としてゐた。この雜誌はそれから一年ほど續けたが、私はそのことで長兄と氣まづいことを起してしまつた。

長兄は私の文學に熱狂してゐるらしいのを心配して、郷里から長い手紙をよこしたのである。化學には方程式あり幾何には定理があつて、それを解する完全な鍵が與へられてゐるが、文學にはそれがないのです、ゆるされた年齡、環境に達しなければ文學を正當に掴むことが不可能と存じます、と物堅い調子で書いてあつた。私もさうだと思つた。しかも私は、自分をその許された人間であると信じた。私はすぐ長兄へ返事した。兄上の言ふことは本當だと思ふ、立派な兄を持つことは幸福である、しかし、私は文學のために勉強を怠ることがない、その故にこそいつそう勉強してゐるほどである、と誇張した感情をさへところどころにまぜて長兄へ告げてやつたのである。

なにはさてお前は衆にすぐれてゐなければいけないのだ、といふ脅迫めいた考へからであつたが、じじつ私は勉強してゐたのである。三年生になつてからは、いつもクラスの首席であつた。てんとりむしと言はれずに首席になることは困難であつたが、私はそのやうな嘲りを受けなかつた許りか、級友を手ならす術まで心得てゐた。蛸といふあだなの柔道の主將さへ私には從順であつた。教室の隅に紙屑入の大きな壺があつて、私はときたまそれを指さして、蛸もつぼへはひらないかと言へば、蛸はその壺へ頭をいれて笑ふのだ。笑ひ聲が壺に響いて異樣な音をたてた。クラスの美少年たちもたいてい私になついてゐた。私が顏の吹出物へ、三角形や六角形や花の形に切つた絆創膏をてんてんと貼り散らしても誰も可笑しがらなかつた程なのである。

私はこの吹出物には心をなやまされた。そのじぶんにはいよいよ數も殖えて、毎朝、眼をさますたびに掌で顏を撫でまはしてその有樣をしらべた。いろいろな藥を買つてつけたが、ききめがないのである。私はそれを藥屋へ買ひに行くときには、紙きれへその藥の名を書いて、こんな藥がありますかつて、と他人から頼まれたふうにして言はなければいけなかつたのである。私はその吹出物を欲情の象徴と考へて眼の先が暗くなるほど恥しかつた。いつそ死んでやつたらと思ふことさへあつた。私の顏に就いてのうちの人たちの不評判も絶頂に達してゐた。他家へとついでゐた私のいちばん上の姉は、治のところへは嫁に來るひとがあるまい、とまで言つてゐたさうである。私はせつせと藥をつけた。

弟も私の吹出物を心配して、なんべんとなく私の代りに藥を買ひに行つて呉れた。私と弟とは子供のときから仲がわるくて、弟が中學へ受驗する折にも、私は彼の失敗を願つてゐたほどであつたけれど、かうしてふたりで故郷から離れて見ると、私にも弟のよい氣質がだんだん判つて來たのである。弟は大きくなるにつれて無口で內氣になつてゐた。私たちの同人雜誌にもときどき小品文を出してゐたが、みんな氣の弱々した文章であつた。私にくらべて學校の成績がよくないのを絕えず苦にしてゐて、私がなぐさめでもするとかへつて不氣嫌になつた。また、自分の額の生えぎはが富士のかたちに三角になつて女みたいなのをいまいましがつてゐた。額がせまいから頭がこんなに惡いのだと固く信じてゐたのである。私はこの弟にだけはなにもかも許した。私はその頃、人と對するときには、みんな押し隱して了ふか、みんなさらけ出して了ふか、どちらかであつたのである。私たちはなんでも打ち明けて話した。

秋のはじめの或る月のない夜に、私たちは港の棧橋へ出て、海峽を渡つてくるいい風にはたはたと吹かれながら赤い絲について話合つた。それはいつか學校の國語の教師が授業中に生徒へ語つて聞かせたことであつて、私たちの右足の小指に眼に見えぬ赤い絲がむすばれてゐて、それがするすると長く伸びて一方の端がきつと或る女の子のおなじ足指にむすびつけられてゐるのである、ふたりがどんなに離れてゐてもその絲は切れない、どんなに近づいても、たとひ往來で逢つても、その絲はこんぐらかることがない、さうして私たちはその女の子を嫁にもらふことにきまつてゐるのである。私はこの話をはじめて聞いたときには、かなり興奮して、うちへ歸つてからもすぐ弟に物語つてやつたほどであつた。私たちはその夜も、波の音や、かもめの聲に耳傾けつつ、その話をした。お前のワイフは今ごろどうしてるべなあ、と弟に聞いたら、弟は棧橋のらんかんを二三度兩手でゆりうごかしてから、庭あるいてる、ときまり惡げに言つた。大きい庭下駄をはいて、團扇をもつて、月見草を眺めてゐる少女は、いかにも弟と似つかはしく思はれた。私のを語る番であつたが、私は眞暗い海に眼をやつたまま、赤い帶しめての、とだけ言つて口を噤んだ。海峽を渡つて來る連絡船が、大きい宿屋みたいにたくさんの部屋部屋へ黄色いあかりをともして、ゆらゆらと水平線から浮んで出た。

これだけは弟にもかくしてゐた。私がそのとしの夏休みに故郷へ歸つたら、浴衣に赤い帯をしめたあたらしい小柄な小間使が、亂暴な動作で私の洋服を脱がせて呉れたのだ。みよと言つた。

私は寢しなに煙草を一本こつそりふかして、小説の書き出しなどを考へる癖があつたが、みよはいつの間にかそれを知つて了つて、ある晩私の床をのべてから枕元へ、きちんと煙草盆を置いたのである。私はその次の朝、部屋を掃除しに來たみよへ、煙草はかくれてのんでゐるのだから煙草盆なんか置いてはいけない、と言ひつけた。みよは、はあ、と言つてふくれたやうにしてゐた。同じ休暇中のことだつたが、まちに浪花節の興行物が來たとき、私のうちでは、使つてゐる人たち全部を芝居小屋へ聞きにやつた。私と弟も行けと言はれたが、私たちは田舍の興行物を莫迦にして、わざと螢をとりに田圃へ出かけたのである。隣村の森ちかくまで行つたが、あんまり夜露がひどかつたので、二十そこそこを、籠にためただけでうちへ歸つた。浪花節へ行つてゐた人たちもそろそろ歸つて來た。みよに床をひかせ、蚊帳をつらせてから、私たちは電燈を消してその螢を蚊帳のなかへ放した。螢は蚊帳のあちこちをすつすつと飛んだ。みよも暫く蚊帳のそとに佇んで螢を見てゐた。私は弟と並んで寢ころびながら、螢の青い火よりもみよのほのじろい姿をよけいに感じてゐた。浪花節は面白かつたらうか、と私はすこし堅くなつて聞いた。私はそれまで、女中には用事以外の口を決してきかなかつたのである。みよは靜かな口調で、いいえ、と言つた。私はふきだした。弟は、蚊帳の裾に吸ひついてゐる一匹の螢を團扇でばさばさ追ひたてながら默つてゐた。私はなにやら工合がわるかつた。

そのころから私はみよを意識しだした。赤い絲と言へば、みよのすがたが胸に浮んだ。

三章

四年生になつてから、私の部屋へは毎日のやうにふたりの生徒が遊びに來た。私は葡萄酒と鯣をふるまつた。さうして彼等に多くの出鱈目を教へたのである。炭(すみ)のおこしかたに就いて一册の書物が出てゐるとか、「けだものの機械」といふ或る新進作家の著書に私がべたべたと機械油を塗つて置いて、かうして發賣されてゐるのだが、珍らしい装幀でないかとか、「美貌の友」といふ飜譯本のところどころカツトされて、そのブランクになつてゐる箇所へ、私のこしらへたひどい文章を、知つてゐる印刷屋へ祕密にたのんで刷りいれてもらつて、これは奇書だとか、そんなことを言つて友人たちを驚かせたものであつた。

みよの思ひ出も次第にうすれてゐたし、そのうへに私は、ひとつうちに居る者どうしが思つたり思はれたりすることを變にうしろめたく感じてゐたし、ふだんから女の惡口ばかり言つて來てゐる手前もあつたし、みよに就いて譬へほのかにでも心を亂したのが腹立しく思はれるときさへあつたほどで、弟にはもちろん、これらの友人たちにもみよの事だけは言はずに置いたのである。

ところが、そのあたり私は、ある露西亞の作家の名だかい長編小説を讀んで、また考へ直して了つた。それは、ひとりの女囚人の經歷から書き出されてゐたが、その女のいけなくなる第一歩は、彼女の主人の甥にあたる貴族の大學生に誘惑されたことからはじまつてゐた。私はその小説のもつと大きなあぢはひを忘れて、そのふたりが咲き亂れたライラツクの花の下で最初の接吻を交したぺエジに私の枯葉の枝折をはさんでおいたのだ。私もまた、すぐれた小説をよそごとのやうにして讀むことができなかつたのである。私には、そのふたりがみよと私とに似てゐるやうな氣分がしてならなかつた。私がいま少しすべてにあつかましかつたら、いよいよ此の貴族とそつくりになれるのだ、と思つた。さう思ふと私の臆病さがはかなく感じられもするのである。こんな氣のせせこましさが私の過去をあまりに平坦にしてしまつたのだと考へた。私自身で人生のかがやかしい受難者になりたく思はれたのである。

　私は此のことをまづ弟へ打ち明けた。晩に寢てから打ち明けた。私は嚴肅な態度で話すつもりであつたが、さう意識してこしらへた姿勢が逆に邪魔をして來て、結局うはついた。私は、頸筋をさすつたり兩手をもみ合せたりして、氣品のない話かたをした。さうしなければかなはぬ私の習性を私は悲しく思つた。弟は、うすい下唇をちろちろ舐めながら、寢がへりもせず聞いてゐたが、けつこんするのか、と言ひにくさうにして尋ねた。私はなぜだかぎよつとした。できるかどうか、とわざとしをれて答へた。弟は、恐らくできないのではないかといふ意味のことを案外なおとなびた口調でまはりくどく言つた。それを聞いて、私は自分のほんたうの態度をはつきり見つけた。私はむつとして、たけりたけつたのである。蒲團から半身を出して、だからたたかふのだ、たたかふのだ、と聲をひそめて強く言ひ張つた。弟は更紗染めの蒲團の下でからだをくねくねさせて何か言はうとしてゐるらしかつたが、私の方を盜むやうにして見て、そつと微笑んだ。私も笑ひ出した。そして、門出だから、と言ひつつ弟の方へ手を差し出した。弟も恥しさうに蒲團から右手を出した。私は低く聲を立てて笑ひながら、二三度弟の力ない指をゆすぶつた。

　しかし、友人たちに私の決意を承認させるときには、こんな苦心をしなくてよかつた。友人たちは私の話を聞きながら、あれこれと思案をめぐらしてゐるやうな恰好をして見せたが、それは、私の話がすんでからそれへの同意に效果を添へようためのものでしかないのを、私は知つてゐた。じじつその通りだつたのである。

四年生のときの夏やすみには、私はこの友人たちふたりをつれて故郷へ歸つた。うはべは、三人で高等學校への受驗勉強を始めるためであつたが、みよを見せたい心も私にあつて、むりやりに友をつれて來たのである。私は、私の友がうちの人たちに不評判でないやうに祈つた。私の兄たちの友人は、みんな地方でも名のある家庭の青年ばかりだつたから、私の友のやうに金釦のふたつしかない上着などを着てはゐなかつたのである。

裏の空屋敷には、そのじぶん大きな鷄舍が建てられてゐて、私たちはその傍の番小屋で午前中だけ勉強した。番小屋の外側は白と緑のペンキでいろどられて、なかは二坪ほどの板の間で、まだ新しいワニス塗の卓子や椅子がきちんとならべられてゐた。ひろい扉が東側と北側に二つもついてゐたし、南側にも洋ふうの開窓があつて、それを皆いつぱいに明け放すと、風がどんどんはひつて來て書物のペエジがいつもぱらぱらとそよいでゐるのだ。まはりには雜草がむかしのままに生えしげつてゐて、黄いろい雛が何十羽となくその草の間に見えかくれしつつ遊んでゐた。

私たち三人はひるめしどきを樂しみにしてゐた。その番小屋へ、どの女中が、めしを知らせに來るかが問題であつたのである。みよでない女中が來れば、私たちは卓をばたばた叩いたり舌打したりして大騷ぎをした。みよが來ると、みんなしんとなつた。そして、みよが立ち去るといつせいに吹き出したものであつた。或る晴れた日、弟も私たちと一緒にそこで勉強をしてゐたが、ひるになつて、けふは誰が來るだらう、といつものやうに皆で語り合つた。弟だけは話からはづれて、窓ぎはをぶらぶら歩きながら英語の單語を暗記してゐた。私たちは色んな冗談を言つて、書物を投げつけ合つたり足踏して床を鳴らしてゐたが、そのうちに私は少しふざけ過ぎて了つた。私は弟をも仲間にいれたく思つて、お前はさつきから默つてゐるが、さては、と唇を輕くかんで弟をにらんでやつたのである。すると弟は、いや、と短く叫んで右手を大きく振つた。持つてゐた單語のカアドが二三枚ぱつと飛び散つた。私はびつくりして視線をかへた。そのとつさの間に私は氣まづい斷定を下した。みよの事はけふ限りよさうと思つた。それからすぐ、なにごともなかつたやうに笑ひ崩れた。

その日めしを知らせに來たのは、仕合せと、みよでなかつた。母屋へ通る豆畑のあひだの狹い道を、てんてんと一列につらなつて歩いて行く皆のうしろへついて、私は陽氣にはしやぎながら豆の丸い葉を幾枚も幾枚もむしりとつた。

犧牲などといふことは始めから考へてなかつた。ただいやだつたのだ。ライラツクの白い茂みが泥を浴びせられた。殊にその惡戲者が肉親であるのがいつそういやであつた。

それからの二三日は、さまざまに思ひなやんだ。みよだつて庭を歩くことがあるでないか。彼は私の握手にほとんど當惑した。要するに私はめでたいのではないだらうか。私にとつて、めでたいといふ事ほどひどい恥辱はなかつたのである。

おなじころ、よくないことが續いて起つた。ある日の晝食の際に、私は弟や友人たちといつしよに食卓へ向つてゐたが、その傍でみよが、紅い猿の面の繪團扇でぱさぱさと私たちをあふぎながら給仕してゐた。私はその團扇の風の量で、みよの心をこつそり計つてゐたものだ。みよは、私よりも弟の方を多くあふいだ。私は絶望して、カツレツの皿へぱちつとフオクを置いた。

みんなして私をいぢめるのだ、と思ひ込んだ。友人たちだつてまへから知つてゐたに違ひない、と無闇に人を疑つた。もう、みよを忘れてやるからいい、と私はひとりできめてゐた。

また二三日たつて、ある朝のこと、私は、前夜ふかした煙草がまだ五六ぽん箱にはひつて殘つてゐるのを枕元へ置き忘れたままで番小屋へ出掛け、あとで氣がついてうろたへて部屋へ引返して見たが、部屋は綺麗に片づけられ箱がなかつたのである。私は觀念した。みよを呼んで、煙草はどうした、見つけられたらう、と叱るやうにして聞いた。みよは眞面目な顔をして首を振つた。そしてすぐ、部屋のなげしの裏へ脊のびして手をつつこんだ。金色の二つの蝙蝠が飛んである緑いろの小さな紙箱はそこから出た。

私はこのことから勇氣を百倍にもして取りもどし、まへからの決意にふたたび眼ざめたのである。しかし、弟のことを思ふとやはり氣がふさがつて、みよのわけで友人たちと騒ぐことをも避けたし、そのほか弟には、なにかにつけていやしい遠慮をした。自分から進んでみよを誘惑することもひかへた。私はみよから打ち明けられるのを待つことにした。私はいくらでもその機會をみよに與へることができたのだ。私は屡々みよを部屋へ呼んで要らない用事を言ひつけた。そして、みよが私の部屋へはひつて來るときには、私はどこかしら油斷のあるくつろいだ恰好をして見せたのである。みよの心を動かすために、私は顔にも氣をくばつた。その頃になつて私の顔の吹出物もどうやら直つてゐたが、それでも惰性で、私はなにかと顔をこしらへてゐた。私はその蓋のおもてに蔦のやうな長くくねつた蔓草がいつぱい彫り込まれてある美しい銀のコンパクトを持つてゐた。それでもつて私のきめを時折うめてゐたのだけれど、それを尚すこし心をいれてしたのである。

これからはもう、みよの決心しだいであると思つた。しかし、機會はなかなか來なかつたのである。番小屋で勉強してゐる間も、ときどきそこから脱け出て、みよを見に母屋へ歸つた。殆どあらつぽい程ばたんばたんとはき掃除してゐるみよの姿を、そつと眺めては唇をかんだ。

そのうちにたうとう夏やすみも終りになつて、私は弟や友人たちとともに故郷を立ち去らなければいけなくなつた。せめて此のつぎの休暇まで私を忘れさせないで置くやうな何か鳥渡した思ひ出だけでも、みよの心に植ゑつけたいと念じたが、それも駄目であつた。出發の日が來て、私たちはうちの黒い箱馬車へ乘り込んだ。うちの人たちと並んで玄關先へ、みよも見送りに立つてゐた。みよは、私の方も弟の方も、見なかつた。はづした萌黄のたすきを珠數のやうに兩手でつまぐりながら下ばかりを向いてゐた。いよいよ馬車が動き出してもさうしてゐた。私はおほきい心殘りを感じて故郷を離れたのである。

秋になつて、私はその都會から汽車で三十分ぐらゐかかつて行ける海岸の温泉地へ、弟をつれて出掛けた。そこには、私の母と病後の末の姉とが家を借りて湯治してゐたのだ。私はずつとそこへ寢泊りして、受驗勉強をつづけた。私は秀才といふぬきさしならぬ名譽のために、どうしても、中學四年から高等學校へはひつて見せなければならなかつたのである。私の學校ぎらひはその頃になつて、いつそうひどかつたのであるが、何かに追はれてゐる私は、それでも一途に勉強してゐた。私はそこから汽車で學校へかよつた。日曜毎に友人たちが遊びに來るのだ。私たちは、もう、みよの事を忘れたやうにしてゐた。私は友人たちと必ずピクニツクにでかけた。海岸のひらたい岩の上で、肉鍋をこさへ、葡萄酒をのんだ。弟は聲もよくて多くのあたらしい歌を知つてゐたから、私たちはそれらを弟に教へてもらつて、聲をそろへて歌つた。遊びつかれてその岩の上で眠つて、眼がさめると潮が滿ちて陸つづきだつた筈のその岩が、いつか離れ島になつてゐるので、私たちはまだ夢から醒めないでゐるやうな氣がするのである。

私はこの友人たちと一日でも逢はなかつたら淋しいのだ。そのころの事であるが、或る野分のあらい日に、私は學校で教師につよく兩頰をなぐられた。それが偶然にも私の仁俠的な行爲からそんな處罰を受けたのだから、私の友人たちは怒つた。その日の放課後、四年生全部が博物教室へ集つて、その教師の追放について協議したのである。ストライキ、ストライキ、と聲高くさけぶ生徒もあつた。私は狼狽した。もし私一個人のためを思ってストライキをするのだつたら、よして呉れ、私はあの教師を憎んでゐない、事件は簡單なのだ、簡單なのだ、と生徒たちに頼みまはつた。友人たちは私を卑怯だとか勝手だとか言つた。私は息苦しくなつて、その教室から出て了つた。温泉場の家へ歸つて、私はすぐ湯にはひつた。野分にたたかれて破れつくした二三枚の芭蕉の葉が、その庭の隅から湯槽のなかへ青い影を落してゐた。私は湯槽のふちに腰かけながら生きた氣もせず思ひに沈んだ。

恥しい思ひ出に襲はれるときにはそれを振りはらふために、ひとりして、さて、と呟く癖が私にあつた。簡單なのだ、簡單なのだ、と囁いて、あちこちをうろうろしてゐた自身の姿を想像して私は、湯を掌で掬つてはこぼし掬つてはこぼししながら、さて、さて、と何回も言つた。

あくる日、その教師が私たちにあやまつて、結局ストライキは起らなかつたし、友人たちともわけなく仲直り出來たけれど、この災難は私を暗くした。みよのことなどしきりに思ひ出された。つひには、みよと逢はねば自分がこのまま墮落してしまひさうにも、考へられたのである。

ちやうど母も姉も湯治からかへることになつて、その出立の日が、あたかも土曜日であつたから、私は母たちを送つて行くといふ名目で、故郷へ戻ることが出來た。友人たちには祕密にしてこつそり出掛けたのである。弟にも歸郷のほんとのわけは言はずに置いた。言はなくても判つてゐるのだと思つてゐた。

みんなでその温泉場を引きあげ、私たちの世話になつてゐる呉服商へひとまづ落ちつき、それから母と姉と三人で故郷へ向つた。列車がプラツトフオムを離れるとき、見送りに來てゐた弟が、列車の窓から青い富士額を覗かせて、がんばれ、とひとこと言つた。私はそれをうつかり素直に受けいれて、よしよし、と氣嫌よくうなづいた。

馬車が隣村を過ぎて、次第にうちへ近づいて來ると、私はまつたく落ちつかなかつた。日が暮れて、空も山もまつくらだつた。稻田が秋風に吹かれてさらさらと動く聲に、耳傾けては胸を轟かせた。絶えまなく窓のそとの闇に眼をくばつて、道ばたのすすきのむれが白くぽつかり鼻先に浮ぶと、のけぞるくらゐびつくりした。

玄關のほの暗い軒燈の下でうちの人たちがうようよ出迎へてゐた。馬車がとまつたとき、みよもばたばた走つて玄關から出て來た。寒さうに肩を丸くすぼめてゐた。

その夜、二階の一間に寢てから、私は非常に淋しいことを考へた。凡俗といふ觀念に苦しめられたのである。みよのことが起つてからは、私もたうとう莫迦になつて了つたのではないか。女を思ふなど、誰にでもできることである。しかし、私のはちがふ、ひとくちには言へぬがちがふ。私の場合は、あらゆる意味で下等でない。しかし、女を思ふほどの者は誰でもさう考へてゐるのではないか。しかし、と私は自身のたばこの煙にむせびながら強情を張つた。私の場合には思想がある！

私はその夜、みよと結婚するに就いて、必ずさけられないうちの人たちとの論争を思ひ、寒いほどの勇氣を得た。私のすべての行爲は凡俗でない、やはり私はこの世のかなりな單位にちがひないのだ、と確信した。それでもひどく淋しかつた。淋しさが、どこから來るのか判らなかつた。どうしても寢つかれないので、あのあんまをした。みよの事をすつかり頭から拔いてした。みよをよごす氣にはなれなかつたのである。

朝、眼をさますと、秋空がたかく澄んでゐた。私は早くから起きて、むかひの畑へ葡萄を取りに出かけた。みよに大きい竹籠を持たせてついて來させた。私はできるだけ氣輕なふうでみよにさう言ひつけたのだから、誰にも怪しまれなかつたのである。葡萄棚は畑の東南の隅にあつて、十坪ぐらゐの大きさにひろがつてゐた。葡萄の熟すころになると、よしずで四方をきちんと圍つた。私たちは片すみの小さい潛戸をあけて、かこひの中へはひつた。なかは、ほつかりと暖かつた。二三匹の黄色いあしながばちが、ぶんぶん言つて飛んでゐた。朝日が、屋根の葡萄の葉と、まはりのよしずを透して明るくさしてゐて、みよの姿もうすみどりいろに見えた。ここへ來る途中には、私もあれこれと計畫して、惡黨らしく口まげて微笑んだりしたのであつたが、かうしてたつた二人きりになつて見ると、あまりの氣づまりから殆ど不氣嫌になつて了つた。私はその板の潛戸をさへわざとあけたままにしてゐたものだ。

私は脊が高かつたから、踏臺なしに、ぱちんぱちんと植木鋏で葡萄のふさを摘んだ。そして、いちいちそれをみよへ手渡した。みよはその一房一房の朝露を白いエプロンで手早く拭きとつて、下の籠にいれた。私たちはひとことも語らなかつた。永い時間のやうに思はれた。そのうちに私はだんだん怒りつぽくなつた。葡萄がやつと籠いつぱいにならうとするころ、みよは、私の渡す一房へ差し伸べて寄こした片手を、ぴくつとひつこめた。私は、葡萄をみよの方へおしつけ、おい、と呼んで舌打した。

みよは、右手の附根を左手できゆつと握つていきんでゐた。刺されたべ、と聞くと、ああ、とまぶしさうに眼を細めた。ばか、と私は叱つて了つた。みよは默つて、笑つてゐた。これ以上私はそこにゐたたまらなかつた。くすりつけてやる、と言つてそのかこひから飛び出した。すぐ母屋へつれて歸つて、私はアンモニアの瓶を帳場の藥棚から搜してやつた。その紫の硝子瓶を、出來るだけ亂暴にみよへ手渡したきりで、自分で塗つてやらうとはしなかつた。

その日の午後に、私は、近ごろまちから新しく通ひ出した灰色の幌のかかつてあるそまつな乘合自動車にゆすぶられながら、故郷を去つた。うちの人たちは馬車で行け、と言つたのだが、定紋のついて黒くてかてか光つたうちの箱馬車は、殿樣くさくて私にはいやだつたのである。私は、みよとふたりして摘みとつた一籠の葡萄を膝の上にのせて、落葉のしきつめた田舍道を意味ふかく眺めた。私は滿足してゐた。あれだけの思ひ出でもみよに植ゑつけてやつたのは私として精いつぱいのことである、と思つた。みよはもう私のものにきまつた、と安心した。

そのとしの冬やすみは、中學生としての最後の休暇であつたのである。歸郷の日のちかくなるにつれて、私と弟とは幾分の氣まづさをお互ひに感じてゐた。

いよいよ共にふるさとの家へ歸つて來て、私たちは先づ臺所の石の爐ばたに向ひあつてあぐらをかいて、それからきよろきよろとうちの中を見わたしたのである。みよがゐないのだ。私たちは二度も三度も不安な瞳をぶつつけ合つた。その日、夕飯をすませてから、私たちは次兄に誘はれて彼の部屋へ行き、三人して火燵にはひりながらトランプをして遊んだ。私にはトランプのどの札もただまつくろに見えてゐた。話の何かいいついでがあつたから、思ひ切つて次兄に尋ねた。女中がひとり足りなくなつたやうだが、と手に持つてゐる五六枚のトランプで顏を被ふやうにしつつ、餘念なささうな口調で言つた。もし次兄が突つこんで來たら、さいはひ弟も居合せてゐることだし、はつきり言つてしまはうと心をきめてゐた。

次兄は、自分の手の札を首かしげかしげしてあれこれと出し迷ひながら、みよか、みよは婆樣と喧嘩して里さ戻つた、あれは意地つぱりだぜえ、と呟いて、ひらつと一枚捨てた。私も一枚投げた。弟も默つて一枚捨てた。

それから四五日して、私は鷄舍の番小屋を訪れ、そこの番人である小說の好きな青年から、もつとくはしい話を聞いた。みよは、ある下男にたつたいちどよごされたのを、ほかの女中たちに知られて、私のうちにゐたたまらなくなつたのだ。男は、他にもいろいろ惡いことをしたので、そのときは既に私のうちから出されてゐた。それにしても、青年はすこし言ひ過ぎた。みよは、やめせ、やめせ、とあとで囁いた、とその男の手柄話まで添へて。

正月がすぎて、冬やすみも終りに近づいた頃、私は弟とふたりで、文庫藏へはひつてさまざまな藏書や軸物を見てあそんでゐた。高いあかり窓から雪の降つてゐるのがちらちら見えた。父の代から長兄の代にうつると、うちの部屋部屋の飾りつけから、かういふ藏書や軸物の類まで、ひたひたと變つて行くのを、私は歸鄉の度每に、興深く眺めてゐた。私は長兄がちかごろあたらしく求めたらしい一本の軸物をひろげて見てゐた。山吹が水に散つてゐる繪であつた。弟は私の傍へ、大きな寫眞箱を持ち出して來て、何百枚もの寫眞を、冷くなる指先へときどき白い息を吐きかけながら、せつせと見てゐた。しばらくして、弟は私の方へ、まだ臺紙の新しい手札型の寫眞をいちまいのべて寄こした。見ると、みよが最近私の母の供をして、叔母の家へでも行つたらしく、そのとき、叔母と三人してうつした寫眞のやうであつた。母がひとり低いソフアに坐つて、そのうしろに叔母とみよが同じ脊たけぐらゐで並んで立つてゐた。背景は薔薇の咲き亂れた花園であつた。私たちは、お互ひの頭をよせつつ、なほ鳥渡の間その寫眞に眼をそそいだ。私は、こころの中でとつくに弟と和解してゐたのだし、みよのあのことも、ぐづぐづして弟にはまだ知らせてなかつたし、わりにおちつきを裝うてその寫眞を眺めることが出來たのである。みよは、動いたらしく顏から胸にかけての輪廓がぼつとしてゐた。叔母は兩手を帶の上に組んでまぶしさうにしてゐた。私は、似てゐると思つた。

魚服記

一

本州の北端の山脈は、ぼんじゅ山脈というのである。せいぜい三四百米ほどの丘陵が起伏しているのであるから、ふつうの地図には載っていない。むかし、このへん一帯はひろびろした海であったそうで、義経が家来たちを連れて北へ北へと亡命して行って、はるか蝦夷の土地へ渡ろうとここを船でとおったということである。そのとき、彼等の船が此の山脈へ衝突した。突きあたった跡がいまでも残っている。山脈のまんなかごろのこんもりした小山の中腹にそれがある。約一畝歩ぐらいの赤土の崖がそれなのであった。

小山は馬禿山と呼ばれている。ふもとの村から崖を眺めるとはしっている馬の姿に似ているからと言うのであるが、事実は老いぼれた人の横顔に似ていた。

馬禿山はその山の陰の景色がいいから、いっそう此の地方で名高いのである。麓の村は戸数もわずか二三十でほんの寒村であるが、その村はずれを流れている川を二里ばかりさかのぼると馬禿山の裏へ出て、そこには十丈ちかくの滝がしろく落ちている。夏の末から秋にかけて山の木々が非常によく紅葉するし、そんな季節には近辺のまちから遊びに来る人たちで山もすこしにぎわうのである。滝の下には、ささやかな茶店さえ立つのである。

ことしの夏の終りごろ、此の滝で死んだ人がある。故意に飛び込んだのではなくて、まったくの過失からであった。植物の採集をしにこの滝へ来た色の白い都の学生である。このあたりには珍らしい羊歯類が多くて、そんな採集家がしばしば訪れるのだ。

滝壺は三方が高い絶壁で、西側の一面だけが狭くひらいて、そこから谷川が岩を噛みつつ流れ出ていた。絶壁は滝のしぶきでいつも濡れていた。羊歯類は此の絶壁のあちこちにも生えていて、滝のとどろきにしじゅうぶるぶるとそよいでいるのであった。

学生はこの絶壁によじのぼった。ひるすぎのことであったが、初秋の日ざしはまだ絶壁の頂上に明るく残っていた。学生が、絶壁のなかばに到達したとき、足だまりにしていた頭ほどの石ころがもろくも崩れた。崖から剥ぎ取られたようにすっと落ちた。途中で絶壁の老樹の枝にひっかかった。枝が折れた。すさまじい音をたてて淵へたたきこまれた。

滝の附近に居合せた四五人がそれを目撃した。しかし、淵のそばの茶店にいる十五になる女の子が一番はっきりとそれを見た。

いちど、滝壺ふかく沈められて、それから、すらっと上半身が水面から躍りあがった。眼をつぶって口を小さくあけていた。青色のシャツのところどころが破れて、採集かばんはまだ肩にかかっていた。

それきりまたぐっと水底へ引きずりこまれたのである。

二

春の土用から秋の土用にかけて天気のいい日だと、馬禿山から白い煙の幾筋も昇っているのが、ずいぶん遠くからでも眺められる。この時分の山の木には精気が多くて炭をこさえるのに適しているから、炭を焼く人達も忙しいのである。

馬禿山には炭焼小屋が十いくつある。滝の傍にもひとつあった。此の小屋は他の小屋と余程はなれて建てられていた。小屋の人がちがう土地のものであったからである。茶店の女の子はその小屋の娘であって、スワという名前である。父親とふたりで年中そこへ寝起していたのであった。

スワが十三の時、父親は滝壺のわきに丸太とよしずで小さい茶店をこしらえた。ラムネと塩せんべいと水無飴（みずなしあめ）とそのほか二三種の駄菓子をそこへ並べた。

夏近くなって山へ遊びに来る人がぽつぽつ見え初めるじぶんになると、父親は毎朝その品物を手籠（てかご）へ入れて茶店迄（まで）はこんだ。スワは父親のあとからはだしでぱたぱたついて行った。父親はすぐ炭小屋へ帰ってゆくが、スワは一人いのこって店番するのであった。遊山の人影がちらとでも見えると、やすんで行きせえ、と大声で呼びかけるのだ。父親がそう言えと申しつけたからである。しかし、スワのそんな美しい声も滝の大きな音に消されて、たいていは、客を振りかえさすことさえ出来なかった。一日五十銭と売りあげることがなかったのである。

黄昏時（たそがれどき）になると父親は炭小屋から、からだ中を真黒にしてスワを迎えに来た。

「なんぼ売れた」

「なんも」

「そだべ、そだべ」

父親はなんでもなさそうに呟（つぶや）きながら滝を見上げるのだ。それから二人して店の品物をまた手籠へしまい込んで、炭小屋へひきあげる。

そんな日課が霜のおりるころまでつづくのである。

スワを茶店にひとり置いても心配はなかった。山に生れた鬼子であるから、岩根を踏みはずしたり滝壺へ吸いこまれたりする気づかいがないのであった。天気が良いとスワは裸身になって滝壺のすぐ近くまで泳いで行った。泳ぎながらも客らしい人を見つけると、あかちゃけた短い髪を元気よくかきあげてから、やすんで行きせえ、と叫んだ。

雨の日には、茶店の隅でむしろをかぶって昼寝をした。茶店の上には樫（かし）の大木がしげった枝をさしのべていていい雨よけになった。

つまりそれまでのスワは、どうどうと落ちる滝を眺めては、こんなに沢山水が落ちてはいつかきっとなくなって了（しま）うにちがいない、と期待したり、滝の形はどうしてこういつも同じなのだろう、といぶかしがったりしていたものであった。

それがこのごろになって、すこし思案ぶかくなったのである。

滝の形はけっして同じでないということを見つけた。しぶきのはねる模様でも、滝の幅でも、眼まぐるしく変っているのがわかった。果ては、滝は水でない、雲なのだ、ということも知った。滝口から落ちると白くもくもくふくれ上る案配からでもそれと察しられた。だいいち水がこんなにまでしろくなる訳はない、と思ったのである。

スワはその日もぼんやり滝壺のかたわらに佇（たたず）んでいた。曇った日で秋風が可成りいたくスワの赤い頬を吹きさらしているのだ。

むかしのことを思い出していたのである。いつか父親がスワを抱いて炭窯(すみがま)の番をしながら語ってくれたが、それは、三郎と八郎というきこりの兄弟があって、弟の八郎が或る日、谷川でやまべというさかなを取って家へ持って来たが、兄の三郎がまだ山からかえらぬうちに、其のさかなをまず一匹焼いてたべた。食ってみるとおいしかった。二匹三匹とたべてもやめられないで、とうとうみんな食ってしまった。そうするとのどが乾いて乾いてたまらなくなった。井戸の水をすっかりのんで了って、村はずれの川端へ走って行って、又水をのんだ。のんでるうちに、体中へぶつぶつと鱗(うろこ)が吹き出た。三郎があとからかけつけた時には、八郎はおそろしい大蛇(だいじゃ)になって川を泳いでいた。八郎やあ、と呼ぶと、川の中から大蛇が涙をこぼして、三郎やあ、とこたえた。兄は堤の上から弟は川の中から、八郎やあ、三郎やあ、と泣き泣き呼び合ったけれど、どうする事も出来なかったのである。

スワがこの物語を聞いた時には、あわれであわれで父親の炭の粉だらけの指を小さな口におしこんで泣いた。

スワは追憶からさめて、不審げに眼をぱちぱちさせた。滝がささやくのである。八郎やあ、三郎やあ、八郎やあ。

父親が絶壁の紅い蔦の葉を掻(か)きわけながら出て来た。

「スワ、なんぼ売れた」

スワは答えなかった。しぶきにぬれてきらきら光っている鼻先を強くこすった。父親はだまって店を片づけた。

炭小屋までの三町程の山道を、スワと父親は熊笹を踏みわけつつ歩いた。

「もう店しまうべえ」

父親は手籠を右手から左手へ持ちかえた。ラムネの瓶がからから鳴った。

「秋土用すぎで山さ来る奴もねえべ」

日が暮れかけると山は風の音ばかりだった。楢(なら)や樅(もみ)の枯葉が折々みぞれのように二人のからだへ降りかかった。

「お父(と)」

スワは父親のうしろから声をかけた。

「おめえ、なにしに生きてるば」

父親は大きい肩をぎくっとすぼめた。スワのきびしい顔をしげしげ見てから呟いた。

「判らねじゃ」

スワは手にしていたすすきの葉を噛みさきながら言った。

「くたばった方あ、いいんだに」

父親は平手をあげた。ぶちのめそうと思ったのである。しかし、もじもじと手をおろした。スワの気が立って来たのをとうから見抜いていたが、それもスワがそろそろ一人前のおんなになったからだな、と考えてそのときは堪忍してやったのであった。

「そだべな、そだべな」

スワは、そういう父親のかかりくさのない返事が馬鹿くさくて馬鹿くさくて、すすきの葉をべっべっと吐き出しつつ、

「阿呆、阿呆」

と呶鳴(どな)った。

三

ぼんが過ぎて茶店をたたんでからスワのいちばんいやな季節がはじまるのである。

父親はこのころから四五日置きに炭を脊負って村へ売りに出た。人をたのめばいいのだ

けれど、そうすると十五銭も二十銭も取られてたいしたついえであるから、スワひとりを残してふもとの村へおりて行くのであった。

スワは空の青くはれた日だとその留守に蕈をさがしに出かけるのである。父親のこさえる炭は一俵で五六銭も儲けがあればいい方だったし、とてもそれだけではくらせないから、父親はスワに蕈を取らせて村へ持って行くことにしていた。

なめこというぬらぬらした豆きのこは大変ねだんがよかった。それは羊歯類の密生している腐木へかたまってはえているのだ。スワはそんな苔を眺めるごとに、たった一人のともだちのことを追想した。蕈のいっぱいつまった籠の上へ青い苔をふりまいて、小屋へ持って帰るのが好きであった。

父親は炭でも蕈でもそれがいい値で売れると、きまって酒くさいいきをしてかえった。たまにはスワへも鏡のついた紙の財布やなにかを買って来て呉れた。

凩のために朝から山があれて小屋のかけむしろがにぶくゆすられていた日であった。父親は早暁から村へ下りて行ったのである。

スワは一日じゅう小屋へこもっていた。めずらしくきょうは髪をゆってみたのである。ぐるぐる巻いた髪の根へ、父親の土産の浪模様がついたたけながをむすんだ。それから焚火をうんと燃やして父親の帰るのを待った。木々のさわぐ音にまじってけだものの叫び声が幾度もきこえた。

日が暮れかけて来たのでひとりで夕飯を食った。くろいめしに焼いた味噌をかてて食った。

夜になると風がやんでしんしんと寒くなった。こんな妙に静かな晩には山できっと不思議が起るのである。天狗の大木を伐り倒す音がめりめりと聞えたり、小屋の口あたりで、誰かのあずきをとぐ気配がさくさくと耳についたり、遠いところから山人の笑い声がはっきり響いて来たりするのであった。

父親を待ちわびたスワは、わらぶとん着て炉ばたへ寝てしまった。うとうと眠っていると、ときどきそっと入口のむしろをあけて覗き見するものがあるのだ。山人が覗いているのだ、と思って、じっと眠ったふりをしていた。

白いもののちらちら入口の土間へ舞いこんで来るのが燃えのこりの焚火のあかりでおぼろに見えた。初雪だ！　と夢心地ながらうきうきした。

疼痛。からだがしびれるほど重かった。ついであのくさい呼吸を聞いた。

「阿呆」

スワは短く叫んだ。

ものもわからず外へはしって出た。

吹雪！　それがどっと顔をぶった。思わずめためた坐って了った。みるみる髪も着物もまっしろになった。

スワは起きあがって肩であらく息をしながら、むしむし歩き出した。着物が烈風で揉みくちゃにされていた。どこまでも歩いた。

滝の音がだんだんと大きく聞えて来た。ずんずん歩いた。てのひらで水洟を何度も拭った。ほとんど足の真下で滝の音がした。

狂い唸る冬木立の、細いすきまから、

「おど！」

とひくく言って飛び込んだ。

四

気がつくとあたりは薄暗いのだ。滝の轟きが幽かに感じられた。ずっと頭の上でそれを感じたのである。からだがその響きにつれてゆらゆら動いて、みうちが骨まで冷たかった。

ははあ水の底だな、とわかると、やたらむしょうにすっきりした。さっぱりした。

ふと、両脚をのばしたら、すすと前へ音もなく進んだ。鼻がしらがあやうく岸の岩角へぶっつかろうとした。

大蛇！

大蛇になってしまったのだと思った。うれしいな、もう小屋へ帰れないのだ、とひとりごとを言って口ひげを大きくうごかした。

小さな鮒であったのである。ただ口をぱくぱくとやって鼻さきの疣をうごめかしただけのことであったのに。

鮒は滝壺のちかくの淵をあちこちと泳ぎまわった。胸鰭をぴらぴらさせて水面へ浮んで来たかと思うと、つと尾鰭をつよく振って底深くもぐりこんだ。

水のなかの小えびを追っかけたり、岸辺の葦のしげみに隠れて見たり、岩角の苔をすすったりして遊んでいた。

それから鮒はじっとうごかなくなった。時折、胸鰭をこまかくそよがせるだけである。なにか考えているらしかった。しばらくそうしていた。

やがてからだをくねらせながらまっすぐに滝壺へむかって行った。たちまち、くるくると木の葉のように吸いこまれた。

列車

一九二五年に梅鉢工場という所でこしらえられたC五一型のその機関車は、同じ工場で同じころ製作された三等客車輛と、食堂車、二等客車、二等寝台車、各々一輛ずつと、ほかに郵便やら荷物やらの貨車三輛と、都合九つの箱に、ざっと二百名からの旅客と十万を越える通信とそれにまつわる幾多の胸痛む物語とを載せ、雨の日も風の日も午後の二時半になれば、ピストンをはためかせて上野から青森へ向けて走った。時に依って万歳の叫喚で送られたり、手巾で名残を惜まれたり、または嗚咽でもって不吉な餞を受けるのである。列車番号は一〇三。

番号からして気持が悪い。一九二五年からいままで、八年も経っているが、その間にこの列車は幾万人の愛情を引き裂いたことか。げんに私が此の列車のため、ひどくからい目に遭わされた。

つい昨年の冬、汐田がテツさんを国元へ送りかえした時のことである。

テツさんと汐田とは同じ郷里で幼いときからの仲らしく、私も汐田と高等学校の寮でひとつ室に寝起していた関係から、折にふれてはこの恋愛を物語られた。テツさんは貧しい育ちの娘であるから、少々内福な汐田の家では二人の結婚は不承知であって、それゆえ汐田は彼の父親と、いくたびとなく烈しい口論をした。その最初の喧嘩の際、汐田は卒倒せん許りに興奮して、しまいに、滴々と鼻血を流したのであるが、そのような愚直な挿話さえ、年若い私の胸を異様に轟かせたものだ。

そのうちに私も汐田も高等学校を出て、一緒に東京の大学へはいった。それから三年経っている。この期間は、私にとっては困難なとしつきであったけれども、汐田にはそんなことがなかったらしく、毎日をのうのうと暮していたようであった。私の最初間借していた家が大学のじき近くにあったので、汐田は入学当時こそほんの二三回そこへ寄って呉れたが、環境も思想も音を立てつつ離叛して行っている二人には、以前のようなわけへだて無い友情はとても望めなかったのだ。私のひがみからかも知れないが、あのとき若し、テツさんの上京さえなかったなら、汐田はきっと永久に私から遠のいて了うつもりであったらしい。

汐田は私とむつまじい交渉を絶ってから三年目の冬に、突然、私の郊外の家を訪れてテツさんの上京を告げたのである。テツさんは汐田の卒業を待ち兼ねて、ひとりで東京へ逃げて来たのであった。

そのころには私も或る無学な田舎女と結婚していたし、いまさら汐田のその出来事に胸をときめかすような、そんな若やいだ気持を次第にうしないかけていた矢先であったから、汐田のだしぬけな来訪に幾分まごつきはしたが、彼のその訪問の底意を見抜く事を忘れなかった。そんな一少女の出奔を知己の間に言いふらすことが、彼の自尊心をどんなに満足させたか。私は彼の有頂天を不愉快に感じ、彼のテツさんに対する真実を疑いさえした。私のこの疑惑は無残にも的中していた。彼は私にひとしきり、狂喜し感激して見せた揚句、眉間に皺を寄せて、どうしたらいいだろう？　という相談を小声で持ちかけたではないか。私は最早、そのようなひまな遊戯には同情が持てなかったので、君も悧巧になったね、君がテツさんに昔程の愛を感じられなかったなら、別れるほかはあるまい、と汐田の思うつぼを直截に言ってやった。汐田は、口角にまざまざと微笑をふくめて、しかし、と考え込んだ。

それから四五日して私は汐田から速達郵便を受け取った。その葉書には、友人たちの忠告もあり、お互の将来のためにテツさんをくにへ返す、あすの二時半の汽車で帰る筈だ、という意味のことがらが簡単に認められていた。私は頼まれもせぬのに、テツさんを見送ってやろうと即座に覚悟をきめた。私にはそんな軽はずみなことをしがちな悲しい習性があったのである。

あくる日は朝から雨が降っていた。

私はしぶる妻をせきたてて、一緒に上野駅へ出掛けた。

一〇三号のその列車は、つめたい雨の中で黒煙を吐きつつ発車の時刻を待っていた。私たちは列車の窓をひとつひとつたんねんに捜して歩いた。テツさんは機関車のすぐ隣の三等客車に席をとっていた。三四年まえに汐田の紹介でいちど逢ったことがあるけれども、あれから見ると顔の色がたいへん白くなって、頤のあたりもふっくりとふとっているのであった。テツさんも私の顔を忘れずにいて呉れて、私が声をかけたら、すぐ列車の窓から半身乗り出して嬉しそうに挨拶をかえしたのである。私はテツさんに妻を引き合せてやった。私がわざわざ妻を連れて来たのは妻も亦テツさんと同じように貧しい育ちの女であるから、テツさんを慰めるにしても、私などよりなにかきっと適切な態度や言葉をもってするにちがいないと独断したからであった。しかし、私はまんまと裏切られたのである。テツさんと妻は、お互に貴婦人のようなお辞儀を無言で取り交しただけであった。私は、まのわるい思いがして、なんの符号であろうか客車の横腹へしろいペンキで小さく書かれてあるスハフ 134273 という文字のあたりをこつこつと洋傘の柄でたたいたものだ。

テツさんと妻は天候について二言三言話し合った。その対話がすんで了うと、みんなは愈々手持ぶさたになった。テツさんは、窓縁につつましく並べて置いた丸い十本の指を矢鱈にかがめたり伸ばしたりしながら、ひとつ処をじっと見つめているのであった。私はそのような光景を見て居れなかったので、テツさんのところからこっそり離れて、長いプラットフオムをさまよい歩いたのである。列車の下から吐き出されるスチイムが冷い湯気となって、白々と私の足もとを這い廻っていた。

私は電気時計のあたりで立ちどまって、列車を眺めた。列車は雨ですっかり濡れて、黝く光っていた。

三輛目の三等客車の窓から、思い切り首をさしのべて五、六人の見送りの人たちへおろおろ会釈している蒼黒い顔がひとつ見えた。その頃日本では他の或る国と戦争を始めていたが、それに動員された兵士であろう。私は見るべからざるものを見たような気がして、窒息しそうに胸苦しくなった。

数年まえ私は或る思想団体にいささかでも関係を持ったことがあって、のちまもなく見映えのせぬ申しわけを立ててその団体と別れてしまったのであるが、いま、こうして兵士を眼の前に凝視し、また、恥かしめられ汚されて帰郷して行くテツさんを眺めては、私のあんな申しわけが立つ立たぬどころでないと思ったのである。

私は頭の上の電気時計を振り仰いだ。発車まで未だ三分ほど間があった。私は堪らない気持がした。誰だってそうであろうが、見送人にとって、この発車前の三分間ぐらい閉口なものはない。言うべきことは、すっかり言いつくしてあるし、ただむなしく顔を見合せているばかりなのである。まして今のこの場合、私はその言うべき言葉さえなにひとつ考えつかずにいるではないか。妻がもっと才能のある女であったならば、私はまだしも気楽なのであるが、見よ、妻はテツさんの傍にいながら、むくれたような顔をして先刻から黙って立ちつくしているのである。私は思い切ってテツさんの窓の方へあるいて行った。

発車が間近いのである。列車は四百五十哩(マイル)の行程を前にしていきりたち、プラットフオムは色めき渡った。私の胸には、もはや他人の身の上まで思いやるような、そんな余裕がなかったので、テツさんを慰めるのに「災難」という無責任な言葉を使ったりした。しかし、のろまな妻は列車の横壁にかかってある青い鉄札の、水玉が一杯ついた文字を此頃習いたてのたどたどしい智識でもって、FOR A-O-MO-RI とひくく読んでいたのである。

地球図

ヨワ榎（えのき）は伴天連（バテレン）ヨワン・バッティスタ・シロオテの墓標である。切支丹（キリシタン）屋敷の裏門をくぐってすぐ右手にそれがあった。いまから二百年ほどむかしに、シロオテはこの切支丹屋敷の牢のなかで死んだ。彼のしかばねは、屋敷の庭の片隅にうずめられ、ひとりの風流な奉行がそこに一本の榎を植えた。榎は根を張り枝をひろげた。としを経て大木になり、ヨワン榎とうたわれた。

ヨワン・バッティスタ・シロオテは、ロオマンの人であって、もともと名門の出であった。幼いときからして天主の法をうけ、学に従うこと二十二年、そのあいだ十六人もの先生についた。三十六歳のとき、本師キレイメンス十二世からヤアパンニアに伝道するよう言いつけられた。西暦一千七百年のことである。

シロオテは、まず日本の風俗と言葉とを勉強した。この勉強に三年かかったのである。

ヒイタサントオルムという日本の風俗を記した小冊子と、デキショナアリヨムという日本の単語をいちいちロオマンの単語でもって飜訳してある書物と、この二冊で勉強したのであった。ヒイタサントオルムのところどころには、絵をえがきいれた頁がさしはさまれていた。

三年研究して自信のついたころ、やはりおなじ師命をうけてペッケンにおもむくトオマス・テトルノンという人と、めいめいカレイ一隻ずつに乗りつれ、東へ進んだ。ヤネワを経て、カナアリヤに至り、ここでまたフランスヤの海船一隻ずつに乗りかえ、とうとうロクソンに着いた。ロクソンの海岸に船をつなぎ、ふたりは上陸した。トオマス・テトルノンは、すぐシロオテと別れてペッケンへむかったが、シロオテはひとりいのこって、くさぐさの準備をととのえた。ヤアパンニアは近いのである。

ロクソンには日本人の子孫が三千人もいたので、シロオテにとって何かと便利であった。シロオテは所持の貨幣を黄金に換えた。ヤアパンニアでは黄金を重宝(ちょうほう)にするという噂話(うわさばなし)を聞いたからであった。日本の衣服をこしらえた。碁盤のすじのような模様がついた浅黄いろの木綿着物であった。刀も買った。刃わたり二尺四寸余の長さであった。

やがてシロオテはロクソンより日本へ向った。海上たちまちに風逆し、浪あらく、航海は困難であった。船が三たびも覆りかけたのである。ロオマンをあとにして三年目のことであった。

宝永五年の夏のおわりごろ、大隅の国の屋久島から三里ばかり距てた海の上に、目なれぬ船の大きいのが一隻うかんでいるのを、漁夫たちが見つけた。また、その日の黄昏時、おなじ島の南にあたる尾野間という村の沖に、たくさんの帆をつけた船が、小舟を一隻引きながら、東さしてはしって行くのを、村の人たちが発見し、海岸へ集って罵りさわいだが、漸く沖合いのうすぐらくなるにつれ、帆影は闇の中へ消えた。そのあくる朝、尾野間から二里ほど西の湯泊という村の沖のかなたに、きのうの船らしいものが見えたが、強い北風をいっぱい帆にはらみつつ、南をさしてみるみる疾航し去った。

その日のことである。屋久島の恋泊村の藤兵衛という人が、松下というところで炭を焼くための木を伐っていると、うしろの方で人の声がした。ふりむくと、刀をさしたさむらいが、夏木立の青い日影を浴びて立っていた。シロオテである。髪を剃ってさかやきをこしらえていた。あの浅黄色の着物を着て、刀を帯び、かなしい眼をして立っていた。

シロオテは片手あげておいでおいでをしつつ、デキショナアリヨムで覚えた日本の言葉を二つ三つ歌った。しかし、それは不思議な言葉であった。デキショナアリヨムが不完全だったのである。藤兵衛は幾度となく首を振って考えた。言葉より動作が役に立った。シロオテは両手で水を掬(すく)って呑む真似を、烈しく繰り返した。藤兵衛は持ち合せの器に水を汲んで、草原の上にさし置き、いそいで後ずさりした。シロオテはその水を一息に呑んでしまって、またおいでおいでをした。藤兵衛はシロオテの刀をおそれて近よらなかった。シロオテは藤兵衛の心をさとったと見えて、やがて刀を鞘(さや)ながら抜いて差し出し、また、あやしい言葉を叫ぶのであった。藤兵衛は身をひるがえして逃げた。きのうの大船のものにちがいない、と気附いたのである。磯辺に出て、かなたこなたを見廻したが、あの帆掛船の影も見えず、また、他に人のいるけはいもなかった。引返して村へ駈けこんで、安兵衛という人にたのみ、奇態なものを見つけたゆえ、参り呉れるよう、村中へ触れさせた。

こうしてシロオテは、ヤアパンニアの土を踏むか踏まぬかのうちに、その変装を見破られ、島の役人に捕えられた。ロオマンで三年のとしつき日本の風俗と言葉とを勉強したことが、なんのたしにもならなかったのである。

シロオテは、長崎へ護送された。伴天連らしきものとして長崎の獄舎に置かれたのである。しかし、長崎の奉行たちは、シロオテを持てあましてしまった。阿蘭陀(オランダ)の通事たちに、シロオテの日本へ渡って来たわけを調べさせたけれど、シロオテの言葉が日本語のようではありながら発音やアクセントの違うせいか、エド、ナンガサキ、キリシタン、などの言葉しか聞きわけることができなかったのである。阿蘭陀人を背教者の故をもってか、ずいぶん憎がっているような素振りも見えるので、阿蘭陀人をして直接シロオテと対談させることもならず、奉行たちはたいへん困った。ひとりの奉行は、一策として、法廷のうしろの障子(しょうじ)の蔭にふとった阿蘭陀人をひそませて置いて、シロオテを訊問してみた。ほかの奉行たちも、これをいい思いつきであるとして期待した。さて、奉行とシロオテとは、わけの判らぬ問答をはじめた。シロオテは、いかにもしてその思うところを言いあらわし自分の使命を了解させたいとむなしい苦悶(くもん)をしているようであった。よい加減のところで訊問を切りあげてから、奉行たちは障子のかげの阿蘭陀人に、どうだ、と尋ねた。阿蘭陀人は、とんとわからぬ、と答えた。だいいち阿蘭陀人には、ロオマンの言葉がわからぬうえに、まして、その言うところは半ば日本の言葉もまじっているのであるから、猶々(なおなお)、聞きわけることがむずかしかったのであろう。

長崎では、とうとう訊問に絶望して、このことを江戸へ上訴した。江戸でこの取調べに当ったのは、新井白石である。

長崎の奉行たちがシロオテを糺問して失敗したのは宝永五年の冬のことであるが、そのうちに年も暮れて、あくる宝永六年の正月に将軍が死に、あたらしい将軍が代ってなった。そういう大きなさわぎのためにシロオテは忘れられていた。ようようその年の十一月のはじめになって、シロオテは江戸へ召喚された。シロオテは長崎から江戸までの長途を駕籠にゆられながらやって来た。旅のあいだは、来る日も来る日も、焼栗四つ、蜜柑二つ、干柿五つ、丸柿二つ、パン一つを役人から与えられて、わびしげに食べていた。

新井白石は、シロオテとの会見を心待ちにしていた。白石は言葉について心配をした。とりわけ、地名や人名または切支丹の教法上の術語などには、きっとなやまされるであろうと考えた。白石は、江戸小日向にある切支丹屋敷から蛮語に関する文献を取り寄せて、下調べをした。

シロオテは、程なく江戸に到着して切支丹屋敷にはいった。十一月二十二日をもって訊問を開始するようにきめた。ときの切支丹奉行は横田備中守と柳沢八郎右衛門のふたりであった。白石は、まえもってこの人たちと打ち合せをして置いて、当日は朝はやくから切支丹屋敷に出掛けて行き、奉行たちと共に、シロオテの携えて来た法衣や貨幣や刀やその他の品物を検査し、また、長崎からシロオテに附き添うて来た通事たちを招き寄せて、たとえばいま、長崎のひとをして陸奥の方言を聞かせたとしても、十に七八は通じるであろう、ましてイタリヤと阿蘭陀とは、私が万国の図を見てしらべたところに依ると、長崎陸奥のあいだよりは相さること近いのであるから、阿蘭陀の言葉でもってイタリヤの言葉を押しはかることもさほどむずかしいとは思われぬ、私もその心して聞こう故、かたがたもめいめいの心に推しはかり、思うところを私に申して呉れ、たとえかたがたの推量にひがごとがあっても、それは咎むべきでない、奉行の人たちも通事の誤訳を罪せぬよう、と諭した。人々は、承知した、と答えて審問の席に臨んだ。そのときの大通事は今村源右衛門。稽古通事は品川兵次郎、嘉福喜蔵。

その日のひるすぎ、白石はシロオテと会見した。場所は切支丹屋敷内であって、その法庭の南面に板縁があり、その縁ちかくに奉行の人たちが着席し、それより少し奥の方に白石が坐った。大通事は板縁の上、西に跪き、稽古通事ふたりは板縁の上、東に跪いた。縁から三尺ばかり離れた土間に榻を置いてシロオテの席となした。やがて、シロオテは獄中から輿ではこばれて来た。長い道中のために両脚が萎えてかたわになっていたのである。歩卒ふたり左右からさしはさみ助けて、榻につかせた。

シロオテのさかやきは伸びていた。薩州の国守からもらった茶色の綿入れ着物を着ていたけれど、寒そうであった。座につくと、静かに右手で十字を切った。

白石は通事に言いつけて、シロオテの故郷のことなど問わせ、自分はシロオテの答える言葉に耳傾けていた。その語る言葉は、日本語にちがいなく、畿内、山陰、西南海道の方言がまじっていて聞きとりがたいところもあったけれど、かねて思いはかっていたよりは了解がやさしいのであった。ヤアパンニアの牢のなかで一年をすごしたシロオテは、日本の言葉がすこし上手になっていたのである。通事との問答を一時間ほど聞いてから、白石みずから問いもし答えもしてみて、その会話にやや自信を得た。白石は、万国の図を取り出して、シロオテのふるさとをたずね問うた。シロオテは板縁にひろげられたその地図を首筋のばして覗いていたがやがて、これは明人のつくったもので意味のないものである、と言って声たてて笑った。地図の中央に薔薇の花のかたちをした大きい国があって、それには「大明」と記入されているのであった。

この日は、それだけの訊問で打ち切った。シロオテは、わずかの機会をもとらえて切支丹の教法を説こうと思ってか、ひどくあせっているふうであったが、白石はなぜか聞えぬふりをするのである。

あくる日の夜、白石は通事たちを自分のうちに招いて、シロオテの言うたことに就き、みんなに復習させた。白石は万国の図がはずかしめられたのを気にかけていた。切支丹屋敷にオオランド鏤版の古い図があるということを奉行たちから聞き、このつぎの訊問のときにはひとつそれをシロオテに見せてやるよう、言いつけて散会した。

一日おいて二十五日に、白石は早朝から吟味所へつめかけた。午前十時ごろ、奉行の人たちもみんな出そろって着席した。やがてシロオテも輿ではこばれてやって来た。

きょうは、だいいちばんに、あのオオランド鏤版の地図を板縁いっぱいにひろげて、かの地方のことを問いただしたのである。地図のここかしこは破れて、虫に食われた孔がそちこちにちらばっていた。シロオテはその図を暫く眺めてから、これは七十余年まえに作られたものであって、いまでは、むこうの国でも得がたい好地図である、とほめた。ロオマンはどこであるか、と白石も膝をすすめて尋ねた。シロオテは、チルチヌスがあるか、と言った。通事たちは、ない、と答えた。なにごとか、と白石は通事たちに聞いた。阿蘭陀語ではパッスルと申し、イタリヤ語ではコンパスと申すもののことである、と通事のひとりが教えた。白石は、コンパスというものかどうか知らぬが、地図に用ありげな機械であるから、私がこの屋敷で見つけていま持って来てある、と言いつつ懐中から古びたコンパスを出して見せた。シロオテはそれを受けとり鳥渡（ちょっと）の間いじくりまわしていたが、これはコンパスにちがいないが、ねじがゆるんで用に立たぬ、しかし、ないよりはましかも知れぬ、という意味のことを述べ、その地図のうちに計るべきところをこまかく図してあるところを見て、筆を求め、その字を写しとってから、コンパスを持ち直してその分数をはかりとり、榻（こしかけ）に坐ったまま板縁の地図へずっと手をさしのばして、そのこまかく図してあるところより蜘蛛（くも）の網（い）のように画かれた線路をたずねながら、かなたこなたへコンパスを歩かせているうちに、手のやっと届くようなところへいって、ここであろう、見給え、と言いコンパスをさし立てた。みんな頭を寄せて見ると、針の孔のような小さいまるにコンパスのさきが止っていた。通事のひとりは、そのまるのかたわらの蕃字（ばんじ）をロオマンと読んだ。それから、阿蘭陀や日本の国々のあるところを問うに、また、まえの法のようにして、ひとところもさし損ねることがなかった。日本は思いのほかにせまくるしく、エドは虫に食われて、その所在をたしかめることさえできなかった。

シロオテは、コンパスをあちらこちらと歩かせつつ、万国のめずらしい話を語って聞かせた。黄金の産する国。たんばこの実る国。海鯨の住む大洋。木に棲み穴にいて生れながらに色の黒いくろんぼうの国。長人国。小人国。昼のない国。夜のない国。さては、百万の大軍がいま戦争さいちゅうの曠野。戦船百八十隻がたがいに砲火をまじえている海峡。シロオテは、日の没するまで語りつづけたのである。

日が暮れて、訊問もおわってから、白石はシロオテをその獄舎に訪れた。ひろい獄舎を厚い板で三つに区切ってあって、その西の一間にシロオテがいた。赤い紙を剪って十字を作り、それを西の壁に貼りつけてあるのが、くらがりを通して、おぼろげに見えた。シロオテはそれにむかって、なにやら経文を、ひくく読みあげていた。

白石は家へ帰って、忘れぬうちにもと、きょうシロオテから教わった知識を手帖に書いた。

――大地、海水と相合うて、その形まどかなること手毬の如くにして、天、円のうちに居る。たとえば、鶏子の黄なる、青きうちにあるが如し。その地球の周囲、九万里にして、上下四旁、皆、人ありて居れり。凡、その地をわかちて、五大州となす。云々。

それから十日ほど経って十二月の四日に、白石はまたシロオテを召し出し、日本に渡って来たことの由をも問い、いかなる法を日本にひろめようと思うのか、とたずねたのである。その日は朝から雪が降っていた。シロオテは降りしきる雪の中で、悦びに堪えぬ貌(かお)をして、私が六年さきにヤアパンニアに使するよう本師より言いつけられ、承って万里の風浪をしのぎ来て、ついに国都へついた、しかるに、きょうしも本国にあっては新年の初めの日として、人、皆、相賀するのである、このよき日にわが法をかたがたに説くとは、なんという仕合せなことであろう、と身をふるわせてそのよろこびを述べ、めんめんと宗門の大意を説きつくしたのであった。

デウスがハライソを作って無量無数のアンゼルスを置いたことから、アダン、エワの出生と堕落について。ノエの箱船のことや、モイセスの十誡(じっかい)のこと。そうしてエイズス・キリストスの降誕、受難、復活のてんまつ。シロオテの物語は、尽きるところなかった。

白石は、ときどき傍見(わきみ)をしていた。はじめから興味がなかったのである。すべて仏教の焼き直しであると独断していた。

白石のシロオテ訊問は、その日を以ておしまいにした。白石はシロオテの裁断について将軍へ意見を言上した。このたびの異人は万里のそとから来た外国人であるし、また、この者と同時に唐へ赴いたものもある由なれば、唐でも裁断をすることであろうし、わが国の裁断をも慎重にしなければならぬ、と言って三つの策を建言した。

第一にかれを本国へ返さるる事は上策也（此事難きに似て易き歟）

第二にかれを囚となしてたすけ置るる事は中策也（此事易きに似て尤難し）

第三にかれを誅せらるる事は下策也（此事易くして易かるべし）

将軍は中策を採って、シロオテをそののち永く切支丹屋敷の獄舎につないで置いた。しかし、やがてシロオテは屋敷の奴婢、長助はる夫婦に法を授けたというわけで、たいへんいじめられた。シロオテは折檻されながらも、日夜、長助はるの名を呼び、その信を固くして死ぬるとも志を変えるでない、と大きな声で叫んでいた。

それから間もなく牢死した。下策をもちいたもおなじことであった。

猿ヶ島

はるばると海を越えて、この島に着いたときの私の憂愁を思い給え。夜なのか昼なのか、島は深い霧に包まれて眠っていた。私は眼をしばたたいて、島の全貌を見すかそうと努めたのである。裸の大きい岩が急勾配を作っていくつもいくつも積みかさなり、ところどころに洞窟のくろい口のあいているのがおぼろに見えた。これは山であろうか。一本の青草もない。

私は岩山の岸に沿うてよろよろと歩いた。あやしい呼び声がときどき聞える。さほど遠くからでもない。狼であろうか。熊であろうか。しかし、ながい旅路の疲れから、私はかえって大胆になっていた。私はこういう咆哮をさえ気にかけず島をめぐり歩いたのである。

私は島の単調さに驚いた。歩いても歩いても、こつこつの固い道である。右手は岩山であって、すぐ左手には粗い胡麻石が殆ど垂直にそそり立っているのだ。そのあいだに、いま私の歩いている此の道が、六尺ほどの幅で、坦々とつづいている。

道のつきるところまで歩こう。言うすべもない混乱と疲労から、なにものも恐れぬ勇気を得ていたのである。

ものの半里も歩いたろうか。私は、再びもとの出発点に立っていた。私は道が岩山をぐるっとめぐってついてあるのを了解した。おそらく、私はおなじ道を二度ほどめぐったにちがいない。私は島が思いのほかに小さいのを知った。

霧は次第にうすらぎ、山のいただきが私のすぐ額のうえにのしかかって見えだした。峯が三つ。まんなかの円い峯は、高さが三四丈もあるであろうか。様様の色をしたひらたい岩で畳まれ、その片側の傾斜がゆるく流れて隣の小さくとがった峯へ伸び、もう一方の側の傾斜は、けわしい断崖をなしてその峯の中腹あたりにまで滑り落ち、それからまたふくらみがむくむく起って、ひろい丘になっている。断崖と丘の硲から、細い滝がひとすじ流れ出ていた。滝の附近の岩は勿論、島全体が濃い霧のために黝く濡れているのである。木が二本見える。滝口に、一本。樫に似たのが。丘の上にも、一本。えたいの知れぬふとい木が。そうして、いずれも枯れている。

私はこの荒涼の風景を眺めて、暫くぼんやりしていた。霧はいよいようすらいで、日の光がまんなかの峯にさし始めた。霧にぬれた峯は、かがやいた。朝日だ。それが朝日であるか、夕日であるか、私にはその香気でもって識別することができるのだ。それでは、いまは夜明けなのか。

私は、いくぶんすがすがしい気持になって、山をよじ登ったのである。見た眼には、けわしそうでもあるが、こうして登ってみると、きちんきちんと足だまりができていて、さほど難渋でない。とうとう滝口にまで這いのぼった。

ここには朝日がまっすぐに当り、なごやかな風さえ頬に感ぜられるのだ。私は樫に似た木の傍へ行って、腰をおろした。これは、ほんとうに樫であろうか、それとも楢か樅であろうか。私は梢までずっと見あげたのである。枯れた細い枝が五六本、空にむかい、手ぢかなところにある枝は、たいていぶざまにへし折られていた。のぼってみようか。

ふぶきのこえ
われをよぶ
とらわれの
われをよぶ

風の音であろう。私はするするのぼり始めた。

気疲れがひどいと、さまざまな歌声がきこえるものだ。私は梢にまで達した。梢の枯枝を二三度ばさばさゆすぶってみた。

いのちともしき
われをよぶ

足だまりにしていた枯枝がぽきっと折れた。不覚にも私は、ずるずる幹づたいに滑り落ちた。

「折ったな。」

その声を、つい頭の上で、はっきり聞いた。私は幹にすがって立ちあがり、うつろな眼で声のありかを捜したのである。ああ。戦慄(せんりつ)が私の背を走る。朝日を受けて金色にかがやく断崖を一匹の猿がのそのそと降りて来るのだ。私のからだの中でそれまで眠らされていたものが、いちどにきらっと光り出した。

「降りて来い。枝を折ったのはおれだ。」

「それは、おれの木だ。」

崖を降りつくした彼は、そう答えて滝口のほうへ歩いて来た。私は身構えた。彼はまぶしそうに額へたくさんの皺(しわ)をよせて、私の姿をじろじろ眺め、やがて、まっ白い歯をむきだして笑った。笑いは私をいらだたせた。

「おかしいか。」

「おかしい。」彼は言った。「海を渡って来たろう。」

「うん。」私は滝口からもくもく湧いて出る波の模様を眺めながらうなずいた。せま苦しい箱の中で過したながい旅路を回想したのである。

「なんだか知れぬが、おおきい海を。」

「うん。」また、うなずいてやった。

「やっぱり、おれと同じだ。」

彼はそう呟き、滝口の水を掬って飲んだ。いつの間にか、私たちは並んで坐っていたのである。

「ふるさとが同じなのさ。一目、見ると判る。おれたちの国のものは、みんな耳が光っているのだよ。」

彼は私の耳を強くつまみあげた。私は怒って、彼のそのいたずらした右手をひっ掻いてやった。それから私たちは顔を見合せて笑った。私は、なにやらくつろいだ気分になっていたのだ。

けたたましい叫び声がすぐ身ぢかで起った。おどろいて振りむくと、ひとむれの尾の太い毛むくじゃらな猿が、丘のてっぺんに陣どって私たちへ吠(ほ)えかけているのである。私は立ちあがった。

「よせ、よせ。こっちへ手むかっているのじゃないよ。ほえざるという奴さ。毎朝あんなにして太陽に向って吠えたてるのだ。」

私は呆然(ぼうぜん)と立ちつくした。どの山の峯にも、猿がいっぱいにむらがり、背をまるくして朝日を浴びているのである。

「これは、みんな猿か。」

私は夢みるようであった。

「そうだよ。しかし、おれたちとちがう猿だ。ふるさとがちがうのさ。」

私は彼等を一匹一匹たんねんに眺め渡した。ふさふさした白い毛を朝風に吹かせながら児猿に乳を飲ませている者。赤い大きな鼻を空にむけてなにかしら歌っている者。縞(しま)の美事な尾を振りながら日光のなかでつるんでいる者。しかめつらをして、せわしげにあちこちと散歩している者。

私は彼に囁(ささや)いた。

「ここは、どこだろう。」

彼は慈悲ふかげな眼ざしで答えた。

「おれも知らないのだよ。しかし、日本ではないようだ。」

「そうか。」私は溜息(ためいき)をついた。「でも、この木は木曾樫のようだが。」

彼は振りかえって枯木の幹をぴたぴたと叩き、ずっと梢を見あげたのである。

「そうでないよ。枝の生えかたがちがうし、それに、木肌の日の反射のしかただって鈍いじゃないか。もっとも、芽が出てみないと判らぬけれど。」

私は立ったまま、枯木へ寄りかかって彼に尋ねた。

「どうして芽が出ないのだ。」

「春から枯れているのさ。おれがここへ来たときにも枯れていた。あれから、四月、五月、六月、と三つきも経っているが、しなびて行くだけじゃないか。これは、ことに依ったら挿木(さしき)でないかな。根がないのだよ、きっと。あっちの木は、もっとひどいよ。奴等のくそだらけだ。」

そう言って彼は、ほえざるの一群を指さした。ほえざるは、もう啼(な)きやんでいて、島は割合に平静であった。

「坐らないか。話をしよう。」

私は彼にぴったりくっついて坐った。

「ここは、いいところだろう。この島のうちでは、ここがいちばんいいのだよ。日が当るし、木があるし、おまけに、水の音が聞えるし。」彼は脚下の小さい滝を満足げに見おろしたのである。「おれは、日本の北方の海峡ちかくに生れたのだ。夜になると波の音が幽かにどぶんどぶんと聞えたよ。波の音って、いいものだな。なんだかじわじわ胸をそそるよ。」

私もふるさとのことを語りたくなった。

「おれには、水の音よりも木がなつかしいな。日本の中部の山の奥の奥で生れたものだから。青葉の香はいいぞ。」

「それあ、いいさ。みんな木をなつかしがっているよ。だから、この島にいる奴は誰にしたって、一本でも木のあるところに坐りたいのだよ。」言いながら彼は股の毛をわけて、深い赤黒い傷跡をいくつも私に見せた。「ここをおれの場所にするのに、こんな苦労をしたのさ。」

私は、この場所から立ち去ろうと思った。「おれは、知らなかったものだから。」

「いいのだよ。構わないのだよ。おれは、ひとりぼっちなのだ。いまから、ここをふたりの場所にしてもいい。だが、もう枝を折らないようにしろよ。」

霧はまったく晴れ渡って、私たちのすぐ眼のまえに、異様な風景が現出したのである。青葉。それがまず私の眼にしみた。私には、いまの季節がはっきり判った。ふるさとでは、椎の若葉が美しい頃なのだ。私は首をふりふりこの並木の青葉を眺めた。しかし、そういう陶酔も瞬時に破れた。私はふたたび驚愕の眼を見はったのである。青葉の下には、水を打った砂利道が涼しげに敷かれていて、白いよそおいをした瞳の青い人間たちが、流れるようにぞろぞろ歩いている。まばゆい鳥の羽を頭につけた女もいた。蛇の皮のふとい杖をゆるやかに振って右左に微笑を送る男もいた。

彼は私のわななく胴体をつよく抱き、口早に囁いた。

「おどろくなよ。毎日こうなのだ。」

「どうなるのだ。みんなおれたちを狙っている。」山で捕われ、この島につくまでの私のむざんな経歴が思い出され、私は下唇を噛みしめた。

「見せ物だよ。おれたちの見せ物だよ。だまって見ていろ。面白いこともあるよ。」

彼はせわしげにそう教えて、片手ではなおも私のからだを抱きかかえ、もう一方の手であちこちの人間を指さしつつ、ひそひそ物語って聞かせたのである。あれは人妻と言って、亭主のおもちゃになるか、亭主の支配者になるか、ふたとおりの生きかたしか知らぬ女で、もしかしたら人間の臍というものが、あんな形であるかも知れぬ。あれは学者と言って、死んだ天才にめいわくな註釈をつけ、生れる天才をたしなめながらめしを食っているおかしな奴だが、おれはあれを見るたびに、なんとも知れず眠たくなるのだ。あれは女優と言って、舞台にいるときよりも素面でいるときのほうが芝居の上手な婆で、おおお、またおれの奥の虫歯がいたんで来た。あれは地主と言って、自分もまた労働しているとしじゅう弁明ばかりしている小胆者だが、おれはあのお姿を見ると、鼻筋づたいに虱が這って歩いているようなもどかしさを覚える。また、あそこのベンチに腰かけている白手袋の男は、おれのいちばんいやな奴で、見ろ、あいつがここへ現われたら、もはや中天に、臭く黄色い糞の竜巻が現われているじゃないか。

私は彼の饒舌をうつつに聞いていた。私は別なものを見つめていたのである。燃えるような四つの眼を。青く澄んだ人間の子供の眼を。先刻よりこの二人の子供は、島の外廓に築かれた胡麻石の塀からやっと顔だけを覗きこませ、むさぼるように島を眺めまわしているのだ。二人ながら男の子であろう。短い金髪が、朝風にぱさぱさ踊っている。ひとりは、そばかすで鼻がまっくろである。もうひとりの子は、桃の花のような頬をしている。

やがて二人は、同時に首をかしげて思案した。それから鼻のくろい子供が唇をむっと尖らせ、烈しい口調で相手に何か耳うちした。私は彼のからだを両手でゆすぶって叫んだ。

「何を言っているのだ。教えて呉れ。あの子供たちは何を言っているのだ。」

彼はぎょっとしたらしく、ふっとおしゃべりを止し、私の顔と向うの子供たちとを見較べた。そうして、口をもぐもぐ動かしつつ暫く思いに沈んだのだ。私は彼のそういう困却にただならぬ気配を見てとったのである。子供たちが訳のわからぬ言葉をするどく島へ吐きつけて、そろって石塀の上から影を消してしまってからも、彼は額に片手をあてたり尻を掻きむしったりしながら、ひどく躊躇(ちゅうちょ)をしていたが、やがて、口角に意地わるげな笑いをさえ含めてのろのろと言いだした。

「いつ来て見ても変らない、とほざいたのだよ。」

変らない。私には一切がわかった。私の疑惑が、まんまと的中していたのだ。変らない。これは批評の言葉である。見せ物は私たちなのだ。

「そうか。すると、君は嘘をついていたのだね。」ぶち殺そうと思った。

彼は私のからだに巻きつけていた片手へぎゅっと力こめて答えた。

「ふびんだったから。」

私は彼の幅のひろい胸にむしゃぶりついたのである。彼のいやらしい親切に対する憤怒よりも、おのれの無智に対する羞恥の念がたまらなかった。

「泣くのはやめろよ。どうにもならぬ。」彼は私の背をかるくたたきながら、ものうげに呟いた。「あの石塀の上に細長い木の札が立てられているだろう？　おれたちには裏の薄汚く赤ちゃけた木目だけを見せているが、あのおもてには、なんと書かれてあるか。人間たちはそれを読むのだよ。耳の光るのが日本の猿だ、と書かれてあるのさ。いや、もしかしたら、もっとひどい侮辱が書かれてあるのかも知れないよ。」

私は聞きたくもなかった。彼の腕からのがれ、枯木のもとへ飛んで行った。のぼった。梢にしがみつき、島の全貌を見渡したのである。日はすでに高く上って、島のここかしこから白い靄がほやほやと立っていた。百匹もの猿は、青空の下でのどかに日向ぼっこして遊んでいた。私は、滝口の傍でじっとうずくまっている彼に声をかけた。

「みんな知らないのか。」

彼は私の顔を見ずに下から答えてよこした。

「知るものか。知っているのは、おそらく、おれと君とだけだよ。」

「なぜ逃げないのだ。」

「君は逃げるつもりか。」

「逃げる。」

青葉。砂利道。人の流れ。

「こわくないか。」

私はぐっと眼をつぶった。言っていけない言葉を彼は言ったのだ。はたはたと耳をかすめて通る風の音にまじって、低い歌声が響いて来た。彼が歌っているのであろうか。眼が熱い。さっき私を木から落したのは、この歌だ。私は眼をつぶったまま耳傾けたのである。

「よせ、よせ。降りて来いよ。ここはいいところだよ。日が当るし、木があるし、水の音が聞えるし、それにだいいち、めしの心配がいらないのだよ。」

彼のそう呼ぶ声を遠くからのように聞いた。それからひくい笑い声も。

ああ。この誘惑は真実に似ている。あるいは真実かも知れぬ。私は心のなかで大きくよろめくものを覚えたのである。けれども、けれども血は、山で育った私の馬鹿な血は、やはり執拗に叫ぶのだ。

――否！

一八九六年、六月のなかば、ロンドン博物館附属動物園の事務所に、日本猿の遁走(とんそう)が報ぜられた。行方が知れぬのである。しかも、一匹でなかった。二匹である。

雀こ

井伏鱒二へ。津軽の言葉で。

長え長え昔噺、知らへがな。
山の中に橡の木いっぽんあったずおん。
そのてっぺんさ、からす一羽来てとまったずおん。
からすあ、があて啼けば、橡の実あ、一つぼたんて落づるずおん。
また、からすあ、があて啼けば、橡の実あ、一つぼたんて落づるずおん。
また、からすあ、があて啼けば、橡の実あ、一つぼたんて落づるずおん。

……………………

ひとかたまりの童児、広い野はらに火三昧して遊びふけっていたずおん。春になればし、雪こ溶け、ふろいふろい雪の原のあちこちゆ、ふろ野の黄はだの色の芝生こさ青い新芽の萌えいで来るはで、おらの国のわらわ、黄はだの色の古し芝生こさ火をつけ、そればさ野火と申して遊ぶのだおん。そした案配(あんばい)こ、おたがい野火をし距(へだ)て、わらわ、ふた組にわかれていたずおん。かたかたの五六人、声をしそろえて歌ったずおん。

——雀、雀、雀こ、欲(ほ)うし。

ほかの方図(ほず)のわらわ、それさ応(こた)え、

——どの雀、欲うし？

て歌ったとせえ。

そこでもってし、雀こ欲うして歌った方図のわらわ、打ち寄り、もめたずおん。

——誰をし貰ればええべがな？

——はにやすのヒサこと貰れば、どうだべ？

——鼻たれて、きたなきも。

——タキだば、ええねし。

——女くされ、おかしじゃよ。

——タキは、ええべせえ。

――そうだべがな。

そうした案配こ、とうとうタキこと貰るようにきまったずおん。

――右りのはずれの雀こ欲うし。

て、歌ったもんだずおん。

タキの方図では、心根っこわるくかかったとせえ。

――羽こ、ねえはで呉れらえね。

――羽こ呉れるはで飛んで来い。

こちで歌ったどもし、向うの方図で調子ばあわれに、また歌ったずおん。

――杉の木、火事で行かえない。

したどもし、こちの方図では、やたら欲しくて歌ったとせえ。

――その火事よけて飛んで来い。

向うの方図では、雀こ一羽はなしてよこしたずおん。タキは雀こ、ふたかたの腕こと翼みんたに拡げ、ぱお、ぱお、ぱお、て羽ばたきの音をし口でしゃべりしゃべりて、野火の焔よけて飛んで来たとせえ。

これ、おらの国の、わらわの遊びごとだおん。こうして一羽一羽と雀こ貰るんだどもし、おしめに一羽のこれば、その雀こ、こんど歌わねばなんねのだおん。

――雀、雀、雀こ欲うし。

とっくと分別しねでもわかることだどもし、これや、うたて遊びごとだまさね。一ばん先に欲しがられた雀こ、大幅こけるどもし、おしめの一羽は泣いても泣いても足えへんでば。いつでもタキは、一ばん先に欲しがられるのだずおん。いつでもマロサマは、おしめにのこされるのだずおん。

タキ、よろずよやの一人あねこで、うって勢よく育ったのだずおん。誰にかても負けたことねんだとせえ。冬、どした恐ろしない雪の日でも、くるめんば被らねで、千成の林檎こよりも赤え頬ぺたこ吹きさらし、どこさでも行けたのだずおん。マロサマ、たかまどのお寺の坊主こで、からだつきこ細くてかそぺないはでし、みんなみんな、やしめていたのだずおん。

さきほどよりし、マロサマ、着物ばはだけて、歌っていたずおん。

――雀、雀、雀こ欲うし。雀、雀、雀こ欲うし。

不憫げらに、これで二度も、売えのこりになっていたのだずおん。

――どの雀、欲うし?

――なかの雀こ欲うし。

タキこと欲しがるのだずおん。なかの雀このタキ、野火の黄色え黄色え焔ごしに、悪だまなくこでマロサマば睨(にら)めたずおん。

マロサマ、おっとらとした声こで、また歌ったずおん。

――なかの雀こ欲うし。

タキは、わらわさ、なにやらし、こちょこちょと言うつけたずおん。わらわ、それ聞き、にくらにくらて笑い笑い、歌ったのだずおん。

――羽こ、ねえはで呉れらえね。

――羽こ呉れるはで飛んで来い。

――杉の木、火事で行かえない。

――その火事よけて飛んで来い。

マロサマは、タキのぱおぱおて飛んで来るのば、とっけらとして待づていたずおん。したども、向うの方図で、ゆったらと歌るのだずおん。

――川こ大水で、行かえない。

マロサマ、首こかしげて、分別したずおん。なんて歌ったらええべがな、て打って分別

して分別して、

――橋こ架けて飛んで来い。

タキは人魂（ひとだま）みんた眼（まなく）こおかなく燃やし、独りして歌ったずおん。

――橋こ流えて行かえない。

マロサマは、また首こかしげて分別したのだずおん。なかなか分別は出て来ねずおん。

そのうちにし、声たてて泣いたのだずおん。泣き泣きしゃべったとせえ。

――あみださまや。

わらわ、みんなみんな、笑ったずおん。

――ぼんずの念仏、雨、降った。

――もくらもっけの泣けべっちょ。

――西くもて、雨ふった。雨ふって、雪とけた。

そのときにし、よろずよやのタキは、きずきずと叫びあげたとせえ。

――マロサマの愛（め）ごこや。わのこころこ知らずて、お念仏。あわれ、ばかくさいじゃよ。

そうしてし、雪だまにぎて、マロサマさぶっつけたずおん。雪だま、マロサマの右りの肩さ当り、ぱらららて白く砕けたずおん。マロサマ、どってんして、泣くのばやめてし、雪こ溶けかけた黄はだの色のふろ野ば、どんどん逃げていったとせえ。

そろそろと晩げになったずおん。野はら、暗くなり、寒くなったずおん。わらわ、めいめいの家さかえり、めいめい婆さまのこたつこさもぐり込んだずおん。いつもの晩げのごと、おなじ昔噺をし、聞くのだずおん。

長え長え昔噺、知らへがな。

山の中に橡の木いっぽんあったずおん。

そのてっぺんさ、からす一羽来てとまったずおん。

からすあ、があて啼けば、橡の実あ、一つぼたんて落づるずおん。

また、からすあ、があて啼けば、橡の実あ、一つぼたんて落づるずおん。

また、からすあ、があて啼けば、橡の実あ、一つぼたんて落づるずおん。

……………………

「ここを過ぎて悲しみ市（まち）。」

友はみな、僕からはなれ、かなしき眼もて僕を眺める。友よ、僕と語れ、僕を笑へ。ああ、友はむなしく顔をそむける。友よ、僕に問へ。僕はなんでも知らせよう。僕はこの手もて、園を水にしづめた。僕は悪魔の傲慢さもて、われよみがへるとも園は死ね、と願つたのだ。もつと言はうか。ああ、けれども友は、ただかなしき眼もて僕を眺める。

大庭葉藏はベツドのうへに坐つて、沖を見てゐた。沖は雨でけむつてゐた。

夢より醒め、僕はこの數行を讀みかへし、その醜さといやらしさに、消えもいりたい思ひをする。やれやれ、大仰きはまつたり。だいいち、大庭葉藏とはなにごとであらう。酒でない、ほかのもつと強烈なものに醉ひしれつつ、僕はこの大庭葉藏に手を拍つた。この姓名は、僕の主人公にぴつたり合つた。大庭は、主人公のただならぬ氣魄を象徴してあますところがない。葉藏はまた、何となく新鮮である。古めかしさの底から湧き出るほんたうの新しさが感ぜられる。しかも、大庭葉藏とかう四字ならべたこの快い調和。この姓名からして、すでに劃期的ではないか。その大庭葉藏が、ベッドに坐り雨にけむる沖を眺めてゐるのだ。いよいよ劃期的ではないか。

よさう。おのれをあざけるのはさもしいことである。それは、ひしがれた自尊心から來るやうだ。現に僕にしても、ひとから言はれたくないゆゑ、まづまつさきにおのれのからだへ釘をうつ。これこそ卑怯だ。もつと素直にならなければいけない。ああ、謙讓に。

大庭葉藏。

笑はれてもしかたがない。鵜のまねをする烏。見ぬくひとには見ぬかれるのだ。よりよい姓名もあるのだらうけれど、僕にはちよつとめんだうらしい。いつそ「私」としてもよいのだが、僕はこの春、「私」といふ主人公の小説を書いたばかりだから二度つづけるのがおもはゆいのである。僕がもし、あすにでもひよつくり死んだとき、あいつは「私」を主人公にしなければ、小説を書けなかつた、としたり顏して述懷する奇妙な男が出て來ないとも限らぬ。ほんたうは、それだけの理由で、僕はこの大庭葉藏をやはり押し通す。をかしいか。なに、君だつて。

一九二九年、十二月のをはり、この青松園といふ海濱の療養院は、葉藏の入院で、すこし騒いだ。青松園には三十六人の肺結核患者がゐた。二人の重症患者と、十一人の輕症患者とがゐて、あとの二十三人は恢復期の患者であつた。葉藏の收容された東第一病棟は、謂はば特等の入院室であつて、六室に區切られてゐた。葉藏の室の兩隣りは空室で、いちばん西側のへ號室には、脊と鼻のたかい大學生がゐた。東側のい號室とろ號室には、わかい女のひとがそれぞれ寢てゐた。三人とも恢復期の患者である。その前夜、袂ヶ浦で心中があつた。一緒に身を投げたのに、男は、歸帆の漁船に引きあげられ、命をとりとめた。けれども女のからだは、見つからぬのであつた。その女のひとを搜しに半鐘をながいこと烈しく鳴らして村の消防手どものいく艘もいく艘もつぎつぎと漁船を沖へ乘り出して行く掛聲を、三人は、胸とどろかせて聞いてゐた。漁船のともす赤い火影が、終夜、江の島の岸を彷徨うた。大學生も、ふたりのわかい女も、その夜は眠れなかつた。あけがたになつて、女の死體が袂ヶ浦の浪打際で發見された。短く刈りあげた髮がつやつや光つて、顏は白くむくんでゐた。

葉藏は園の死んだのを知つてゐた。漁船でゆらゆら運ばれてゐたとき、すでに知つたのである。星空のしたでわれにかへり、女は死にましたか、とまづ尋ねた。漁夫のひとりは、死なねえ、死なねえ、心配しねえがええずら、と答へた。なにやら慈悲ぶかい口調であつた。死んだのだな、とうつつに考へて、また意識を失つた。ふたたび眼ざめたときには、療養院のなかにゐた。狹くるしい白い板壁の部屋に、ひとがいつぱいつまつてゐた。そのなかの誰かが葉藏の身元をあれこれと尋ねた。葉藏は、いちいちはつきり答へた。夜が明けてから、葉藏は別のもつとひろい病室に移された。變を知らされた葉藏の國元で、彼の處置につき、取りあへず青松園へ長距離電話を寄こしたからである。葉藏のふるさとは、ここから二百里もはなれてゐた。

東第一病棟の三人の患者は、この新患者が自分たちのすぐ近くに寢てゐるといふことに不思議な滿足を覺え、けふからの病院生活を樂しみにしつつ、空も海もまつたく明るくなつた頃やうやく眠つた。

葉藏は眠らなかつた。ときどき頭をゆるくうごかしてゐた。顏のところどころに白いガアゼが貼りつけられてゐた。浪にもまれ、あちこちの岩でからだを傷つけたのである。眞野といふ二十くらゐの看護婦がひとり附き添つてゐた。左の眼蓋のうへに、やや深い傷痕があるので、片方の眼にくらべ、左の眼がすこし大きかつた。しかし、醜くなかつた。赤い上唇がこころもち上へめくれあがり、淺黒い頰をしてゐた。ベツドの傍の椅子に坐り、曇天のしたの海を眺めてゐるのである。葉藏の顏を見ぬやうに努めた。氣の毒で見れなかつた。

正午ちかく、警察のひとが二人、葉藏を見舞つた。眞野は席をはづした。

ふたりとも、脊廣を着た紳士であつた。ひとりは短い口鬚を生やし、ひとりは鐵縁の眼鏡を掛けてゐた。鬚は、聲をひくくして園とのいきさつを尋ねた。葉藏は、ありのままを答へた。鬚は、小さい手帖へそれを書きとるのであつた。ひととほりの訊問をすませてから、鬚は、ベッドへのしかかるやうにして言つた。「女は死んだよ。君には死ぬ氣があつたのかね。」

葉藏は、だまつてゐた。

鐵縁の眼鏡を掛けた刑事は、肉の厚い額に皺を二三本もりあがらせて微笑みつつ、鬚の肩を叩いた。「よせ、よせ。可愛さうだ。またにしよう。」

鬚は、葉藏の眼つきを、まつすぐに見つめたまま、しぶしぶ手帖を上衣のポケットにしまひ込んだ。

その刑事たちが立ち去つてから、眞野は、いそいで葉藏の室へ歸つて來た。けれども、ドアをあけたとたんに、嗚咽してゐる葉藏を見てしまつた。そのままそつとドアをしめて、廊下にしばらく立ちつくした。

午後になつて雨が降りだした。葉藏は、ひとりで厠へ立つて歩けるほど元氣を恢復してゐた。

友人の飛騨が、濡れた外套を着たままで、病室へをどり込んで來た。葉藏は眠つたふりをした。

飛騨は眞野へ小聲でたづねた。「だいぢやうぶですか?」

「ええ、もう。」

「おどろいたなあ。」

彼は肥えたからだをくねくねさせてその油土くさい外套を脱ぎ、眞野へ手渡した。

飛騨は、名のない彫刻家で、おなじやうに無名の洋畫家である葉藏とは、中學校時代からの友だちであつた。素直な心を持つた人なら、そのわかいときには、おのれの身邊ちかくの誰かをきつと偶像に仕立てたがるものであるが、飛騨もまたさうであつた。彼は、中學校へはひるとから、そのクラスの首席の生徒をほれぼれと眺めてゐた。首席は葉藏であつた。授業中の葉藏の一嚬一笑も、飛騨にとつては、ただごとでなかつた。また、校庭の砂山の陰に葉藏のおとなびた孤獨なすがたを見つけて、ひとしれずふかい溜息をついた。

ああ、そして葉藏とはじめて言葉を交した日の歡喜。飛驒は、なんでも葉藏の眞似をした。煙草を吸つた。教師を笑つた。兩手を頭のうしろに組んで、校庭をよろよろとさまよひ歩く法もおぼえた。藝術家のいちばんえらいわけをも知つたのである。葉藏は、美術學校へはひつた。飛驒は一年おくれたが、それでも葉藏とおなじ美術學校へはひることができた。葉藏は洋畫を勉強してゐたが、飛驒は、わざと塑像科をえらんだ。ロダンのバルザツク像に感激したからだと言ふのであつたが、それは彼が大家になつたとき、その經歷に輕いもつたいをつけるための餘念ない出鱈目であつて、まことは葉藏の洋畫に對する遠慮からであつた。ひけめからであつた。そのころになつて、やうやく二人のみちがわかれ始めた。葉藏のからだは、いよいよ瘦せていつたが、飛驒は、すこしづつ太つた。ふたりの懸隔はそれだけでなかつた。葉藏は、或る直截な哲學に心をそそられ、藝術を馬鹿にしだした。飛驒は、また、すこし有頂天になりすぎてゐた。聞くものが、かへつてきまりのわるくなるほど、藝術といふ言葉を連發するのであつた。つねに傑作を夢みつつ、勉強を怠つてゐた。さうしてふたりとも、よくない成績で學校を卒業した。葉藏は、ほとんど繪筆を投げ捨てた。繪畫はポスタアでしかないものだ、と言つては、飛驒をしよげさせた。すべての藝術は社會の經濟機構から放たれた屁である。生活力の一形式にすぎない。どんな傑作でも靴下とおなじ商品だ、などとおぼつかなげな口調で言つて飛驒をけむに卷くのであつた。飛驒は、むかしに變らず葉藏を好いてゐたし、葉藏のちかごろの思想にも、ぼんやりした畏敬を感じてゐたが、しかし飛驒にとつて、傑作のときめきが、何にもまして大きかつたのである。いまに、いまに、と考へながら、ただそはそはと粘土をいぢくつてゐた。つまり、この二人は藝術家であるよりは、藝術品である。いや、それだからこそ、僕もかうしてやすやすと敍述できたのであらう。ほんとの市場の藝術家をお目にかけたら、諸君は、三行讀まぬうちにげろを吐くだらう。それは保證する。ところで、君、そんなふうの小説を書いてみないか。どうだ。

飛驒もまた葉藏の顏を見れなかつた。できるだけ器用に忍びあしを使ひ、葉藏の枕元まで近寄つていつたが、硝子戸のそとの雨脚をまじまじ眺めてゐるだけであつた。

葉藏は、眼をひらいてうす笑ひしながら聲をかけた。「おどろいたらう。」

びつくりして、葉藏の顏をちらと見たが、すぐ眼を伏せて答へた。「うん。」

「どうして知つたの？」

飛驒はためらつた。右手をズボンのポケツトから拔いてひろい顏を撫でまはしながら、眞野へ、言つてもよいか、と眼でこつそり尋ねた。眞野はまじめな顏をしてかすかに首を振つた。

「新聞に出てゐたのかい？」

「うん。」ほんとは、ラヂオのニゥスで知つたのである。

葉藏は、飛騨の煮え切らぬそぶりを憎く思つた。もつとうち解けて呉れてもよいと思つた。一夜あけたら、もんどり打つて、おのれを異國人あつかひにしてしまつたこの十年來の友が憎かつた。葉藏は、ふたたび眠つたふりをした。

飛騨は、手持ちぶさたげに床をスリツパでぱたぱたと叩いたりして、しばらく葉藏の枕元に立つてゐた。

ドアが音もなくあき、制服を着た小柄な大學生が、ひよつくりその美しい顏を出した。飛騨はそれを見つけて、唸るほどほつとした。頰にのぼる微笑の影を、口もとゆがめて追ひはらひながら、わざとゆつたりした歩調でドアのはうへ行つた。

「いま着いたの？」

「さう。」小菅は、葉藏のはうを氣にしつつ、せきこんで答へた。

小菅といふのである。この男は、葉藏と親戚であつて、大學の法科に籍を置き、葉藏とは三つもとしが違ふのだけれど、それでも、へだてない友だちであつた。あたらしい青年は、年齢にあまり拘泥せぬやうである。冬休みで故郷へ歸つてゐたのだが、葉藏のことを聞き、すぐ急行列車で飛んで來たのであつた。ふたりは廊下へ出て立ち話をした。

「煤がついてゐるよ。」

飛驒は、おほつぴらにげらげら笑つて、小菅の鼻のしたを指さした。列車の煤煙が、そこにうつすりこびりついてゐた。

「さうか。」小菅は、あわてて胸のポケツトからハンケチを取りだし、さつそく鼻のしたをこすつた。「どうだい。どんな工合ひだい。」

「大庭か？　だいぢやうぶらしいよ。」

「さうか。——落ちたかい。」鼻のしたをぐつとのばして飛驒に見せた。

「落ちたよ。落ちたよ。うちでは大變な騷ぎだらう。」

ハンケチを胸のポケツトにつつこみながら返事した。「うん。大騷ぎさ。お葬ひみたいだつたよ。」

「うちから誰か來るの？」

「兄さんが來る。親爺さんは、ほつとけ、と言つてる。」

「大事件だなあ。」飛驒はひくい額に片手をあてて呟いた。

「葉ちやんは、ほんとに、よいのか。」

「案外、平氣だ。あいつは、いつもさうなんだ。」

小菅は浮かれてでもゐるやうに口角に微笑を含めて首かしげた。「どんな氣持ちだらうな。」

「わからん。——大庭に逢つてみないか。」

「いいよ。逢つたつて、話することもないし、それに、——こはいよ。」

ふたりは、ひくく笑ひだした。

眞野が病室から出て來た。

「聞えてゐます。ここで立ち話をしないやうにしませうよ。」

「あ。そいつあ。」

飛騨は恐縮して、おほきいからだを懸命に小さくした。小菅は不思議さうなおももちで眞野の顏を覗いてゐた。

「おふたりとも、あの、おひるの御飯は?」

「まだです。」ふたり一緒に答へた。

眞野は顏を赤くして噴きだした。

三人がそろつて食堂へ出掛けてから、葉藏は起きあがつた。雨にけむる沖を眺めたわけである。

「ここを過ぎて空濛の淵。」

それから最初の書きだしへ返るのだ。さて、われながら不手際である。だいいち僕は、このやうな時間のからくりを好かない。好かないけれど試みた。ここを過ぎて悲しみの市(まち)。僕は、このふだん口馴れた地獄の門の詠歎を、榮ある書きだしの一行にまつりあげたかつたからである。ほかに理由はない。もしこの一行のために、僕の小説が失敗してしまつたとて、僕は心弱くそれを抹殺する氣はない。見得の切りついでにもう一言。あの一行を消すことは、僕のけふまでの生活を消すことだ。

「思想だよ、君、マルキシズムだよ。」

この言葉は間が拔けて、よい。小菅がそれを言つたのである。したり顔にさう言つて、ミルクの茶碗を持ち直した。

四方の板張りの壁には、白いペンキが塗られ、東側の壁には、院長の銅貨大の勳章を胸に三つ附けた肖像畫が高く掛けられて、十脚ほどの細長いテエブルがそのしたにひつそり並んでゐた。食堂は、がらんとしてゐた。飛騨と小菅は、東南の隅のテエブルに坐り、食事をとつてゐた。

「ずゐぶん、はげしくやつてゐたよ。」小菅は聲をひくめて語りつづけた。「弱いからだで、あんなに走りまはつてゐたのでは、死にたくもなるよ。」

「行動隊のキヤツプだらう。知つてゐる。」飛騨はパンをもぐもぐ噛みかへしつつ口をはさんだ。飛騨は博識ぶつたのではない。左翼の用語ぐらゐ、そのころの青年なら誰でも知つてゐた。「しかし、――それだけでないさ。藝術家はそんなにあつさりしたものでないよ。」

食堂は暗くなつた。雨がつよくなつたのである。

小菅はミルクをひとくち飲んでから言つた。「君は、ものを主観的にしか考へれないから駄目だな。そもそも、――そもそもだよ。人間ひとりの自殺には、本人の意識してない何か客觀的な大きい原因がひそんでゐるものだ、といふ。うちでは、みんな、女が原因だときめてしまつてゐたが、僕は、さうでないと言つて置いた。女はただ、みちづれさ。別なおほきい原因があるのだ。うちの奴等はそれを知らない。君まで、變なことを言ふ。いかんぞ。」

飛騨は、あしもとの燃えてゐるストオブの火を見つめながら呟いた。「女には、しかし、亭主が別にあつたのだよ。」

　ミルクの茶碗をしたに置いて小菅は應じた。「知つてるよ。そんなことは、なんでもないよ。葉ちやんにとつては、屁でもないことさ。女に亭主があつたから、心中するなんて、甘いぢやないか。」言ひをはつてから、頭のうへの肖像畫を片眼つぶつて狙つて眺めた。「これが、ここの院長かい。」

「さうだらう。しかし、――ほんたうのことは、大庭でなくちやわからんよ。」

「それあさうだ。」小菅は氣輕く同意して、きよろきよろあたりを見廻した。「寒いなあ。君は、けふここへ泊るかい。」

　飛騨はパンをあわてて呑みくだして、首肯いた。「泊る。」

　青年たちはいつでも本氣に議論をしない。お互ひに相手の神經へふれまいふれまいと最大限度の注意をしつつ、おのれの神經をも大切にかばつてゐる。むだな侮りを受けたくないのである。しかも、ひとたび傷つけば、相手を殺すかおのれが死ぬるか、きつとそこまで思ひつめる。だから、あらそひをいやがるのだ。彼等は、よい加減なごまかしの言葉を數多く知つてゐる。否といふ一言をさへ、十色くらゐにはなんなく使ひわけて見せるだらう。議論をはじめる先から、もう妥協の瞳を交してゐるのだ。そしておしまひに笑つて握手しながら、腹のなかでお互ひがともにともにかう呟く。低腦め！　さて、僕の小説も、やうやくぼけて來たやうである。ここらで一轉、パノラマ式の數齣を展開させるか。おほきいことを言ふでない。なにをさせても無器用なお前が。ああ、うまく行けばよい。

翌る朝は、なごやかに晴れてゐた。海は凪いで、大島の噴火のけむりが、水平線の上に白くたちのぼつてゐた。よくない。僕は景色を書くのがいやなのだ。

い號室の患者が眼をさますと、病室は小春の日ざしで一杯であつた。附添ひの看護婦と、おはやうを言ひ交し、すぐ朝の體温を計つた。六度四分あつた。それから、食前の日光浴をしにヴエランダへ出た。看護婦にそつと横腹をこ突かれるさきから、もはや、に號室のヴエランダを盗み見してゐたのである。きのふの新患者は、紺絣の袷をきちんと着て籐椅子に坐り、海を眺めてゐた。まぶしさうにふとい眉をひそめてゐた。そんなによい顔とも思へなかつた。ときどき頬のガアゼを手の甲でかるく叩いてゐた。日光浴用の寢臺に横はつて、薄目あけつつそれだけを觀察してから、看護婦に本を持つて來させた。ボヴリイ夫人。ふだんはこの本を退屈がつて、五六頁も讀むと投げ出してしまつたものであるが、けふは本氣に讀みたかつた。いま、これを讀むのは、いかにもふさはしげであると思つた。ぱらぱらとペエジを繰り、百頁のところあたりから讀み始めた。よい一行を拾つた。「エンマは、炬火(たいまつ)の光で、眞夜中に嫁入りしたいと思つた。」

ろ號室の患者も、眼覺めてゐた。日光浴をしにヴエランダへ出て、ふと葉藏のすがたを見るなり、また病室へ駈けこんだ。わけもなく怖かつた。すぐベツドへもぐり込んでしまつたのである。附添ひの母親は、笑ひながら毛布をかけてやつた。ろ號室の娘は、頭から毛布をひきかぶり、その小さい暗闇のなかで眼をかがやかせ、隣室の話聲に耳傾けた。

「美人らしいよ。」それからしのびやかな笑ひ聲が。

飛驒と小菅が泊つてゐたのである。その隣りの空いてゐた病室のひとつベツドにふたりで寢た。小菅がさきに眼を覺まし、その細ながい眼をしぶくあけてヴエランダへ出た。葉藏のすこし氣取つたポオズを横眼でちらと見てから、そんなポオズをとらせたもとを捜しに、くるつと左へ首をねぢむけた。いちばん端のヴエランダでわかい女が本を讀んでゐた。女の寢臺の背景は、苔のある濡れた石垣であつた。小菅は、西洋ふうに肩をきゆつとすくめて、すぐ部屋へ引き返し、眠つてゐる飛驒をゆり起した。

「起きろ。事件だ。」彼等は事件を捏造することを喜ぶ。「葉ちやんの大ポオズ。」

彼等の會話には、「大」といふ形容詞がしばしば用ゐられる。退屈なこの世のなかに、何か期待できる對象が欲しいからでもあらう。

飛驒は、おどろいてとび起きた。「なんだ。」

小菅は笑ひながら教へた。

「少女がゐるんだ。葉ちやんが、それへ得意の横顔を見せてゐるのさ。」

飛驒もはしやぎだした。兩方の眉をおほげさにぐつと上へはねあげて尋ねた。「美人か？」

「美人らしいよ。本の嘘讀みをしてゐる。」

飛驒は噴きだした。ベツドに腰かけたまま、ジヤケツを着、ズボンをはいてから、叫んだ。

「よし、とつちめてやらう。」とつちめるつもりはないのである。これはただ陰口だ。彼等は親友の陰口をさへ平氣で吐く。その場の調子にまかせるのである。「大庭のやつ、世界ぢゆうの女をみんな欲しがつてゐるんだ。」

すこし經つて、葉藏の病室から大勢の笑ひ聲がどつとおこり、その病棟の全部にひびき渡つた。い號室の患者は、本をぱちんと閉ぢて、葉藏のヴエランダの方をいぶかしげに眺めた。ヴエランダには朝日を受けて光つてゐる白い籐椅子がひとつのこされてあるきりで、誰もゐなかつた。その籐椅子を見つめながら、うつらうつらまどろんだ。ろ號室の患者は、笑ひ聲を聞いて、ふつと毛布から顔を出し、枕元に立つてゐる母親とおだやかな微笑を交した。へ號室の大學生は、笑ひ聲で眼を覺ました。大學生には、附添ひのひともなかつたし、下宿屋ずまひのやうな、のんきな暮しをしてゐるのであつた。笑ひ聲はきのふの新患者の室からなのだと氣づいて、その蒼黒い顔をあからめた。笑ひ聲を不謹愼とも思はなかつた。恢復期の患者に特有の寛大な心から、むしろ葉藏の元氣のよいらしいのに安心したのである。

僕は三流作家でないだらうか。どうやら、うつとりしすぎたやうである。パノラマ式などと柄でもないことを企て、たうとうこんなにやにさがつた。いや、待ち給へ。こんな失敗もあらうかと、まへもつて用意してゐた言葉がある。美しい感情を以て、人は、惡い文學を作る。つまり僕の、こんなにうつとりしすぎたのも、僕の心がそれだけ惡魔的でないからである。ああ、この言葉を考へ出した男にさいはひあれ。なんといふ重寶な言葉であらう。けれども作家は、一生涯のうちにたつたいちどしかこの言葉を使はれぬ。どうもさうらしい。いちどは、愛嬌である。もし君が、二度三度とくりかへして、この言葉を楯にとるなら、どうやら君はみじめなことになるらしい。

「失敗したよ。」

ベッドの傍のソフアに飛驒と並んで坐つてゐた小菅は、さう言ひむすんで、飛驒の顏と、葉藏の顏と、それから、ドアに倚りかかつて立つてゐる眞野の顏とを、順々に見まはし、みんな笑つてゐるのを見とどけてから、滿足げに飛驒のまるい右肩へぐつたり頭をもたせかけた。彼等は、よく笑ふ。なんでもないことにでも大聲たてて笑ひこける。笑顏をつくることは、青年たちにとつて、息を吐き出すのと同じくらゐ容易である。いつの頃からそんな習性がつき始めたのであらう。笑はなければ損をする。笑ふべきどんな些細な對象をも見落すな。ああ、これこそ貪婪な美食主義のはかない片鱗ではなからうか。けれども悲しいことには、彼等は腹の底から笑へない。笑ひくづれながらも、おのれの姿勢を氣にしてゐる。彼等はまた、よくひとを笑はす。おのれを傷つけてまで、ひとを笑はせたがるのだ。それはいづれ例の虛無の心から發してゐるのであらうが、しかし、そのもういちまい底になにか思ひつめた氣がまへを推察できないだらうか。犧牲の魂。いくぶんなげやりであつて、これぞといふ目的をも持たぬ犧牲の魂。彼等がたまたま、いままでの道德律にはかつてさへ美談と言ひ得る立派な行動をなすことのあるのは、すべてこのかくされた魂のゆゑである。これらは僕の獨斷である。しかも書齋のなかの摸索でない。みんな僕自身の肉體から聞いた思念ではある。

　葉藏は、まだ笑つてゐる。ベツドに腰かけて兩脚をぶらぶら動かし、頬のガアゼを氣にしいしい笑つてゐた。小菅の話がそんなにをかしかつたのであらうか。彼等がどのやうな物語にうち興ずるかの一例として、ここへ數行を挿入しよう。小菅がこの休暇中、ふるさとのまちから三里ほど離れた山のなかの或る名高い温泉場へスキイをしに行き、そこの宿屋に一泊した。深夜、厠へ行く途中、廊下で同宿のわかい女とすれちがつた。それだけのことである。しかし、これが大事件なのだ。小菅にしてみれば、鳥渡すれちがつただけでも、その女のひとにおのれのただならぬ好印象を與へてやらなければ氣がすまぬのである。別にどうしようといふあてもないのだが、そのすれちがつた瞬間に、彼はいのちを打ちこんでポオズを作る。人生へ本氣になにか期待をもつ。その女のひととのあらゆる經緯を瞬間のうちに考へめぐらし、胸のはりさける思ひをする。彼等は、そのやうな息づまる瞬間を、少くとも一日にいちどは經驗する。だから彼等は油斷をしない。ひとりでゐるときにでも、おのれの姿勢を飾つてゐる。小菅が、深夜、厠へ行つたそのときでさへ、おのれの新調の青い外套をきちんと着て廊下へ出たといふ。小菅がそのわかい女とすれちがつたあとで、しみじみ、よかつたと思つた。外套を着て出てよかつたと思つた。ほつと溜息ついて、廊下のつきあたりの大きい鏡を覗いてみたら、失敗であつた。外套のしたから、うす汚い股引をつけた兩脚がによつきと出てゐる。

「いやはや、」さすがに輕く笑ひながら言ふのであつた。「股引はねぢくれあがり、脚の毛がくろぐろと見えてゐるのさ。顏は寢ぶくれにふくれて。」

葉藏は、内心そんなに笑つてもゐないのである。小菅のつくりばなしのやうにも思はれた。それでも大聲で笑つてやつた。友がきのふに變つて、葉藏へ打ち解けようと努めて呉れる、その氣ごころに對する返禮のつもりもあつて、ことさらに笑ひこけてやつたのである。葉藏が笑つたので、飛驒も眞野も、ここぞと笑つた。

飛驒は安心してしまつた。もうなんでも言へると思つた。まだまだ、と抑へたりした。ぐづぐづしてゐたのである。

調子に乘つた小菅が、かへつて易々と言つてのけた。

「僕たちは、女ぢや失敗するよ。葉ちやんだつてさうぢやないか。」

葉藏は、まだ笑ひながら、首を傾けた。

「さうかなあ。」

「さうさ。死ぬてはないよ。」

「失敗かなあ。」

飛驒は、うれしくてうれしくて、胸がときめきした。いちばん困難な石垣を微笑のうちに崩したのだ。こんな不思議な成功も、小菅のふとどきな人徳のおかげであらうと、この年少の友をぎゆつと抱いてやりたい衝動を感じた。

飛驒は、うすい眉をはればれとひらき、吃りつつ言ひだした。

「失敗かどうかは、ひとくちに言へないと思ふよ。だいいち原因が判らん。」まづいなあ、と思つた。

すぐ小菅が助けて呉れた。「それは判つてる。飛驒と大議論をしたんだ。僕は思想の行きづまりからだと思ふよ。飛驒はこいつ、もつたいぶつてね、他にある、なんて言ふんだ。」

間髪をいれず飛驒は應じた。「それもあるだらうが、それだけぢやないよ。つまり惚れてゐたのさ。いやな女と死ぬ筈がない。」

葉藏になにも臆測されたくない心から、言葉をえらばずにいそいで言つたのであるが、それはかへつておのれの耳にさへ無邪氣にひびいた。大出來だ、とひそかにほつとした。

葉藏は長い睫を伏せた。虚傲。懶惰。阿諛。狡猾。惡徳の巣。疲勞。忿怒。殺意。我利我利。脆弱。欺瞞。病毒。ごたごたと彼の胸をゆすぶつた。言つてしまはうかと思つた。わざとしよげかへつて呟いた。

「ほんたうは、僕にも判らないのだよ。なにもかも原因のやうな氣がして。」

「判る。判る。」小菅は葉藏の言葉の終らぬさきから首肯いた。「そんなこともあるな。君、看護婦がゐないよ。氣をきかせたのかしら。」

僕はまへにも言ひかけて置いたが、彼等の議論は、お互ひの思想を交換するよりは、その場の調子を居心地よくととのふるためになされる。なにひとつ眞實を言はぬ。けれども、しばらく聞いてゐるうちには、思はぬ拾ひものをすることがある。彼等の氣取つた言葉のなかに、ときどきびつくりするほど素直なひびきの感ぜられることがある。不用意にもらす言葉こそ、ほんたうらしいものをふくんでゐるのだ。葉藏はいま、なにもかも、と呟いたのであるが、これこそ彼がうつかり吐いてしまつた本音ではなからうか。彼等のこころのなかには、渾沌と、それから、わけのわからぬ反撥とだけがある。或ひは、自尊心だけ、と言つてよいかも知れぬ。しかも細くとぎすまされた自尊心である。どのやうな微風にでもふるへをののく。侮辱を受けたと思ひこむやいなや、死なん哉ともだえる。葉藏がおのれの自殺の原因をたづねられて當惑するのも無理がないのである。――なにもかもである。

　その日のひるすぎ、葉藏の兄が青松園についた。兄は、葉藏に似てないで、立派にふとってゐた。袴をはいてゐた。

　院長に案内され、葉藏の病室のまへまで來たとき、部屋のなかの陽氣な笑ひ聲を聞いた。兄は知らぬふりをしてゐた。

「ここですか？」

「ええ。もう御元氣です。」院長は、さう答へながらドアを開けた。

　小菅がおどろいて、ベッドから飛びおりた。葉藏のかはりに寢てゐたのである。葉藏と飛騨とは、ソフアに並んで腰かけて、トランプをしてゐたのであつたが、ふたりともいそいで立ちあがつた。眞野は、ベッドの枕元の椅子に坐つて編物をしてゐたが、これも、間がわるさうにもぢもぢと編物の道具をしまひかけた。

「お友だちが來て下さいましたので、賑やかです。」院長はふりかへつて兄へさう囁きつつ、葉藏の傍へあゆみ寄つた。「もう、いいですね。」

「ええ。」さう答へて、葉藏は急にみじめな思ひをした。

　院長の眼は、眼鏡の奥で笑つてゐた。

「どうです。サナトリアム生活でもしませんか。」

葉藏は、はじめて罪人のひけ目を覺えたのである。ただ微笑をもつて答へた。兄はそのあひだに、几帳面らしく眞野と飛騨へ、お世話になりました、と言つてお辭儀をして、それから小菅へ眞面目な顏で尋ねた。「ゆうべは、ここへ泊つたつて?」

「さう。」小菅は頭を掻き掻き言つた。「となりの病室があいてゐましたので、そこへ飛騨君とふたり泊めてもらひました。」

「ぢや今夜から私の旅籠（はたご）へ來給へ。江の島に旅籠をとつてゐます。飛騨さん、あなたも。」

「はあ。」飛騨はかたくなつてゐた。手にしてゐる三枚のトランプを持てあましながら返事した。

兄は、なんでもなささうにして葉藏のはうを向いた。

「葉藏、もういいか。」

「うん。」ことさらに、にがり切つて見せながらうなづいた。

兄は、にはかに饒舌になつた。

「飛騨さん。院長先生のお供をして、これからみんなでひるめしたべに出ませうよ。私は、まだ江の島を見たことがないのですよ。先生に案内していただかうと思つて。すぐ、出掛けませう。自動車を待たせてあるのです。よいお天氣だ。」

僕は後悔してゐる。二人のおとなを登場させたばかりに、すつかり滅茶滅茶である。葉藏と小菅と飛騨と、それから僕と四人かかつてせつかくよい工合ひにもりあげた、いつぷう變つた雰圍氣も、この二人のおとなのために、見るかげもなく萎えしなびた。僕はこの小説を雰圍氣のロマンスにしたかつたのである。はじめの數頁でぐるぐる渦を卷いた雰圍氣をつくつて置いて、それを少しづつのどかに解きほぐして行きたいと祈つてゐたのであつた。不手際をかこちつつ、どうやらここまでは筆をすすめて來た。しかし、土崩瓦解である。

許して呉れ！　嘘だ。とぼけたのだ。みんな僕のわざとしたことなのだ。書いてゐるうちに、その、雰圍氣のロマンスなぞといふことが氣はづかしくなつて來て、僕がわざとぶちこはしたまでのことなのである。もしほんたうに土崩瓦解に成功してゐるのなら、それはかへつて僕の思ふ壺だ。惡趣味。いまになつて僕の心をくるしめてゐるのはこの一言である。ひとをわけもなく威壓しようとするしつつこい好みをさう呼ぶのなら、或ひは僕のこんな態度も惡趣味であらう。僕は負けたくないのだ。腹のなかを見すかされたくなかつたのだ。しかし、それは、はかない努力であらう。あ！　作家はみんなかういふものであらうか。告白するのにも言葉を飾る。僕はひとでなしでなからうか。ほんたうの人間らしい生活が、僕にできるかしら。かう書きつつも僕は僕の文章を氣にしてゐる。なにもかもさらけ出す。ほんたうは、僕はこの小説の一齣一齣の描寫の間に、僕といふ男の顔を出させて、言はでものことをひとくさり述べさせたのにも、ずるい考へがあつてのことなのだ。僕は、それを讀者に氣づかせずに、あの僕でもつて、こつそり特異なニュアンスを作品にもりたかつたのである。それは日本にまだないハイカラな作風であると自惚れてゐた。しかし、敗北した。いや、僕はこの敗北の告白をも、この小説のプランのなかにかぞへてゐた筈である。できれば僕は、もすこしあとでそれを言ひたかつた。いや、この言葉をさへ、僕ははじめから用意してゐたやうな氣がする。ああ、もう僕を信ずるな。僕の言ふことをひとことも信ずるな。

　僕はなぜ小説を書くのだらう。新進作家としての榮光がほしいのか。もしくは金がほしいのか。芝居氣を拔きにして答へろ。どつちもほしいと。ほしくてならぬと。ああ、僕はまだしらじらしい嘘を吐いてゐる。このやうな嘘には、ひとはうつかりひつかかる。嘘のうちでも卑劣な嘘だ。僕はなぜ小説を書くのだらう。困つたことを言ひだしたものだ。仕方がない。思はせぶりみたいでいやではあるが、假に一言こたへて置かう。「復讐。」

　つぎの描寫へうつらう。僕は市場の藝術家である。藝術品ではない。僕のあのいやらしい告白も、僕のこの小説になにかのニユアンスをもたらして呉れたら、それはもつけのさいはひだ。

葉藏と眞野とがあとに殘された。葉藏は、ベツドにもぐり、眼をぱちぱちさせつつ考へごとをしてゐた。眞野はソフアに坐つて、トランプを片づけてゐた。トランプの札を紫の紙箱にをさめてから、言つた。

「お兄さまでございますね。」

「ああ、」たかい天井の白壁を見つめながら答へた。「似てゐるかな。」

作家がその描寫の對象に愛情を失ふと、てきめんにこんなだらしない文章をつくる。いや、もう言ふまい。なかなか乙な文章だよ。

「ええ。鼻が。」

葉藏は、聲をたてて笑つた。葉藏のうちのものは、祖母に似てみんな鼻が長かつたのである。

「おいくつでいらつしやいます。」眞野も少し笑つて、さう尋ねた。

「兄貴か?」眞野のはうへ顏をむけた。「若いのだよ。三十四さ。おほきく構へて、いい氣になつてゐやがる。」

眞野は、ふつと葉藏の顏を見あげた。眉をひそめて話してゐるのだ。あわてて眼を伏せた。

「兄貴は、まだあれでいいのだ。親爺が。」

言ひかけて口を噤んだ。葉藏はおとなしくしてゐる。僕の身代りになつて、妥協してゐるのである。

眞野は立ちあがつて、病室の隅の戸棚へ編物の道具をとりに行つた。もとのやうに、また葉藏の枕元の椅子に坐り、編物をはじめながら、眞野もまた考へてゐた。思想でもない、戀愛でもない、それより一歩てまへの原因を考へてゐた。

僕はもう何も言ふまい。言へば言ふほど、僕はなんにも言つてゐない。ほんたうに大切なことがらには、僕はまだちつとも觸れてゐないやうな氣がする。それは當前であらう。たくさんのことを言ひ落してゐる。それも當前であらう。作家にはその作品の價値がわからぬといふのが小説道の常識である。僕は、くやしいがそれを認めなければいけない。自分で自分の作品の效果を期待した僕は馬鹿であつた。ことにその效果を口に出してなど言ふべきでなかつた。口に出して言つたとたんに、また別のまるつきり違つた效果が生れる。その效果を凡そかうであらうと推察したとたんに、また新しい效果が飛び出す。僕は永遠にそれを追及してばかりゐなければならぬ愚を演ずる。駄作かそれともまんざらでない出來榮か、僕はそれをさへ知らうと思ふまい。おそらくは、僕のこの小説は、僕の思ひも及ばぬたいへんな價値を生むことであらう。これらの言葉は、僕はひとから聞いて得たものである。僕の肉體からにじみ出た言葉でない。それだからまた、たよりたい氣にもなるのであらう。はつきり言へば、僕は自信をうしなつてゐる。

電氣がついてから、小菅がひとりで病室へやつて來た。はひるとすぐ、寢てゐる葉藏の顏へおつかぶさるやうにして囁いた。

「飮んで來たんだ。眞野へ内緒だよ。」

それから、はつと息を葉藏の顏へつよく吐きつけた。酒を飮んで病室へ出はひりすることは禁ぜられてゐた。

うしろのソフアで編物をつづけてゐる眞野をちらと横眼つかつて見てから、小菅は叫ぶやうにして言つた。「江の島をけんぶつして來たよ。よかつたなあ。」そしてすぐまた聲をひくめてささやいた。

「嘘だよ。」

葉藏は起きあがつてベッドに腰かけた。

「いままで、ただ飲んでゐたのか。いや、構はんよ。眞野さん、いいでせう？」

眞野は編物の手をやすめずに、笑ひながら答へた。「よくもないんですけれど。」

小菅はベッドの上へ仰向にころがつた。

「院長と四人して相談さ。君、兄さんは策士だなあ。案外のやりてだよ。」

葉藏はだまつてゐた。

「あす、兄さんと飛驒が警察へ行くんだ。すつかりかたをつけてしまふんだつて。飛驒は馬鹿だなあ。昂奮してゐやがつた。飛驒は、けふむかうへ泊るよ。僕は、いやだから歸つた。」

「僕の惡口を言つてゐたらう。」

「うん。言つてゐたよ。大馬鹿だと言つてる。此の後も、なにをしでかすか、判つたものぢやないと言つてた。しかし親爺もよくない、と附け加へた。眞野さん、煙草を吸つてもいい？」

「ええ。」涙が出さうなのでそれだけ答へた。

「浪の音が聞えるね。——よき病院だな。」小菅は火のついてない煙草をくはへ、醉つぱらひらしくあらい息をしながらしばらく眼をつぶつてゐた。やがて、上體をむつくり起した。「さうだ。着物を持つて來たんだ。そこへ置いたよ。」顎でドアの方をしやくつた。

葉藏は、ドアの傍に置かれてある唐草の模様がついた大きい風呂敷包に眼を落し、やはり眉をひそめた。彼等は肉親のことを語るときには、いささか感傷的な面貌をつくる。けれども、これはただ習慣にすぎない。幼いときからの教育が、その面貌をつくりあげただけのことである。肉親と言へば財産といふ單語を思ひ出すのには變りがないやうだ。「おふくろには、かなはん。」

「うん、兄さんもさう言つてる。お母さんがいちばん可愛さうだつて。かうして着物の心配までして呉れるのだからな。ほんたうだよ、君。――眞野さん、マツチない？」眞野からマツチを受け取り、その箱に畫かれてある馬の顏を頬ふくらませて眺めた。「君のいま着てゐるのは、院長から借りた着物だつてね。」

「これか？ さうだよ。院長の息子の着物さ。――兄貴は、その他にも何か言つたらうな。僕の惡口を。」

「ひねくれるなよ。」煙草へ火を點じた。「兄さんは、わりに新らしいよ。君を判つてゐるんだ。いや、さうでもないかな。苦勞人ぶるよ、なかなか。君の、こんどのことの原因を、みんなで言ひ合つたんだが、そのときにね、おほ笑ひさ。」けむりの輪を吐いた。「兄さんの推測としてはだよ、これは葉藏が放蕩をして金に窮したからだ。大眞面目で言ふんだよ。それとも、これは兄として言ひにくいことだが、きつと恥かしい病氣にでもかかつて、やけくそになつたのだらう。」酒でどろんと濁つた眼を葉藏にむけた。「どうだい。いや、案外こいつ。」

今宵は泊るのが小菅ひとりであるし、わざわざ隣りの病室を借りるにも及ぶまいと、みんなで相談して、小菅もおなじ病室に寢ることにきめた。小菅は葉藏とならんでソフアに寢た。緑色の天鵞絨が張られたそのソフアには、仕掛がされてあつて、あやしげながらベツドにもなるのであつた。眞野は毎晩それに寢てゐた。けふはその寢床を小菅に奪はれたので病院の事務室から薄縁を借り、それを部屋の西北の隅に敷いた。そこはちやうど葉藏の足の眞下あたりであつた。それから眞野は、どこから見つけて來たものか、二枚折のひくい屛風でもつてそのつつましい寢所をかこつたのである。

「用心ぶかい。」小菅は寢ながら、その古ぼけた屛風を見て、ひとりでくすくす笑つた。「秋の七草が畫れてあるよ。」

眞野は、葉藏の頭のうへの電燈を風呂敷で包んで暗くしてから、おやすみなさいを二人に言ひ、屛風のかげにかくれた。

葉藏は寢ぐるしい思ひをしてゐた。

「寒いな。」ベッドのうへで輾轉した。

「うん。」小菅も口をとがらせて合槌うった。「醉がさめちやつた。」

眞野は輕くせきをした。「なにかお掛けいたしませうか。」

葉藏は眼をつむつて答へた。

「僕か？　いいよ。寢ぐるしいんだ。波の音が耳について。」

小菅は葉藏をふびんだと思つた。それは全く、おとなの感情である。言ふまでもないことだらうけれど、ふびんなのはここにゐるこの葉藏ではなしに、葉藏とおなじ身のうへにあつたときの自分、もしくはその身のうへの一般的な抽象である。おとなは、そんな感情にうまく訓練されてゐるので、たやすく人に同情する。そして、おのれの涙もろいことに自負を持つ。青年たちもまた、ときどきそのやうな安易な感情にひたることがある。おとなはそんな訓練を、まづ好意的に言つて、おのれの生活との妥協から得たものとすれば、青年たちは、いつたいどこから覺えこんだものか。このやうなくだらない小説から？

「眞野さん、なにか話を聞かせてよ。面白い話がない？」

葉藏の氣持ちを轉換させてやらうといふおせつかいから、小菅は眞野へ甘つたれた。

「さあ。」眞野は屏風のかげから、笑ひ聲と一緒にただ、さう答へてよこした。

「すごい話でもいいや。」彼等はいつも、戰慄したくてうづうづしてゐる。

眞野は、なにか考へてゐるらしく、しばらく返事をしなかつた。

「祕密ですよ。」さうまへおきをして、聲しのばせて笑ひだした。「怪談でございますよ。小菅さん、だいぢやうぶ？」

「ぜひ、ぜひ。」本氣だつた。

眞野が看護婦になりたての、十九の夏のできごと。やはり女のことで自殺を謀つた青年が、發見されて、ある病院に收容され、それへ眞野が附添つた。患者は藥品をもちゐてゐるのであつた。からだいちめんに、紫色の斑點がちらばつてゐた。助かる見込がなかつたのである。夕方いちど、意識を恢復した。そのとき患者は、窓のそとの石垣を傳つてあそんでゐるたくさんの小さい磯蟹を見て、きれいだなあ、と言つた。その邊の蟹は生きながらに甲羅が赤いのである。なほつたら捕つて家へ持つて行くのだ、と言ひ殘してまた意識をうしなつた。その夜、患者は洗面器へ二杯、吐きものをして死んだ。國元から身うちのものが來るまで、眞野はその病室に青年とふたりでゐた。一時間ほどは、がまんして病室のすみの椅子に坐つてゐた。うしろに幽かな物音を聞いた。じつとしてゐると、また聞えた。こんどは、はつきり聞えた。足音らしいのである。思ひ切つて振りむくと、すぐうしろに赤い小さな蟹がゐた。眞野はそれを見つめつつ、泣きだした。

「不思議ですわねえ。ほんたうに蟹がゐたのでございますの。生きた蟹。私、そのときは、看護婦をよさうと思ひましたわ。私がひとり働かなくても、うちではけつこう暮してゆけるのですし。お父さんにさう言つて、うんと笑はれましたけれど。——小菅さん、どう？」

「すごいよ。」小菅は、わざとふざけたやうにして叫ぶのである。「その病院ていふのは？」

眞野はそれに答へず、ごそもそと寝返りをうつて、ひとりごとのやうに呟いた。

「私ね、大庭さんのときも、病院からの呼び出しを斷らうかと思ひましたのよ。こはかつたですからねえ。でも、來て見て安心しましたわ。このとほりのお元氣で、はじめから御不浄へ、ひとりで行くなんておつしやるんでございますもの。」

「いや、病院さ。ここの病院ぢやないかね。」

眞野は、すこし間を置いて答へた。

「ここです。ここなんでございますのよ。でも、それは祕密にして置いて下さいましね。信用にかかはりませうから。」

葉藏は寢とぼけたやうな聲を出した。「まさか、この部屋ぢやないだらうな。」

「いいえ。」

「まさか、」小菅も口眞似した。「僕たちがゆうべ寢たベッドぢやないだらうな。」

眞野は笑ひだした。

「いいえ。だいぢやうぶでございますわよ。そんなにお氣になさるんだつたら、私、言はなければよかつた。」

「い號室だ。」小菅はそつと頭をもたげた。「窓から石垣の見えるのは、あの部屋よりほかにないよ。い號室だ。君、少女のゐる部屋だよ。可愛さうに。」

「お騷ぎなさらず、おやすみなさいましよ。噓なんですよ。つくり話なんですよ。」

葉藏は別なことを考へてゐた。園の幽靈を思つてゐたのである。美しい姿を胸に書いてゐた。葉藏は、しばしばこのやうにあつさりしてゐる。彼等にとつて神といふ言葉は、間の拔けた人物に與へられる揶揄と好意のまじつたなんでもない代名詞にすぎぬのだが、それは彼等があまりに神へ接近してゐるからかも知れぬ。こんな工合ひに輕々しく所謂「神の問題」にふれるなら、きつと諸君は、淺薄とか安易とかいふ言葉でもつてきびしい非難をするであらう。ああ、許し給へ。どんなまづしい作家でも、おのれの小說の主人公をひそかに神へ近づけたがつてゐるものだ。されば、言はう。彼こそ神に似てゐる。寵愛の鳥、梟を黄昏の空に飛ばしてこつそり笑つて眺めてゐる智慧の女神のミネルヴに。

翌る日、朝から療養院がざわめいてゐた。雪が降つてゐたのである。療養院の前庭の千本ばかりのひくい磯馴松がいちやうに雪をかぶり、そこからおりる三十いくつの石の段々にも、それへつづく砂濱にも、雪がうすく積つてゐた。降つたりやんだりしながら、雪は晝頃までつづいた。

葉藏は、ベツドの上で腹這ひになり、雪の景色をスケツチしてゐた。木炭紙と鉛筆を眞野に買はせて、雪のまつたく降りやんだころから仕事にかかつたのである。

病室は雪の反射であかるかつた。小菅はソフアに寢ころんで、雜誌を讀んでゐた。ときどき葉藏の畫を、首すぢのばして覗いた。藝術といふものに、ぼんやりした畏敬を感じてゐるのであつた。それは、葉藏ひとりに對する信頼から起つた感情である。小菅は幼いときから葉藏を見て知つてゐた。いつぷう變つてゐると思つてゐた。一緒に遊んでゐるうちに、葉藏のその變りかたをすべて頭のよさであると獨斷してしまつた。おしやれで嘘のうまい好色な、そして殘忍でさへあつた葉藏を、小菅は少年のころから好きだつたのである。

殊に學生時代の葉藏が、その教師たちの陰口をきくときの燃えるやうな瞳を愛した。しかし、その愛しかたは、飛騨なぞとはちがつて、觀賞の態度であつた。つまり利巧だつたのである。ついて行けるところまではついて行き、そのうちに馬鹿らしくなり身をひるがへして傍觀する。これが小菅の、葉藏や飛騨よりも更になにやら新しいところなのであらう。小菅が藝術をいささかでも畏敬してゐるとすれば、それは、れいの青い外套を着て身じまひをただすのとそつくり同じ意味であつて、この白晝つづきの人生になにか期待の對象を感じたい心からである。葉藏ほどの男が、汗みどろになつて作り出すのであるから、きつとただならぬものにちがひない。ただ輕くさう思つてゐる。その點、やはり葉藏を信頼してゐるのだ。けれども、ときどきは失望する。いま、小菅が葉藏のスケツチを盗み見しながらも、がつかりしてゐる。木炭紙に書かれてあるものは、ただ海と島の景色である。それも、ふつうの海と島である。

小菅は斷念して、雜誌の講談に讀みふけつた。病室は、ひつそりしてゐた。

眞野は、ゐなかつた。洗濯場で、葉藏の毛のシヤツを洗つてゐるのだ。葉藏は、このシヤツを着て海へはひつた。磯の香がほのかにしみこんでゐた。

午後になつて、飛騨が警察から歸つて來た。いきほひ込んで病室のドアをあけた。

「やあ、」葉藏がスケッチしてゐるのを見て、大袈裟に叫んだ。「やってるな。いいよ。藝術家は、やっぱり仕事をするのが、つよみなんだ。」

　さう言ひつつベッドへ近寄り、葉藏の肩越しにちらと畫を見た。葉藏は、あわててその木炭紙を二つに折ってしまった。それを更にまた四つに折り疊みながら、はにかむやうにして言った。

「駄目だよ。しばらく畫かないでゐると、頭ばかり先になって。」

　飛驒は外套を着たままで、ベッドの裾へ腰かけた。

「さうかも知れんな。あせるからだ。しかし、それでいいんだよ。藝術に熱心だからなのだ。まあ、さう思ふんだな。――いったい、どんなのを畫いたの？」

　葉藏は頬杖ついたまま、硝子戸のそとの景色を顎でしやくった。

「海を畫いた。空と海がまっくろで、島だけが白いのだ。畫いてゐるうちに、きざな氣がして止した。趣向がだいいち素人くさいよ。」

「いいぢやないか。えらい藝術家は、みんなどこか素人くさい。それでよいんだ。はじめ素人で、それから玄人になって、それからまた素人になる。またロダンを持ち出すが、あいつは素人のよさを覘った男だ。いや、さうでもないかな。」

「僕は畫をよさうと思ふのだ。」葉藏は折り疊んだ木炭紙を懷にしまひこんでから、飛騨の話へおつかぶせるやうにして言つた。「畫は、まだるつこくていかんな。彫刻だつてさうだよ。」

飛騨は長い髮を搔きあげて、たやすく同意した。「そんな氣持ちも判るな。」

「できれば、詩を書きたいのだ。詩は正直だからな。」

「うん。詩も、いいよ。」

「しかし、やつぱりつまらないかな。」なんでもかでもつまらなくしてやらうと思つた。「僕にいちばんむくのはパトロンになることかも知れない。金をまうけて、飛騨みたいなよい藝術家をたくさん集めて、可愛がつてやるのだ。それは、どうだらう。藝術なんて、恥かしくなつた。」やはり頰杖ついて海を眺めながら、さう言ひ終へて、おのれの言葉の反應をしづかに待つた。

「わるくないよ。それも立派な生活だと思ふな。そんなひともなくちやいけないね。じつさい。」言ひながら飛騨は、よろめいてゐた。なにひとつ反駁できぬおのれが、さすがに幇間じみてゐるやうに思はれて、いやであつた。彼の所謂、藝術家としての誇りは、やうやくここまで彼を高めたわけかも知れない。飛騨はひそかに身構へた。このつぎの言葉を！

「警察のはうは、どうだつたい。」

小菅がふいと言ひ出した。あたらずさはらずの答を期待してゐたのである。

飛騨の動揺はその方へはけぐちを見つけた。

「起訴さ。自殺幇助罪といふ奴だ。」言つてから悔いた。ひどすぎたと思つた。「だが、けつきよく、起訴猶豫になるだらうよ。」

小菅は、それまでソフアに寢そべつてゐたのをむつくり起きあがつて、手をぴしやつと拍つた。「やつかいなことになつたぞ。」茶化してしまはうと思つたのである。しかし駄目であつた。

葉藏はからだを大きく捻つて、仰向になつた。

ひと一人を殺したあとらしくもなく、彼等の態度があまりにのんきすぎると忿懣を感じてゐたらしい諸君は、ここにいたつてはじめて快哉を叫ぶだらう。ざまを見ろと。しかし、それは酷である。なんの、のんきなことがあるものか。つねに絶望のとなりにゐて、傷つき易い道化の華を風にもあてずつくつてゐるこのもの悲しさを君が判つて呉れたならば！

飛騨はおのれの一言の効果におろおろして、葉藏の足を蒲團のうへから輕く叩いた。

「だいぢやうぶだよ。だいぢやうぶだよ。」

小菅は、またソフアに寢ころんだ。

「自殺幇助罪か。」なほも、つとめてはしやぐのである。「そんな法律もあつたかなあ。」

葉藏は足をひつこめながら言つた。

「あるさ。懲役ものだ。君は法科の學生のくせに。」

飛騨は、かなしく微笑んだ。

「だいぢやうぶだよ。兄さんが、うまくやつてゐるよ。兄さんは、あれで、有難いところがあるな。とても熱心だよ。」

「やりてだ。」小菅はおごそかに眼をつぶつた。「心配しなくてよいかも知れんな。なかなかの策士だから。」

「馬鹿。」飛騨は噴きだした。

ベツドから降りて外套を脫ぎ、ドアのわきの釘へそれを掛けた。

「よい話を聞いたよ。」ドアちかくに置かれてある瀨戸の丸火鉢にまたがつて言つた。「女のひとのつれあひがねえ、」すこし躊躇してから、眼を伏せて語りつづけた。「そのひとが、けふ警察へ來たんだ。兄さんとふたりで話をしたんだけれどねえ、あとで兄さんからそのときの話を聞いて、ちよつと打たれたよ。金は一文も要らない、ただその男のひとに逢ひたい、と言ふんださうだ。兄さんは、それを斷つた。病人はまだ昂奮してゐるから、と言つて斷つた。するとそのひとは、情ない顏をして、それでは弟さんによろしく言つて呉れ、私たちのことは氣にかけず、からだを大事にして、――」口を噤んだ。

おのれの言葉に胸がわくわくして來たのである。そのつれあひのひとが、いかにも失業者らしくまづしい身なりをしてゐたと、輕侮のうす笑ひをさへまざまざ口角に浮べつつ話して聞かせた葉藏の兄へのこらへにこらへた鬱憤から、ことさらに誇張をまじへて美しく語つたのであつた。

「逢はせればよいのだ。要らないおせつかいをしやがる。」葉藏は、右の掌を見つめてゐた。

飛驒は大きいからだをひとつゆすつた。

「でも、――逢はないはうがいいんだ。やつぱり、このまま他人になつてしまつたはうがいいんだ。もう東京へ歸つたよ。兄さんが停車場まで送つて行つて來たのだ。兄さんは二百圓の香奠をやつたさうだよ。これからはなんの關係もない、といふ證文みたいなものも、そのひとに書いてもらつたんだ。」

「やりてだなあ。」小菅は薄い下唇を前へ突きだした。「たつた二百圓か。たいしたものだよ。」

飛騨は、炭火のほてりでてらてら油びかりしだした丸い顔を、けはしくしかめた。彼等は、おのれの陶酔に水をさされることを極端に恐れる。それゆゑ、相手の陶酔をも認めてやる。努めてそれへ調子を合せてやる。それは彼等のあひだの默契である。小菅はいまそれを破つてゐる。小菅には、飛騨がそれほど感激してゐるとは思へなかつたのだ。そのつれあひのひとの弱さが齒がゆかつたし、それへつけこむ葉藏の兄も兄だ、と相變らずの世間の話として聞いてゐたのである。

飛騨はぶらぶら歩きだし、葉藏の枕元のはうへやつて來た。硝子戸に鼻先をくつつけるやうにして、曇天のしたの海を眺めた。

「そのひとがえらいのさ。兄さんがやりてだからぢやないよ。そんなことはないと思ふなあ。えらいんだよ。人間のあきらめの心が生んだ美しさだ。けさ火葬したのだが、骨壺を抱いてひとりで歸つたさうだ。汽車に乘つてる姿が眼にちらつくよ。」

小菅は、やつと了解した。すぐ、ひくい溜息をもらすのだ。「美談だなあ。」

「美談だらう？　いい話だらう？」飛騨は、くるつと小菅のはうへ顔をねぢむけた。氣嫌を直したのである。「僕は、こんな話に接すると、生きてゐるよろこびを感ずるのさ。」

思ひ切つて、僕は顔を出す。さうでもしないと、僕はこのうへ書きつづけることができぬ。

この小説は混亂だらけだ。僕自身がよろめいてゐる。葉藏をもてあまし、小菅をもてあまし、飛驒をもてあました。彼等は、僕の稚拙な筆をもどかしがり、勝手に飛翔する。僕は彼等の泥靴にとりすがつて、待て待てとわめく。ここらで陣容を立て直さぬことには、だいいち僕がたまらない。

どだいこの小説は面白くない。姿勢だけのものである。こんな小説なら、いちまい書くも百枚書くもおなじだ。しかしそのことは始めから覺悟してゐた。書いてゐるうちに、なにかひとつぐらゐ、むきなものが出るだらうと樂觀してゐた。僕はきざだ。きざではあるが、なにかひとつぐらゐ、いいとこがあるまいか。僕はおのれの調子づいた臭い文章に絶望しつつ、なにかひとつぐらゐなにかひとつぐらゐとそればかりを、あちこちひつくりかへして搜した。そのうちに、僕はじりじり硬直をはじめた。くたばつたのだ。ああ、小説は無心に書くに限る！　美しい感情を以て、人は、惡い文學を作る。なんといふ馬鹿な。この言葉に最大級のわざはひあれ。うつとりしてなくて、小說など書けるものか。ひとつの言葉、ひとつの文章が、十色くらゐのちがつた意味をもつておのれの胸へはねかへつて來るやうでは、ペンをへし折つて捨てなければならぬ。葉藏にせよ、飛驒にせよ、また小菅にせよ、何もあんなにことごとしく氣取つて見せなくてよい。どうせおさとは知れてゐるのだ。あまくなれ、あまくなれ。無念無想。

その夜、だいぶ更けてから、葉藏の兄が病室を訪れた。葉藏は飛騨と小菅と三人で、トランプをして遊んでゐた。きのふ兄がここへはじめて來たときにも、彼等はトランプをしてゐた筈である。けれども彼等はいちにちいつぱいトランプをいぢくつてばかりゐるわけでない。むしろ彼等は、トランプをいやがつてゐる程なのだ。よほど退屈したときでなければ持ち出さぬ。それも、おのれの個性を充分に發揮できないやうなゲエムはきつと避ける。手品を好む。さまざまなトランプの手品を自分で工夫してやつて見せる。そしてわざとその種を見やぶらせてやる。笑ふ。それからまだある。トランプの札をいちまい伏せて、さあ、これはなんだ、とひとりが言ふ。スペエドの女王。クラブの騎士。それぞれがおもひおもひに趣向こらした出鱈目を述べる。札をひらく。當つたためしのないのだが、それでもいつかはぴつたり當るだらう、と彼等は考へる。あたつたら、どんなに愉快だらう。つまり彼等は、長い勝負がいやなのだ。いちかばち。ひらめく勝負が好きなのだ。だから、トランプを持ち出しても、十分とそれを手にしてゐない。一日に十分間。そのみじかい時間に兄が二度も來合せた。

兄は病室へはひつて來て、ちよつと眉をひそめた。いつものんきにトランプだ、と考へちがひしたのである。このやうな不幸は人生にままある。葉藏は美術學校時代にも、これと同じやうな不幸を感じたことがある。いつかのフランス語の時間に、彼は三度ほどあくびをして、その瞬間瞬間に教授と視線が合つた。たしかにたつた三度であつた。日本有數のフランス語學者であるその老教授は、三度目に、たまりかねたやうにして、大聲で言つた。「君は、僕の時間にはあくびばかりしてゐる。一時間に百回あくびをする。」教授には、そのあくびの多すぎる回數を事實かぞへてみたやうな氣がしてゐるらしかつた。

ああ、無念無想の結果を見よ。僕は、とめどもなくだらだらと書いてゐる。更に陣容を立て直さなければいけない。無心に書く境地など、僕にはとても企て及ばぬ。いつたいこれは、どんな小説になるのだらう。はじめから讀み返してみよう。

僕は、海濱の療養院を書いてゐる。この邊は、なかなか景色がよいらしい。それに療養院のなかのひとたちも、すべて惡人でない。ことに三人の青年は、ああ、これは僕たちの英雄だ。これだな。むづかしい理窟はくそにもならぬ。僕はこの三人を、主張してゐるだけだ。よし、それにきまつた。むりにもきめる。なにも言ふな。

兄は、みんなに輕く挨拶した。それから飛驒へなにか耳打ちした。飛驒はうなづいて、小菅と眞野へ目くばせした。

三人が病室から出るのを待つて、兄は言ひだした。

「電氣がくらいな。」

「うん。この病院ぢや明るい電氣をつけさせないのだ。坐らない？」

葉藏がさきにソフアへ坐つて、さう言つた。

「あゝ。」兄は坐らずに、くらい電球を氣がかりらしくちよいちよいふり仰ぎつつ、狹い病室のなかをあちこちと歩いた。「どうやら、こつちのはうだけは、片づいた。」

「ありがたう。」葉藏はそれを口のなかで言つて、こころもち頭をさげた。

「私はなんとも思つてゐないよ。だが、これから家へ歸るとまたうるさいのだ。」けふは袴をはいてゐなかつた。黒い羽織には、なぜか羽織紐がついてなかつた。「私も、できるだけのことはするが、お前からも親爺へよい工合ひに手紙を出したはうがいい。お前たちは、のんきさうだが、しかし、めんだうな事件だよ。」

葉藏は返事をしなかつた。ソフアにちらばつてゐるトランプの札をいちまい手にとつて見つめてゐた。

「出したくないなら、出さなくていい。あさつて、警察へ行くんだ。警察でも、いままで、わざわざ取調べをのばして呉れてゐたのだ。けふは私と飛驒とが證人として取調べられた。ふだんのお前の素行をたづねられたから、おとなしいはうでしたと答へた。思想上になにか不審はなかつたか、と聞かれて、絶對にありません。」

兄は歩きまはるのをやめて、葉藏のまへの火鉢に立ちはだかり、おほきい兩手を炭火のうへにかざした。葉藏はその手のこまかくふるへてゐるのをぼんやり見てゐた。

「女のひとのことも聞かれた。全然知りません、と言つて置いた。飛驒もだいたい同じことを訊問されたさうだ。私の答辯と符合したらしいよ。お前も、ありのままを言へばいい。」

葉藏には兄の言葉の裏が判つてゐた。しかし、そしらぬふりをしてゐた。

「要らないことは言はなくていい。聞かれたことだけをはつきり答へるのだ。」

「起訴されるのかな。」葉藏はトランプの札の縁を右手のひとさし指で撫でまはしながらひくく呟いた。

「判らん。それは判らん。」語調をつよめてさう言つた。「どうせ四五日は警察へとめられると思ふから、その用意をして行け。あさつての朝、私はここへ迎へに來る。一緒に警察へ行くんだ。」

兄は、炭火へ瞳をおとして、しばらく默つた。雪解けの雫のおとが浪の響にまじつて聞えた。

「こんどの事件は事件として、」だしぬけに兄はぽつんと言ひだした。それから、なにげなささうな口調ですらすら言ひつづけた。「お前も、ずつと將來のことを考へて見ないといけないよ。家にだつて、さうさう金があるわけでないからな。ことしは、ひどい不作だよ。お前に知らせたつてなんにもならぬだらうが、うちの銀行もいま危くなつてゐるし、たいへんな騷ぎだよ。お前は笑ふかも知れないが、藝術家でもなんでも、だいいちばんに生活のことを考へなければいけないと思ふな。まあ、これから生れ變つたつもりで、ひとふんぱつしてみるといい。私は、もう歸らう。飛驒も小菅も、私の旅籠へ泊めるやうにしたはうがいい。ここで毎晩さわいでゐては、まづいことがある。」

「僕の友だちはみんなよいだらう？」

葉藏は、わざと眞野のはうへ脊をむけて寢てゐた。その夜から、眞野がもとのやうに、ソフアのベツドへ寢ることになつたのである。

「ええ。——小菅さんとおつしやるかた、」しづかに寢がへりを打つた。「面白いかたですわねえ。」

「ああ。あれで、まだ若いのだよ。僕と三つちがふのだから、二十二だ。僕の死んだ弟と同じとしだ。あいつ、僕のわるいとこばかり眞似してゐやがる。飛騨はえらいのだ。もうひとりまへだよ。しつかりしてゐる。」しばらく間を置いて、小聲で附け加へた。「僕がこんなことをやらかすたんびに一生懸命で僕をいたはるのだ。僕たちにむりして調子を合せてゐるのだよ。ほかのことにはつよいが僕たちにだけおどおどするのだ。だめだ。」

眞野は答へなかつた。

「あの女のことを話してあげようか。」

やはり眞野へ脊をむけたまま、つとめてのろのろとさう言つた。なにか氣まづい思ひをしたときに、それを避ける法を知らず、がむしやらにその氣まづさを徹底させてしまはなければかなはぬ悲しい習性を葉藏は持つてゐた。

「くだらん話なんだよ。」眞野がなんとも言はぬさきから葉藏は語りはじめた。「もう誰から聞いただらう。園といふのだ。銀座のバアにつとめてゐたのさ。ほんたうに、僕はそこのバアへ三度、いや四度しか行かなかつたよ。飛騨も小菅もこの女のことだけは知らなかつたのだからな。僕も教へなかつたし。」よさうか。「くだらない話だよ。女は生活の苦のために死んだのだ。死ぬる間際まで、僕たちは、お互ひにまつたくちがつたことを考へてゐたらしい。園は海へ飛び込むまへに、あなたはうちの先生に似てゐるなあ、なんて言ひやがつた。内縁の夫があつたのだよ。二三年まへまで小學校の先生をしてゐたのだつて。僕は、どうして、あのひとと死なうとしたのかなあ。やつぱり好きだつたのだらうね。」もう彼の言葉を信じてはいけない。彼等は、どうしてこんなに自分を語るのが下手なのだらう。「僕は、これでも左翼の仕事をしてゐたのだよ。ビラを撒いたり、デモをやつたり、柄にないことをしてゐたのさ。滑稽だ。でも、ずゐぶんつらかつたよ。われは先覺者なりといふ榮光にそそのかされただけのことだ。柄ぢやないのだ。どんなにもがいても、崩れて行くだけぢやないか。僕なんかは、いまに乞食になるかも知れないね。家が破産でもしたら、その日から食ふに困るのだもの。なにひとつ仕事ができないし、まあ、乞食だらうな。」ああ、言へば言ふほどおのれが嘘つきで不正直な氣がして來るこの大きな不幸！「僕は宿命を信じるよ。じたばたしない。ほんたうは僕、畫をかきたいのだ。むしやうにかきたいよ。」頭をごしごし掻いて、笑つた。「よい畫がかけたらねえ。」

よい畫がかけたらねえ、と言つた。しかも笑つてそれを言つた。青年たちは、むきになつては、何も言へない。ことに本音を、笑ひでごまかす。

夜が明けた。空に一抹の雲もなかつた。きのふの雪はあらかた消えて、松のしたかげや石の段々の隅にだけ、鼠いろして少しづつのこつてゐた。海には靄がいつぱい立ちこめ、その靄の奥のあちこちから漁船の發動機の音が聞えた。

院長は朝はやく葉藏の病室を見舞つた。葉藏のからだをていねいに診察してから、眼鏡の底の小さい眼をぱちぱちさせて言つた。

「たいていだいぢやうぶでせう。でも、お氣をつけてね。警察のはうへは私からもよく申して置きます。まだまだ、ほんたうのからだではないのですから。眞野君、顏の絆創膏は剥いでいいだらう。」

眞野はすぐ、葉藏のガアゼを剥ぎとつた。傷はなほつてゐた。かさぶたさへとれて、ただ赤白い斑點になつてゐた。

「こんなことを申しあげると失禮でせうけれど、これからはほんたうに御勉強なさるやうに。」

院長はさう言つて、はにかんだやうな眼を海へむけた。

葉藏もなにやらばつの悪い思ひをした。ベツドのうへに坐つたまま、脱いだ着物をまた着なほしながら默つてゐた。

そのとき高い笑ひ聲とともにドアがあき、飛騨と小菅が病室へころげこむやうにしてはひつて來た。みんなおはやうを言ひ交した。院長もこのふたりに、朝の挨拶をして、それから口ごもりつつ言葉を掛けた。

「けふいちにちです。お名殘りをしいですな。」

院長が去つてから、小菅がいちばんさきに口を切つた。

「如才がないな。蛸みたいなつらだ。」彼等はひとの顏に興味を持つ。顏でもつて、そのひとの全部の價値をきめたがる。「食堂にあのひとの畫があるよ。勳章をつけてゐるんだ。」

「まづい畫だよ。」

飛騨は、さう言ひ捨ててヴエランダへ出た。けふは兄の着物を借りて着てゐた。茶色のどつしりした布地であつた。襟もとを氣にしいしいヴエランダの椅子に腰かけた。

「飛騨もかうして見ると、大家の風貌があるな。」小菅もヴエランダへ出た。「葉ちやん。トランプしないか。」

ヴエランダへ椅子をもち出して三人は、わけのわからぬゲエムを始めたのである。

勝負のなかば、小菅は眞面目に呟いた。

「飛騨は氣取つてるねえ。」

「馬鹿。君こそ。なんだその手つきは。」

三人はくつくつ笑ひだし、いつせいにそつと隣りのヴェランダを盗み見た。い號室の患者も、ろ號室の患者も、日光浴用の寢臺に横はつてゐて、三人の樣子に顏をあかくして笑つてゐた。

「大失敗。知つてゐたのか。」

小菅は口を大きくあけて、葉藏へ目くばせした。三人は、思ひきり聲をたてて笑ひ崩れた。彼等は、しばしばこのやうな道化を演ずる。トランプしないか、と小菅が言ひ出すと、もはや葉藏も飛驒もそのかくされたもくろみをのみこむのだ。幕切れまでのあらすぢをちやんと心得てゐるのである。彼等は天然の美しい舞臺裝置を見つけると、なぜか芝居をしたがるのだ。それは、紀念の意味かも知れない。この場合、舞臺の背景は、朝の海である。けれども、このときの笑ひ聲は、彼等にさへ思ひ及ばなかつたほどの大事件を生んだ。眞野がその療養院の看護婦長に叱られたのである。笑ひ聲が起つて五分も經たぬうちに眞野が看護婦長の部屋に呼ばれ、お靜かになさいとずゐぶんひどく叱られた。泣きだしさうにしてその部屋から飛び出し、トランプよして病室でごろごろしてゐる三人へ、このことを知らせた。

三人は、痛いほどしたたかにしよげて、しばらくただ顔を見合せてゐた。彼等の有頂天な狂言を、現實の呼びごゑが、よせやいとせせら笑つてぶちこはしたのだ。これは、ほとんど致命的でさへあり得る。

「いいえ、なんでもないんです。」眞野は、かへつてはげますやうにして言つた。「この病棟には、重症患者がひとりもゐないのですし、それにきのふも、ろ號室のお母さまが私と廊下で逢つたとき、賑やかでいいとおつしやつて、喜んで居られましたのよ。毎日、私たちはあなたがたのお話を聞いて笑はされてばかりゐるつて、さうおつしやつたわ。いいんですのよ。かまひません。」

「いや、」小菅はソフアから立ちあがつた。「よくないよ。僕たちのおかげで君が恥かいたんだ。婦長のやつ、なぜ僕たちに直接言はないのだ。ここへ連れて來いよ。僕たちをそんなにきらひなら、いますぐにでも退院させればいい。いつでも退院してやる。」

三人とも、このとつさの間に、本氣で退院の腹をきめた。殊にも葉藏は、自動車に乘つて海濱づたひに遁走して行くはればれしき四人のすがたをはるかに思つた。

飛驒もソフアから立ちあがつて、笑ひながら言つた。「やらうか。みんなで婦長のところへ押しかけて行かうか。僕たちを叱るなんて、馬鹿だ。」

「退院しようよ。」小菅はドアをそつと蹴つた。「こんなけちな病院は、面白くないや。叱るのは構はないよ。しかし、叱る以前の心持ちがいやなんだ。僕たちをなにか不良少年みたいに考へてゐたにちがひないのさ。頭がわるくてブルジヨア臭いぺらぺらしたふつうのモダンボーイだと思つてゐるんだ。」

言ひ終へて、またドアをまへよりすこし強く蹴つてやつた。それから、堪へかねたやうにして噴きだした。

葉藏はベツドへどしんと音たてて寢ころがつた。「それぢや、僕なんかは、さしづめ色白な戀愛至上主義者といふやうなところだ。もう、いかん。」

彼等は、この野蠻人の侮辱に、尚もはらわたの煮えくりかへる思ひをしてゐるのだが、さびしく思ひ直して、それをよい加減に茶化さうと試みる。彼等はいつもさうなのだ。

けれども眞野は率直だつた。ドアのわきの壁に、兩腕をうしろへまはしてよりかかり、めくれあがつた上唇をことさらにきゆつと尖らせて言ふのであつた。

「さうなんでございますのよ。ずゐぶんですわ。ゆうべだつて、婦長室へ看護婦をおほぜいあつめて、歌留多なんかして大さわぎだつたくせに。」

「さうだ。十二時すぎまできやつきやつ言つてゐたよ。ちよつと馬鹿だな。」

葉藏はさう呟きつつ、枕元に散らばつてゐる木炭紙をいちまい拾ひあげ、仰向に寢たままでそれへ落書をはじめた。

「ご自分がよくないことをしてゐるから、ひとのよいところがわからないんだわ。噂ですけれど、婦長さんは院長さんのおめかけなんですつて。」

「さうか。いいところがある。」小菅は大喜びであつた。彼等はひとの醜聞を美徳のやうに考へる。たのもしいと思ふのである。「勳章がめかけを持つたか。いいところがあるよ。」

「ほんたうに、みなさん、罪のないことをおつしやつては、お笑ひになつていらつしやるのに、判らないのかしら。お氣になさらず、うんとおさわぎになつたはうが、ようございますわ。かまひませんとも。けふ一日ですものねえ。ほんたうに誰にだつてお叱られになつたことのない、よい育ちのかたばかりなのに。」片手を顏へあてて急にひくく泣き出した。泣きながらドアをあけた。

飛驒はひきとめて囁いた。「婦長のとこへ行つたつて駄目だよ。よし給へ。なんでもないぢやないか。」

顏を兩手で覆つたまま、二三度つづけさまにうなづいて廊下へ出た。

「正義派だ。」眞野が去つてから、小菅はにやにや笑つてソファへ坐つた。「泣き出しちやつた。自分の言葉に醉つてしまつたんだよ。ふだんは大人くさいことを言つてゐても、やつぱり女だな。」

「變つてるよ。」飛驒は、せまい病室をのしのし歩きまはつた。「はじめから僕、變つてると思つてゐたんだよ。をかしいなあ。泣いて飛び出さうとするんだから、おどろいたよ。まさか婦長のとこへ行つたんぢやないだらうな。」

「そんなことはないよ。」葉藏は平氣なおももちを裝つてさう答へ、落書した木炭紙を小菅のはうへ投げてやつた。

「婦長の肖像畫か。」小菅はげらげら笑ひこけた。

「どれどれ。」飛驒も立つたままで木炭紙を覗きこんだ。「女怪だね。けつさくだよ。これあ。似てゐるのか。」

「そつくりだ。いちど院長について、この病室へも來たことがあるんだ。うまいもんだなあ。鉛筆を貸せよ。」小菅は、葉藏から鉛筆を借りて、木炭紙へ書き加へた。「これへかう角を生やすのだ。いよいよ似て來たな。婦長室のドアへ貼つてやらうか。」

「そとへ散歩に出てみようよ。」葉藏はベツドから降りて脊のびした。脊のびしながら、こつそり呟いてみた。「ポンチ畫の大家。」

ポンチ畫の大家。そろそろ僕も厭きて來た。これは通俗小説でなからうか。ともすれば硬直したがる僕の神經に對しても、また、おそらくはおなじやうな諸君の神經に對しても、いささか毒消しの意義あれかし、と取りかかつた一齣であつたが、どうやら、これは甘すぎた。僕の小説が古典になれば、――ああ、僕は氣が狂つたのかしら、――諸君は、かへつて僕のこんな註釋を邪魔にするだらう。作家の思ひも及ばなかつたところにまで、勝手な推察をしてあげて、その傑作である所以を大聲で叫ぶだらう。ああ、死んだ大作家は仕合せだ。生きながらへてゐる愚作者は、おのれの作品をひとりでも多くのひとに愛されようと、汗を流して見當はづれの註釋ばかりつけてゐる。そして、まづまづ註釋だらけのうるさい駄作をつくるのだ。勝手にしろ、とつつぱなす、そんな剛毅な精神が僕にはないのだ。よい作家になれないな。やつぱり甘ちやんだ。さうだ。大發見をしたわい。しん底からの甘ちやんだ。甘さのなかでこそ、僕は暫時の憩ひをしてゐる。ああ、もうどうでもよい。ほつて置いて呉れ。道化の華とやらも、どうやらここでしぼんだやうだ。しかも、さもしく醜くきたなくしぼんだ。完璧へのあこがれ。傑作へのさそひ。「もう澤山だ。奇蹟の創造主。おのれ！」

眞野は洗面所へ忍びこんだ。心ゆくまで泣かうと思つた。しかし、そんなにも泣けなかつたのである。洗面所の鏡を覗いて、涙を拭き、髪をなほしてから、食堂へおそい朝食をとりに出掛けた。

食堂の入口ちかくのテエブルにへ號室の大學生が、からになつたスウプの皿をまへに置き、ひとりくつたくげに坐つてゐた。

眞野を見て微笑みかけた。「患者さんは、お元氣のやうですね。」

眞野は立ちどまつて、そのテエブルの端を固くつかまへながら答へた。

「ええ、もう罪のないことばかりおつしやつて、私たちを笑はせていらつしやいます。」

「そんならいい。畫家ですつて?」

「ええ。立派な畫をかきたいつて、しよつちゆうおつしやつて居られますの。」言ひかけて耳まで赤くした。「眞面目なんですのよ。眞面目でございますから、眞面目でございますからお苦しいこともおこるわけね。」

「さうです。さうです。」大學生も顔をあからめつつ、心から同意した。

大學生はちかく退院できることにきまつたので、いよいよ寛大になつてゐたのである。

この甘さはどうだ。諸君は、このやうな女をきらひであらうか。畜生！　古めかしいと笑ひ給へ。ああ、もはや憩ひも、僕にはてれくさくなつてゐる。僕は、ひとりの女をさへ、註釋なしには愛することができぬのだ。おろかな男は、やすむのにさへ、へまをする。

「あそこだよ。あの岩だよ。」

葉藏は梨の木の枯枝のあひだからちらちら見える大きなひらたい岩を指さした。岩のくぼみにはところどころ、きのふの雪がのこつてゐた。

「あそこから、はねたのだ。」葉藏は、おどけものらしく眼をくるくると丸くして言ふのである。

小菅は、だまつてゐた。ほんたうに平氣で言つてゐるのかしら、と葉藏のこころを忖度してゐた。葉藏も平氣で言つてゐるのではなかつたが、しかしそれを不自然でなく言へるほどの伎倆をもつてゐたのである。

「かへらうか。」飛驒は、着物の裾を兩手でぱつとはしよつた。

三人は、砂濱をひつかへしてあるきだした。海は凪いでゐた。まひるの日を受けて、白く光つてゐた。

葉藏は、海へ石をひとつ抛つた。

「ほつとするよ。いま飛びこめば、もうなにもかも問題でない。借金も、アカデミイも、故郷も、後悔も、傑作も、恥も、マルキシズムも、それから友だちも、森も花も、もうどうだつていいのだ。それに氣がついたときは、僕はあの岩のうへで笑つたな。ほつとするよ。」

小菅は、昂奮をかくさうとして、やたらに貝を拾ひはじめた。

「誘惑するなよ。」飛驒はむりに笑ひだした。「わるい趣味だ。」

葉藏も笑ひだした。三人の足音がさくさくと氣持ちよく皆の耳へひびく。

「怒るなよ。いまのはちよつと誇張があつたな。」葉藏は飛驒と肩をふれ合せながらあるいた。「けれども、これだけは、ほんたうだ。女がねえ、飛び込むまへにどんなことを囁いたか。」

小菅は好奇心に燃えた眼をずるさうに細め、わざと二人から離れて歩いてゐた。

「まだ耳についてゐる。田舍の言葉で話がしたいな、と言ふのだ。女の國は南のはづれだよ。」

「いけない！　僕にはよすぎる。」

「ほんと。君、ほんたうだよ。ははん。それだけの女だ。」

大きい漁船が砂濱にあげられてやすんでゐた。その傍に直徑七八尺もあるやうな美事な魚籃が二つころがつてゐた。小菅は、その船のくろい横腹へ、拾つた貝を、力いつぱいに投げつけた。

三人は、窒息するほど氣まづい思ひをしてゐた。もし、この沈默が、もう一分間つづいたなら、彼等はいつそ氣輕げに海へ身を躍らせたかも知れぬ。

小菅がだしぬけに叫んだ。

「見ろ、見ろ。」前方の渚を指さしたのである。「い號室とろ號室だ！」

季節はづれの白いパラソルをさして、二人の娘がこつちへそろそろ歩いて來た。

「發見だな。」葉藏も蘇生の思ひであつた。

「話かけようか。」小菅は、片足あげて靴の砂をふり落し、葉藏の顏を覗きこんだ。命令一下、駈けださうといふのである。

「よせ、よせ。」飛騨は、きびしい顏をして小菅の肩をおさへた。

パラソルは立ちどまつた。しばらく何か話合つてゐたが、それからくるつとこつちへ背をむけて、またしづかに歩きだした。

「追ひかけようか。」こんどは葉藏がはしやぎだした。飛騨のうつむいてゐる顏をちらと見た。「よさう。」

飛驒はわびしくてならぬ。この二人の友だちからだんだん遠のいて行くおのれのしなびた血を、いまはつきりと感じたのだ。生活からであらうか、と考へた。飛驒の生活はややまづしかつたのである。

「だけど、いいなあ。」小菅は西洋ふうに肩をすくめた。なんとかしてこの場をうまく取りつくろつてやらうと努めるのである。「僕たちの散歩してゐるのを見て、そそられたんだよ。若いんだものな。可愛さうだなあ。へんな心地になつちやつた。おや、貝をひろつてるよ。僕の眞似をしてゐやがる。」

飛驒は思ひ直して微笑んだ。葉藏のわびるやうな瞳とぶつかつた。二人ながら頰をあからめた。判つてゐる。お互ひがいたはりたい心でいつぱいなんだ。彼等は弱きをいつくしむ。

三人は、ほの温い海風に吹かれ、遠くのパラソルを眺めつつあるいた。

はるか療養院の白い建物のしたには、眞野が彼等の歸りを待つて立つてゐる。ひくい門柱によりかかり、まぶしさうに右手を額へかざしてゐる。

最後の夜に、眞野は浮かれてゐた。寢てからも、おのれのつつましい家族のことや、立派な祖先のことをながながとしやべつた。葉藏は夜のふけるとともに、むつつりして來た。やはり、眞野のはうへ背をむけて、氣のない返事をしながらほかのことを思つてゐた。

眞野は、やがておのれの眼のうへの傷について話だしたのである。

「私が三つのとき、」なにげなく語らうとしたらしかつたが、しくじつた。聲が喉へひつからまる。「ランプをひつくりかへして、やけどしたんですつて。ずゐぶん、ひがんだものでございますのよ。小學校へあがつてゐたじぶんには、この傷、もつともつと大きかつたんですの。學校のお友だちは私を、ほたる、ほたる。」すこしとぎれた。「さう呼ぶんです。私、そのたんびに、きつとかたきを討たうと思ひましたわ。ええ、ほんたうにさう思つたわ。えらくならうと思ひましたの。」ひとりで笑ひだした。「をかしいですのねえ。えらくなれるもんですか。眼鏡かけませうかしら。眼鏡かけたら、この傷がすこしかくれるんぢやないかしら。」

「よせよ。かへつてをかしい。」葉藏は怒つてでもゐるやうに、だしぬけに口を挾んだ。女に愛情を感じたとき、わざとじやけんにしてやる古風さを、彼もやはり持つてゐるのであらう。「そのままでいいのだ。目立ちはしないよ。もう眠つたらどうだらう。あしたは早いのだよ。」

眞野は、だまつた。あした別れてしまふのだ。おや、他人だつたのだ。恥を知れ。恥を知れ。私は私なりに誇りを持たう。せきをしたり溜息ついたり、それからばたんばたんと亂暴に寢返りをうつたりした。

葉藏は素知らぬふりをしてゐた。なにを案じつつあるかは、言へぬ。

僕たちはそれより、浪の音や鴎の聲に耳傾けよう。そしてこの四日間の生活をはじめから思ひ起さう。みづからを現實主義者と稱してゐる人は言ふかも知れぬ。この四日間はポンチに滿ちてゐたと。それならば答へよう。おのれの原稿が、編輯者の机のうへでおほかた土瓶敷の役目をしてくれたらしく、黑い大きな燒跡をつけられて送り返されたこともポンチ。おのれの妻のくらい過去をせめ、一喜一憂したこともポンチ。質屋の暖簾をくぐるのに、それでも襟元を搔き合せ、おのれのおちぶれを見せまいと風采ただしたこともポンチ。僕たち自身、ポンチの生活を送つてゐる。そのやうな現實にひしがれた男のむりに示す我慢の態度。君はそれを理解できぬならば、僕は君とは永遠に他人である。どうせポンチならよいポンチ。ほんたうの生活。ああ、それは遠いことだ。僕は、せめて、人の情にみちみちたこの四日間をゆつくりゆつくりなつかしまう。たつた四日の思ひ出の、五年十年の暮しにまさることがある。たつた四日の思ひ出の、ああ、一生涯にまさることがある。

眞野のおだやかな寢息が聞えた。葉藏は沸きかへる思ひに堪へかねた。眞野のはうへ寢がへりを打たうとして、長いからだをくねらせたら、はげしい聲を耳もとへささやかれた。

やめろ！　ほたるの信頼を裏切るな。

夜のしらじらと明けはなれたころ、二人はもう起きてしまつた。葉藏はけふ退院するのである。僕は、この日の近づくことを恐れてゐた。それは愚作者のだらしない感傷であらう。この小説を書きながら僕は、葉藏を救ひたかつた。いや、このバイロンに化け損ねた一匹の泥狐を許してもらひたかつた。それだけが苦しいなかの、ひそかな祈願であつた。しかしこの日の近づくにつれ、僕は前にもまして荒涼たる氣配のふたたび葉藏を、僕をしづかに襲うて來たのを覺えるのだ。この小説は失敗である。なんの飛躍もない、なんの解脱もない。僕はスタイルをあまり氣にしすぎたやうである。そのためにこの小説は下品にさへなつてゐる。たくさんの言はでものことを述べた。しかも、もつと重要なことがらをたくさん言ひ落したやうな氣がする。これはきざな言ひかたであるが、僕が長生きして、幾年かのちにこの小説を手に取るやうなことでもあるならば、僕はどんなにみじめだらう。おそらくは一頁も讀まぬうちに僕は堪へがたい自己嫌惡にをののいて、卷を伏せるにきまつてゐる。いまでさへ、僕は、まへを讀みかへす氣力がないのだ。ああ、作家は、おのれのすがたをむき出しにしてはいけない。それは作家の敗北である。美しい感情を以て、人は、悪い文學を作る。僕は三度この言葉を繰りかへす。そして、承認を與へよう。

僕は文學を知らぬ。もいちど始めから、やり直さうか。君、どこから手をつけていったらよいやら。

僕こそ、渾沌と自尊心とのかたまりでなかつたらうか。この小説も、ただそれだけのものでなかつたらうか。ああ、なぜ僕はすべてに斷定をいそぐのだ。すべての思念にまとまりをつけなければ生きて行けない、そんなけちな根性をいつたい誰から教はつた？

書かうか。青松園の最後の朝を書かう。なるやうにしかならぬのだ。

眞野は裏山へ景色を見に葉藏を誘つた。

「とても景色がいいんですのよ。いまならきつと富士が見えます。」

葉藏はまつくろい羊毛の襟巻を首に纏ひ、眞野は看護服のうへに松葉の模様のある羽織を着込み、赤い毛絲のシヨオルを顔がうづまるほどぐるぐる巻いて、いつしよに療養院の裏庭へ下駄はいて出た。庭のすぐ北方には、赭土のたかい崖がそそり立つてゐて、それへせまい鐵の梯子がいつぽんかかつてゐるのであつた。眞野がさきに、その梯子をすばしこい足どりでするするのぼつた。

裏山には枯草が深くしげつてゐて、霜がいちめんにおりてゐた。眞野は兩手の指先へ白い息を吐きかけて温めつつ、はしるやうにして山路をのぼつていつた。山路はゆるい傾斜をもつてくねくねと曲つてゐた。葉藏も、霜を踏み踏みそのあとを追つた。凍つた空氣へたのしげに口笛を吹きこんだ。誰ひとりゐない山。どんなことでもできるのだ。眞野にそんなわるい懸念を持たせたくなかつたのである。

窪地へ降りた。ここにも枯れた茅がしげつてゐた。眞野は立ちどまつた。葉藏も五六歩はなれて立ちどまつた。すぐわきに白いテントの小屋があるのだ。

眞野はその小屋を指さして言つた。

「これ、日光浴場。輕症の患者さんたちが、はだかでここへ集るのよ。ええ、いまでも。」

テントにも霜がひかつてゐた。

「登らう。」

なぜとは知らず氣がせくのだ。

眞野は、また駈け出した。葉藏もつづいた。落葉松の細い並木路へさしかかつた。ふたりはつかれて、ぶらぶらと歩きはじめた。

葉藏は肩であらく息をしながら、大聲で話かけた。

「君、お正月はここでするのか。」

振りむきもせず、やはり大聲で答へてよこした。

「いいえ。東京へ歸らうと思ひます。」

「ぢや、僕のとこへ遊びに來たまへ。飛騨も小菅も毎日のやうに僕のとこへ來てゐるのだ。まさか牢屋でお正月を送るやうなこともあるまい。きつとうまく行くだらうと思ふよ。」

まだ見ぬ檢事のすがすがしい笑ひ顔をさへ、胸に書いてゐたのである。

ここで結べたら！　古い大家はこのやうなところで、意味ありげに結ぶ。しかし、葉藏も僕も、おそらくは諸君も、このやうなごまかしの慰めに、もはや厭きてゐる。お正月も牢屋も檢事も、僕たちにはどうでもよいことなのだ。僕たちはいつたい、檢事のことなどをはじめから氣にかけてゐたのだらうか。僕たちはただ、山の頂上に行きついてみたいのだ。そこに何がある。何があらう。いささかの期待をそれにのみつないでゐる。

やうやう頂上にたどりつく。頂上は簡單に地ならしされ、十坪ほどの赭土がむきだされてゐた。まんなかに丸太のひくいあづまやがあり、庭石のやうなものまで、あちこちに据ゑられてゐた。すべて霜をかぶつてゐる。

「駄目。富士が見えないわ。」

眞野は鼻さきをまつかにして叫んだ。

「この邊に、くつきり見えますのよ。」

東の曇つた空を指さした。朝日はまだ出てゐないのである。不思議な色をしたきれぎれの雲が、沸きたつては澱み、澱んではまたゆるゆると流れてゐた。

「いや、いいよ。」

そよ風が頬を切る。

葉藏は、はるかに海を見おろした。すぐ足もとから三十丈もの斷崖になつてゐて、江の島が眞下に小さく見えた。ふかい朝霧の奥底に、海水がゆらゆらうごいてゐた。

そして、否、それだけのことである。

猿面冠者

どんな小説を読ませても、はじめの二三行をはしり読みしたばかりで、もうその小説の楽屋裏を見抜いてしまったかのように、鼻で笑って巻を閉じる傲岸不遜の男がいた。ここに露西亜の詩人の言葉がある。「そもさん何者。されば、わずかにまねごと師。気にするがものもない幽霊か。ハロルドのマント羽織った莫斯科ッ子。他人の癖の飜案か。はやり言葉の辞書なのか。いやさて、もじり言葉の詩とでもいったところじゃないかよ」いずれそんなところかも知れぬ。この男は、自分では、すこし詩やら小説やらを読みすぎたと思って悔いている。この男は、思案するときにでも言葉をえらんで考えるのだそうである。心のなかで自分のことを、彼、と呼んでいる。酒に酔いしれて、ほとんど我をうしなっているように見えるときでも、もし誰かに殴られたなら、落ちついて呟く。「あなた、後悔しないように」ムイシュキン公爵の言葉である。恋を失ったときには、どう言うであろう。そのときには、口に出しては言わぬ。胸のなかを駈けめぐる言葉。「だまって居れば名を呼ぶし、近寄って行けば逃げ去るのだ」これはメリメのつつましい述懐ではなかったか。夜、寝床にもぐってから眠るまで、彼は、まだ書かぬ彼の傑作の妄想にさいなまれる。そのときには、ひくくこう叫ぶ。「放してくれ！」これはこれ、芸術家のコンフィテオール。それでは、ひとりで何もせずにぼんやりしているときには、どうであろう。口をついて出るというのである、“Nevermore” という独白が。

そのような文学の糞から生れたような男が、もし小説を書いたとしたなら、いったいどんなものができるだろう。だいいちに考えられることは、その男は、きっと小説を書けないだろうと言うことである。一行書いては消し、いや、その一行も書けぬだろう。彼には、いけない癖があって、筆をとるまえに、もうその小説に謂わばおしまいの磨きまでかけてしまうらしいのである。たいてい彼は、夜、蒲団のなかにもぐってから、眼をぱちぱちさせたり、にやにや笑ったり、せきをしたり、ぶつぶつわけのわからぬことを呟いたりして、夜明けちかくまでかかってひとつの短篇をまとめる。傑作だと思う。それからまた彼は、書きだしの文章を置きかえてみたり、むすびの文字を再吟味してみたりして、その胸のなかの傑作をゆっくりゆっくり撫でまわしてみるのである。そのへんで眠れたらいいのであるが、いままでの経験からしてそんなに工合いがよくいったことはいちどもなかったという。そのつぎに彼は、その短篇についての批評をこころみるのである。誰々は、このような言葉でもってほめて呉れる。誰々は、判らぬながらも、この辺の一箇所をぽつんと突いて、おのれの慧眼(けいがん)を誇る。けれども、おれならば、こう言う。男は、自分の作品についてのおそらくはいちばん適確な評論を組みたてはじめる。この作品の唯一の汚点は、などと心のなかで呟くようになると、もう彼の傑作はあとかたもなく消えうせている。男は、なおも眼をぱちぱちさせながら、雨戸のすきまから漏れて来る明るい光線を眺めて、すこし間抜けづらになる。そのうちにうつらうつらまどろむのである。

けれども、これは問題に対してただしく答えていない。問題は、もし書いたとしたなら、というのである。ここにあります、と言って、ぽんと胸をたたいて見せるのは、なにやら水際だっていいようであるが、聞く相手にしては、たちのわるい冗談としか受けとれまい。まして、この男の胸は、扁平胸といって生れながらに醜くおしつぶされた形なのであるから、傑作は胸のうちにありますという彼のそのせいいっぱいの言葉も、いよいよ芸がないことになる。こんなことからしても、彼が一行も書けぬだろうという解答のどんなに安易であるかが判るのである。もし書いたとしたなら、というのである。問題をもっと考えよくするために、彼のどうしても小説を書かねばならぬ具体的な環境を簡単にこしらえあげてみてもよい。たとえばこの男は、しばしば学校を落第し、いまは彼のふるさとのひとたちに、たからもの、という蔭口をきかれている身分であって、ことし一年で学校を卒業しなければ、彼の家のほうでも親戚のものたちへの手前、月々の送金を停止するというあんばいになっていたとする。また仮にその男が、ことし一年で卒業できそうもないばかりか、どだい卒業しようとする腹がなかったとしたなら、どうであろう。問題をさらに考えよくするために、この男がいま独身でないということにしよう。四五年もまえからの妻帯者である。しかも彼のその妻というのは、とにかく育ちのいやしい女で、彼はこの結婚によって、叔母ひとりを除いたほかのすべての肉親に捨てられたという、月並みのロマンスを匂わせて置いてもよい。さて、このような境遇の男が、やがて来る自鬻の生活のために、どうしても小説を書かねばいけなくなったとする。しかし、これも唐突である。乱暴でさえある。生活のためには、必ずしも小説を書かねばいけないときまって居らぬ。牛乳配達にでもなればいいじゃないか。しかし、それは簡単に反駁され得る。乗りかかった船、という一言でもって充分であろう。

いま日本では、文芸復興とかいう訳のわからぬ言葉が声高く叫ばれていて、いちまい五十銭の稿料でもって新作家を捜しているそうである。この男もまた、この機を逃さず、とばかりに原稿用紙に向った、とたんに彼は書けなくなっていたという。ああ、もう三日、早かったならば。或いは彼も、あふれる情熱にわななきつつ十枚二十枚を夢のうちに書き飛ばしたかも知れぬ。毎夜、毎夜、傑作の幻影が彼のうすっぺらな胸を騒がせては呉れるのであったが、書こうとすれば、みんなはかなく消えうせた。だまって居れば名を呼ぶし、近寄って行けば逃げ去るのだ。メリメは猫と女のほかに、もうひとつの名詞を忘れている。傑作の幻影という重大な名詞を！

男は奇妙な決心をした。彼の部屋の押入をかきまわしたのである。その押入の隅には、彼が十年このかた、有頂天な歓喜をもって書き綴った千枚ほどの原稿が曰くありげに積まれてあるのだそうである。それを片っぱしから読んでいった。ときどき頬をあからめた。二日かかって、それを全部読みおえて、それから、まる一日ぼんやりした。そのなかの「通信」という短篇が頭にのこった。それは、二十六枚の短篇小説であって、主人公が困っているとき、どこからか差出人不明の通信が来てその主人公をたすける、という物語であった。男が、この短篇にことさら心をひかれたわけは、いまの自分こそ、そんなよい通信を受けたいものだと思ったからであろう。これを、なんとかしてうまく書き直してごまかそうと決心したのである。

まず書き直さねばいけないところは、この主人公の職業である。いやはや。主人公は新作家なのである。こう直そうと思った。さきに文豪をこころざして、失敗して、そのとき第一の通信。つぎに革命家を夢みて、敗北して、そのとき第二の通信。いまは、サラリイマンになって家庭の安楽ということにつき疑い悩んで、そのとき第三の通信。こんなふうに、だいたいの見とおしをつけて置く。主人公を、できるだけ文学臭から遠ざけること。そうして革命家をこころざしてからは、文学のブの字も言わせぬこと。自分がそのような境遇にあったとき、心から欲しいと思った手紙なり葉書なり電報なりを、事実、主人公が受けとったことにして書くのだ。これは楽しみながら書かねば損である。甘さを恥かしがらずに平気な顔をして書こう。男は、ふと、「ヘルマンとドロテア」という物語を思い合せた。つぎつぎと彼を襲うあやしい妄念を、はげしく首振って追い払いつつ、男はいそいで原稿用紙にむかった。もっと小さい小さい原稿用紙だったらいいなと思った。自分にも何を書いているのか判らぬくらいにくしゃくしゃと書けたらいいなと思った。題を「風の便り」とした。書きだしもあたらしく書き加えた。こう書いた。

——諸君は音信をきらいであろうか。諸君が人生の岐路に立ち、哭泣すれば、どこか知らないところから風とともにひらひら机上へ舞い来って、諸君の前途に何か光を投げて呉れる、そんな音信をきらいであろうか。彼は仕合せものである。いままで三度も、そのような胸のときめく風の便りを受けとった。いちどは十九歳の元旦。いちどは二十五歳の早春。いまいちどは、つい昨年の冬。ああ。ひとの幸福を語るときの、ねたみといつくしみの交錯したこの不思議なよろこびを、君よ知るや。十九歳の元旦のできごとから物語ろう。

そこまで書いて、男は、ひとまずペンを置いた。やや意に満ちたようであった。そうだ、この調子で書けばいいのだ。やはり小説というものは、頭で考えてばかりいたって判るものではない。書いてみなければ。男は、しみじみそう心のうちで呟き、そうしてたいへんたのしかったという。発見した、発見した。小説は、やはりわがままに書かねばいけないものだ。試験の答案とは違うのである。よし。この小説は唄いながら少しずつすすめてゆこう。きょうは、ここまでにして置くのだ。男は、もいちどそっと読みかえしてみてから、その原稿を押入のなかに仕舞い込み、それから、大学の制服を着はじめた。男は、このごろたえて学校へ行かないのであるが、それでも一週間に一二度ずつ、こうして制服を着て、そわそわ外出するのである。彼等夫婦は或る勤人の二階の六畳と四畳半との二間を借りて住いしているのであって、男はその勤人の家族への手前をつくろい、ときどきこんなふうに登校をよそうのであった。男には、こんな世間ていを気にする俗な一面もあったわけである。またこの男は、どうやら自分の妻にさえ、ていさいをとりつくろっているようである。その証拠には、彼の妻は、彼がほんとうに学校へ出ているものだと信じているらしいのだ。妻は、まえにも仮定して置いたように、いやしい育ちの女であるから、まず無学だと推測できる。男は、その妻の無学につけこみ、さまざまの不貞を働いていると見てよい。けれども、だいたいは愛妻家の部類なのである。なぜと言うに、彼は妻を安心させるために、ときたま嘘を吐くのである。輝かしい未来を語る。

その日、彼は外出して、すぐ近くの友人の家を訪れた。この友人は、独身者の洋画家であって、彼とは中学校のとき同級であったとか。うちが財産家なので、ぶらぶら遊んでいる。人と話をしながら眉をしじゅうぴりぴりとそよがせるのが自慢らしい。よくある型の男を想像してもらいたい。その友人の許へ、彼は訪れたのである。彼は、もともとこの友人をあまり好きではないのである。そう言えば、彼は、彼のほかの二三の友人たちをもたいして好いてはいないのであるが、ことにこの友人が、相手をいらいらさせる特種の技倆を持っているので、彼はことにも好きになれないのだそうである。彼がでもこの友人を、きょう訪問したのは、まず手近なところから彼の歓喜をわけてやろうという心からにちがいない。

この男は、いま、幸福の予感にぬくぬくと温まっているらしいが、そんなときには、人は、どこやら慈悲深くなるものらしい。洋画家は在宅していた。彼は、この洋画家と対座して、開口一番、彼の小説のことを話して聞かせた。おれはこういう小説を書きたいと思っている、とだいたいのプランを語って、うまく行けば売れるかも知れないよ、書きだしはこんな工合いだ、と彼はたったいま書いて来た五六行の文章を、頬をあからめながらひくく言いだしたのである。彼は、いつでも自分の文章をすべて暗記しているのだそうである。洋画家は、れいの眉をふるわせつつ、それはいいと吃るようにして言った。それだけでたくさんなのに、要らないことをせかせか、つぎからつぎとしゃべりはじめた。虚無主義者の神への揶揄であるとか、小人の英雄への反抗であるとか、それから、彼にはいまもってなんのことやら訳がわからぬのであるが、観念の幾何学的構成であるとさえ言った。彼にとっては、ただこの友人が、それはいい、おれもそんな風の便りが欲しいよ、と言って呉れたら満足だったのである。批評を忘れようとして、ことさらに、「風の便り」などというロマンチックな題材をえらんだ筈である。それを、この心なき洋画家に観念の幾何学的構成だとかなんだとか、新聞の一行知識めいた妙な批評をされて、彼はすぐ、これは危いと思った。まごまごして、彼もその批評の遊戯に誘いこまれたなら、「風の便り」も、このあと書きつづけることができなくなる。危い。男は、その友人の許からそそこにひきあげたという。

そのまま、すぐうちへ帰るのも工合いがわるいし、彼はその足で、古本屋へむかった。みちみち男は考える。うんといい便りにしよう。第一の通信は、葉書にしよう。少女からの便りである。短い文章で、そのなかには、主人公をいたわりたい心がいっぱいあふれているようなそんな便りにしたい。「私、べつに悪いことをするのではありませんから、わざと葉書にかきます」という書きだしはどうだろう。主人公が元旦にそれを受けとるのだから、いちばんおしまいに、「忘れていました。新年おめでとうございます」と小さく書き加えてあることにしよう。すこし、とぼけすぎるかしら。

男は夢みるような心地で街をあるいている。自動車に二度もひかれそこなった。

第二の通信は、主人公がひところはやりの革命運動をして、牢屋にいれられたとき、そのとき受けとることにしよう。「彼が大学へはいってからは、小説に心をそそられなかった」とはじめから断って置こう。主人公はもはや第一の通信を受けとるまえに、文豪になりそこねて痛い目に逢っているのだから。男は、もう、そのときの文章を胸のなかに組立てはじめた。「文豪として名高くなることは、いまの彼にとって、ゆめのゆめだ。小説を書いて、たとえばそれが傑作として世に喧伝され、有頂天の歓喜を得たとしても、それは一瞬のよろこびである。おのれの作品に対する傑作の自覚などあり得ない。はかない一瞬間の有頂天がほしくて、五年十年の屈辱の日を送るということは、彼には納得できなかった」どうやら演説くさくなったな。男はひとりで笑いだした。「彼にはただ、情熱のもとも直截なはけ口が欲しかったのである。考えることよりも、唄うことよりも、だまってのそのそ実行したほうがほんとうらしく思えた。ゲエテよりもナポレオン。ゴリキイよりもレニン」やっぱり少し文学臭い。この辺の文章には、文学のブの字もなくしなければいけないのだ。まあ、いいようになるだろう。あまり考えすごすと、また書けなくなる。つまり、この主人公は、銅像になりたく思っているのである。このポイントさえはずさないようにして書いたなら、しくじることはあるまい。それから、この主人公が牢屋で受ける通信であるが、これは長い長い便りにするのだ。われに策あり。たとえ絶望の底にいる人でも、それを読みさえすれば、もういちど陣営をたて直そうという気が起らずにはすまぬ。しかも、これは女文字で書かれた手紙だ。「ああ。様という字のこの不器用なくずしかたに、彼は見覚えがあったのである。五年前の賀状を思い出したのであった」

第三の通信は、こうしよう。これは葉書でも手紙でもない、まったく異様な風の便りにしよう。通信文のおれの腕前は、もう見せてあるから、なにか目さきの変ったものにするのだ。銅像になりそこねた主人公は、やがて平凡な結婚をして、サラリイマンになるのであるが、これは、うちの勤人の生活をそのまま書いてやろう。主人公が家庭に倦怠(けんたい)を感じはじめている矢先。冬の日曜の午後あたり、主人公は縁側へ出て、煙草をくゆらしている。そこへ、ほんとうに風とともに一葉の手紙が、彼の手許へひらひら飛んで来た。「彼はそれに眼をとめた。妻がふるさとの彼の父へ林檎(りんご)が着いたことを知らせにしたためた手紙であった。投げて置かないで、すぐ出すといい。そう呟きつつ、ふと首をかしげた。ああ。様という字のこの不器用なくずしかたに彼は見覚えがあったのである」このような空想的な物語を不自然でなく書くのには、燃える情熱が要るらしい。こんな奇遇の可能を作者自身が、まじめに信じていなければいけないのだ。できるかどうか、とにかくやってみよう。男は、いきおいこんで古本屋にはいったのである。

ここの古本屋には、「チエホフ書翰集(しょかん)」と「オネーギン」がある筈だ。この男が売ったのだから。彼はいま、その二冊を読みかえしたく思って、この古本屋へ来たわけである。「オネーギン」にはタチアナのよい恋文がある。二冊とも、まだ売れずにいた。さきに「チエホフ書翰集」を棚からとりだして、そちこち頁をひっくりかえしてみたが、あまり面白くなかった。劇場とか病気とかいう言葉にみちみちているのであった。これは「風の便り」の文献になり得ない。傲岸不遜のこの男は、つぎに「オネーギン」を手にとって、その恋文の条を捜した。すぐ捜しあてた。彼の本であったのだから。「わたしがあなたにお手紙を書くそのうえ何をつけたすことがいりましょう」なるほど、これでいいわけだ。簡明である。タチアナは、それから、神様のみこころ、夢、おもかげ、囁き、憂愁、まぼろし、天使、ひとりぼっち、などという言葉を、おくめんもなく並べたてている。そうしてむすびには、「もうこれで筆をおきます。読み返すのもおそろしい、羞恥の念と、恐怖の情で、消えもいりたい思いがします。けれども私は、高潔無比のお心をあてにしながら、ひと思いに私の運を、あなたのお手にゆだねます。タチアナより。オネーギン様」こんな手紙がほしいのだ。はっと気づいて巻を閉じた。危険だ。影響を受ける。いまこれを読むと害になる。はて。また書けなくなりそうだ。男は、あたふたと家へかえって来たのである。

　家へ帰り、いそいで原稿用紙をひろげた。安楽な気持で書こう。甘さや通俗を気にせず、らくらくと書きたい。ことに彼の旧稿「通信」という短篇は、さきにも言ったように、謂わば新作家の出世物語なのであるから、第一の通信を受けとるまでの描写は、そっくり旧稿を書きうつしてもいいくらいなのであった。男は、煙草を二三本つづけざまに吸ってから、自信ありげにペンをつまみあげた。にやにやと笑いだしたのである。これはこの男のひどく困ったときの仕草らしい。彼はひとつの難儀をさとったのである。文章についてであった。旧稿の文章は、たけりたけって書かれている。これはどうしたって書き直さねばなるまい。こんな調子では、ひともおのれも楽しむことができない。だいいち、ていさいがわるい。めんどうくさいが、これは書き改めよう。虚栄心のつよい男はそう思って、しぶしぶ書き直しはじめた。

わかい時分には、誰しもいちどはこんな夕を経験するものである。彼はその日のくれがた、街にさまよい出て、突然おどろくべき現実を見た。彼は、街を通るひとびとがことごとく彼の知合いだったことに気づいた。師走（しわす）ちかい雪の街は、にぎわっていた。彼はせわしげに街を往き来するひとびとへいちいち軽い会釈をして歩かねばならなかった。とある裏町の曲り角で思いがけなく女学生の一群と出逢ったときなど、彼はほとんど帽子をとりそうにしたほどであった。

彼はそのころ、北方の或る城下まちの高等学校で英語と独逸（ドイツ）語とを勉強していた。彼は英語の自由作文がうまかった。入学して、ひとつきも経たぬうちに、その自由作文でクラスの生徒たちをびっくりさせた。入学早々、ブルウル氏という英人の教師が、What is Real Happiness? ということについて生徒へその所信を書くように命じたのである。ブルウル氏は、その授業はじめに、My Fairyland という題目でいっぷう変った物語をして、そのる週には、The Real Cause of War について一時間主張し、おとなしい生徒を戦慄させ、やや進歩的な生徒を狂喜させた。文部省がこのような教師を雇いいれたことは手柄であった。ブルウル氏は、チエホフに似ていた。鼻眼鏡を掛け短い顎鬚を内気らしく生やし、いつもまぶしそうに微笑んでいた。英国の将校であるとも言われ、名高い詩人であるとも言われ、老けているようであるが、あれでまだ二十代だとも言われ、軍事探偵であるとも言われていた。そのように何やら神秘めいた雰囲気が、ブルウル氏をいっそう魅惑的にした。新入生たちはすべて、この美しい異国人に愛されようとひそかに祈った。そのブルウル氏が、三週間目の授業のとき、だまってボオルドに書きなぐった文字が What is Real Happiness? であった。いずれはふるさとの自慢の子、えらばれた秀才たちは、この輝かしい初陣に、腕によりをかけた。彼もまた、罫紙の塵をしずかに吹きはらってから、おもむろにペンを走らせた。Shakespeare said, "——流石におおげさすぎると思った。顔をあからめながら、ゆっくり消した。右から左から前から後から、ペンの走る音がひくく聞えた。彼は頬杖ついて思案にくれた。彼は書きだしに凝るほうであった。どのような大作であっても、書きだしの一行で、もはやその作品の全部の運命が決するものだと信じていた。よい書きだしの一行ができると、彼は全部を書きおわったときと同じようにぼんやりした間抜け顔になるのであった。彼はペン先をインクの壺にひたらせた。なおすこし考えて、それからいきおいよく書きまくった。Zenzo Kasai, one of the most unfortunate Japanese novelists at present, said,"——葛西善蔵は、そのころまだ生きていた。いまのように有名ではなかった。一週間すぎて、ふたたびブルウル氏の時間が来た。お互いにまだ友人になりきれずにいる新入生たちは、教室のおのおのの机に坐ってブルウル氏を待ちつつ、敵意に燃える瞳を煙草のけむりのかげからひそかに投げつけ合った。寒そうに細い肩をすぼませて教室へはいって来たブルウル氏は、やがてほろにがく微笑みつつ、不思議なアクセントでひとつの日本の姓名を呟いた。彼の名であった。彼はたいぎそうにのろのろと立ちあがった。頬がまっかだった。ブルウル氏は、彼の顔を見ずに言った。Most Excellent! 教壇をあちこち歩きまわりながらうつむいて言いつづけた。Is this essay absolutely original? 彼は眉をあげて答えた。Of course. クラスの生徒たちは、どっと奇怪な喚声をあげた。ブルウル氏は蒼白の広い額をさっとあからめて彼のほうを見た。すぐ眼をふせて、鼻眼鏡を右手で軽くおさえ、If it is, then it shows great promise and not only this, but shows some brain behind it. と一語ずつ区切ってはっきり言った。彼は、ほんとうの幸福とは、外から得られぬものであって、おのれが英雄になるか、受難者になるか、その心構えこそほんとうの幸福に接近する鍵であある、という意味のことを言い張ったのであった。彼のふるさとの先輩葛西善蔵の暗示的な述懐をはじめに書き、それを敷衍しつつ筆をすすめた。彼は葛西善蔵といちども逢ったことがなかったし、また葛西善蔵がそのような述懐をもらしていることも知らなかったのであるが、たとえ嘘でも、それができてあるならば、葛西善蔵はきっと許してくれるだろうと思ったのである。そんなことから、彼はクラスの寵を一身にあつめた。わかい群集は英雄の出現に敏感である。ブルウル氏は、それからも生徒へつぎつぎとよい課題を試みた。Fact and Truth. The Ainu. A Walk in the Hills in Spring. Are We of Today Really Civilised? 彼は力いっぱいに腕をふるった。そうしていつもかなりに報いられるのであった。若いころの名誉心は飽くことを知らぬものである。そのとしの暑中休暇には、彼は見込みある男としての誇りを肩に示して帰郷した。彼のふるさとは本州の北端の山のなかにあり、彼の家はその地方で名の知られた地主であった。父は無類のおひとよしの癖に悪辣（あくらつ）ぶりたがる性格を持っていて、そのひとりむすこである彼にさえ、わざと意地わるくかかっていた。彼がどのようなしくじりをしても、せせら笑って彼を許した。そしてわきを向いたりなどしながら言うのであった。人間、気のきいたことをせんと。そう呟いてから、さも抜け目のない男のようにふいと全くちがった話を持ちだすのである。彼はずっと前からこの父をきらっていた。虫が好かないのだった。幼いときから気のきかないことばかりやらかしていたからでもあった。母はだらしのないほど彼を尊敬していた。いまにきっとえらいものになると信じていた。彼が高等学校の生徒としてはじめて帰郷したときにも、母はまず彼の気むずかしくなったのにおどろいたのであったけれど、しかし、それを高等教育のせいであろうと考えた。ふるさとに帰った彼は、怠けてなどいなかった。蔵から父の古い人名辞典を見つけだし、世界の文豪の略歴をしらべていた。バイロンは十八歳で処女詩集を出版している。シルレルもまた十八歳、「群盗」に筆を染めた。ダンテは九歳にして「新生」の腹案を得たのである。彼もまた。小学校のときからその文章をうたわれ、いまは智識ある異国人にさえ若干の頭脳を認められている彼もまた。家の前庭のおおきい栗の木のしたにテエブルと椅子を持ちだし、こつこつと長編小説を書きはじめた。彼のこのようなしぐさは、自然である。それについては諸君にも心あたりがないとは言わせぬ。題を「鶴」とした。天才の誕生からその悲劇的な末路にいたるまでの長編小説であった。彼は、このようにおのれの運命をおのれの作品で予言することが好きであった。書きだしには苦労をした。こう書いた。——男がいた。四つのとき、彼の心のなかに野性の鶴が巣くった。鶴は熱狂的に高慢であった。云々。暑中休暇がおわって、十月のなかば、みぞれの降る夜、ようやく脱稿した。すぐまちの印刷所へ持って行った。父は、彼の要求どおりに黙って二百円送ってよこした。彼はその書留を受けとったとき、やはり父の底意地のわるさを憎んだ。叱るなら叱るでいい、太腹らしく黙って送って寄こしたのが気にくわなかった。十二月のおわり、「鶴」は菊半裁判、百余頁の美しい本となって彼の机上に高く積まれた。表紙には鷲に似た鳥がところせましと翼をひろげていた。まず、その県のおもな新聞社へ署名して一部ずつ贈呈した。一朝めざむればわが名は世に高いそうな。彼には、一刻が百年千年のように思われた。五部十部と街じゅうの本屋にくばって歩いた。ビラを貼った。鶴を読め、鶴を読めと激しい語句をいっぱい刷り込んだ五寸平方ほどのビラを、糊のたっぷりはいったバケツと一緒に両手で抱え、わかい天才は街の隅々まで駈けずり廻った。

そんな訳ゆえ、彼はその翌日から町中のひとたちと知合いになってしまったのに何の不思議もなかった筈である。

彼はなおも街をぶらぶら歩きながら、誰かれとなくすべてのひとと目礼を交した。運わるく彼の挨拶がむこうの不注意からそのひとに通じなかったときや、彼が昨晩ほね折って貼りつけたばかりの電柱のビラが無慙(むざん)にも剝(は)ぎとられているのを発見するときには、ことさらに仰山なしかめつらをするのであった。やがて彼は、そのまちでいちばん大きい本屋にはいって、鶴が売れるかと、小僧に聞いた。小僧は、まだ一部も売れんです、とぶあいそに答えた。小僧は彼こそ著者であることを知らぬらしかった。彼はしょげずに、いやこれから売れると思うよ、となにげなさそうに予言して置いて、本屋を立ち去った。その夜、彼は、流石に幾分わずらわしくなった例の会釈を繰り返しつつ、学校の寮に帰って来たのである。

それほど輝かしい人生の門出の、第一夜に、鶴は早くも辱かしめられた。

彼が夕食をとりに寮の食堂へ、ひとあし踏みこむや、わっという寮生たちの異様な喚声を聞いた。彼等の食卓で「鶴」が話題にされていたにちがいないのである。彼はつつましげに伏目をつかいながら、食堂の隅の椅子に腰をおろした。それから、ひくくせきばらいしてカツレツの皿をつついたのである。彼のすぐ右側に坐っていた寮生がいちまいの夕刊を彼のほうへのべて寄こした。五六人さきの寮生から順々に手わたしされて来たものらしい。彼はカツレツをゆっくり噛み返しつつ、その夕刊へぼんやり眼を転じた。「鶴」という一字が彼の眼を射た。ああ。おのれの処女作の評判をはじめて聞く、このつきさされるようなおののき。彼は、それでも、あわててその夕刊を手にとるようなことはしなかった。ナイフとフオクでもってカツレツを切り裂きながら、落ちついてその批評を、ちらちらはしり読みするのであった。批評は紙面のひだりの隅に小さく組まれていた。

——この小説は徹頭徹尾、観念的である。肉体のある人物がひとりとして描かれていない。すべて、すり硝子越しに見えるゆがんだ影法師である。殊に主人公の思いあがった奇々怪々の言動は、落丁の多いエンサイクロペジアと全く似ている。この小説の主人公は、あしたにはゲエテを気取り、ゆうべにはクライストを唯一の教師とし、世界中のあらゆる文豪のエッセンスを持っているのだそうで、その少年時代にひとめ見た少女を死ぬほどしたい、青年時代にふたたびその少女とめぐり逢い、げろの出るほど嫌悪するのであるが、これはいずれバイロン卿あたりの飜案であろう。しかも稚拙な直訳である。だいいち作者は、ゲエテをもクライストをもただ型としての概念でだけ了解しているようである。作者は、ファウストの一頁も、ペンテズイレエアの一幕も、おそらくは、読んだことがないのではないあるまいか。失礼。ことにこの小説の末尾には、毛をむしられた鶴のばさばさした羽ばたきの音を描写しているのであるが、作者は或いはこの描写に依って、読者に完璧の印象を与え、傑作の眩惑を感じさせようとしたらしいが、私たちは、ただ、この畸形的な鶴の醜さに顔をそむける許りである。

彼はカツレツを切りきざんでいた。平気に、平気に、と心掛ければ心掛けるほど、おのれの動作がへまになった。完璧の印象、傑作の眩惑。これが痛かった。声たてて笑おうか。ああ。顔を伏せたままの、そのときの十分間で、彼は十年も年老いた。

この心なき忠告は、いったいどんな男がして呉れたものか、彼にもいまもって判らぬのだが、彼はこの屈辱をくさびとして、さまざまの不幸に遭遇しはじめた。ほかの新聞社もやっぱり「鶴」をほめては呉れなかったし、友人たちもまた、世評どおりに彼をあしらい、彼を呼ぶに鶴という鳥類の名で以てした。わかい群集は、英雄の失脚にも敏感である。本は恥かしくて言えないほど僅少の部数しか売れなかった。街をとおる人たちは、もとよりあかの他人にちがいなかった。彼は毎夜毎夜、まちの辻々のビラをひそかに剥いで廻った。

長編小説「鶴」は、その内容の物語とおなじく悲劇的な結末を告げたけれど、彼の心のなかに巣くっている野性の鶴は、それでも、なまなまと翼をのばし、芸術の不可解を嘆じえることを覚えたり、生活の倦怠を託ったり、その荒涼の現実のなかで思うさま懊悩呻吟することを覚えたわけである。

ほどなく冬季休暇にはいり、彼はいよいよ気むずかしくなって帰郷した。眉根に寄せられた皺も、どうやら彼に似合って来ていた。母はそれでも、れいの高等教育を信じて、彼をほれぼれと眺めるのであった。父はその悪辣ぶった態度でもって彼を迎えた。善人どうしは、とかく憎しみ合うもののようである。彼は、父の無言のせせら笑いのかげに、あの新聞の読者を感じた。父も読んだにちがいなかった。たかが十行か二十行かの批評の活字がこんな田舎にまで毒を流しているのを知り、彼は、おのれのからだを岩か牝牛にしたかった。

そんな場合、もし彼が、つぎのような風の便りを受けとったとしたなら、どうであろう。やがて、ふるさとで十八の歳を送り、十九歳になった元旦、眼をさましてふと枕元に置かれてある十枚ほどの賀状に眼をとめたというのである。そのうちのいちまい、差出人の名も記されてないこれは葉書。

――私、べつに悪いことをするのでないから、わざと葉書に書くの。またそろそろおしょげになって居られるころと思います。あなたは、ちょっとしたことにでも、すぐおしょげなさるから、私、あんまり好きでないの。誇りをうしなった男のすがたほど汚いものはないと思います。でもあなたは、けっして御自身をいじめないで下さいませ。あなたには、わるものへ手むかう心と、情にみちた世界をもとめる心とがおありです。それは、あなたがだまっていても、遠いところにいる誰かひとりがきっと知って居ります。あなたは、ただすこし弱いだけです。弱い正直なひとをみんなでかばってだいじにしてやらなければいけないと思います。あなたはちっとも有名でありませんし、また、なんの肩書をもお持ちでございません。でも私、おとといギリシャの神話を二十ばかり読んで、たのしい物語をひとつ見つけたのです。おおむかし、まだ世界の地面は固って居らず、海は流れて居らず、空気は透きとおって居らず、みんなまざり合って渾沌(こんとん)としていたころ、それでも太陽は毎朝のぼるので、或る朝、ジューノーの侍女の虹(にじ)の女神アイリスがそれを笑い、太陽どの、太陽どの、毎朝ごくろうね、下界にはあなたを仰ぎ見たてまつる草一本、泉ひとつないのに、と言いました。太陽は答えました。わしはしかし太陽だ。太陽だから昇るのだ。見ることのできるものは見るがよい。私、学者でもなんでもないの。これだけ書くのにも、ずいぶん考えたし、なんどもなんども下書しました。あなたがよい初夢とよい初日出をごらんになって、もっともっと生きることに自信をお持ちなさるよう祈っているもののあることを、お知らせしたくて一生懸命に書きました。こんなことを、だしぬけに男のひとに書いてやるのは、たしなみなくて、わるいことだと思います。でも私、恥かしいことは、なんにも書きませんでした。私、わざと私の名前を書かないの。あなたはいまにきっと私をお忘れになってしまうだろうと思います。お忘れになってもかまわないの。おや、忘れていました。新年おめでとうございます。元旦。

（風の便りはここで終らぬ）

あなたは私をおだましなさいました。あなたは私に、第二、第三の風の便りをも書かせると約束して置きながら、たっぷり葉書二枚ぶんのおかしな賀状の文句を書かせたきりで、私を死なせてしまうおつもりらしゅうございます。れいのご深遠なご吟味をまたおはじめになったのでございましょうか。私、こんなになるだろうということは、はじめから知っていました。でも私、ひょっとするとあの霊感とやらがあらわれて、どうやら私を生かしきることができるのではないかしら、とあなたのためにも私のためにもそればかりを祈っていました。やっぱり駄目なのね。まだお若いからかしら。いいえ、なんにもおっしゃいますな。いくさに負けた大将は、だまっているものだそうでございます。人の話に依りますと「ヘルマンとドロテア」も「野鴨（のがも）」も「あらし」も、みんなその作者の晩年に書かれたものだそうでございます。ひとに憩いを与え、光明を投げてやるような作品を書くのに、才能だけではいけないようです。もしも、あなたがこれから十年二十年とこのにくさげな世のなかにどうにかして炬火（きょか）きどりで生きとおして、それから、もいちど忘れずに私をお呼びくだされたなら、私、どんなにうれしいでしょう。きっときっと参ります。約束してよ。さようなら。あら、あなたはこの原稿を破るおつもり？　およしなさいませ。このような文学に毒された、もじり言葉の詩とでもいったような男が、もし小説を書いたとしたなら、まずざっとこんなものだと素知らぬふりして書き加えでもして置くと、案外、世のなかのひとたちは、あなたの私を殺しっぷりがいいと言って、喝采（かっさい）を送るかも知れません。あなたのよろめくおすがたがさだめし大受けでございましょう。そしておかげで私の指さきもそれから脚も、もう三秒とたたぬうちに、みるみる冷くなるでございましょう。ほんとうは怒っていないの。だってあなたはわるくないし、いいえ、理窟はないんだ。ふっと好きなの。ああああ。あなた、仕合せは外から？　さようなら、坊ちゃん。もっと悪人におなり。

男は書きかけの原稿用紙に眼を落してしばらく考えてから、題を猿面冠者とした。それはどうにもならないほどしっくり似合った墓標である、と思ったからであった。

逆行

蝶蝶

老人ではなかった。二十五歳を越しただけであった。けれどもやはり老人であった。ふつうの人の一年一年を、この老人はたっぷり三倍三倍にして暮したのである。二度、自殺をし損った。そのうちの一度は情死であった。三度、留置場にぶちこまれた。思想の罪人としてであった。ついに一篇も売れなかったけれど、百篇にあまる小説を書いた。しかし、それはいずれもこの老人の本気でした仕業ではなかった謂わば道草であった。いまだにこの老人のひしがれた胸をとくとく打ち鳴らし、そのこけた頬をあからめさせるのは、酔いどれることと、ちがった女を眺めながらあくなき空想をめぐらすことと、二つであった。いや、その二つの思い出である。ひしがれた胸、こけた頬、それは嘘でなかった。老人は、この日に死んだのである。老人の永い生涯に於いて、嘘でなかったのは、生れたことと、死んだことと、二つであった。死ぬる間際まで嘘を吐いていた。

老人は今、病床にある。遊びから受けた病気であった。老人には暮しに困らぬほどの財産があった。けれどもそれは、遊びあるくのには足りない財産であった。老人は、いま死ぬることを残念であるとは思わなかった。ほそぼそとした暮しは、老人には理解できないのである。

ふつうの人間は臨終ちかくなると、おのれの両のてのひらをまじまじと眺めたり、近親の瞳をぼんやり見あげているものであるが、この老人は、たいてい眼をつぶっていた。ぎゅっと固くつぶってみたり、ゆるくあけて瞼をぷるぷるそよがせてみたり、おとなしくそんなことをしているだけなのである。蝶蝶が見えるというのであった。青い蝶や、黒い蝶や、白い蝶や、黄色い蝶や、むらさきの蝶や、水色の蝶や、数千数万の蝶蝶がすぐ額のうえをいっぱいにむれ飛んでいるというのであった。わざとそういうのであった。十里とおくは蝶の霞。百万の羽ばたきの音は、真昼のあぶの唸りに似ていた。これは合戦をしているのであろう。翼の粉末が、折れた脚が、眼玉が、触角が、長い舌が、降るように落ちる。

食べたいものは、なんでも、と言われて、あずきかゆ、と答えた。老人が十八歳で始めて小説というものを書いたとき、臨終の老人が、あずきかゆ、を食べたいと呟くところの描写をなしたことがある。

あずきかゆは作られた。それは、お粥にゆで小豆を散らして、塩で風味をつけたものであった。老人の田舎のごちそうであった。眼をつぶって仰向のまま、二匙すると、もういい、と言った。ほかになにか、と問われ、うす笑いして、遊びたい、と答えた。老人の、ひとのよい無学ではあるが利巧な、若く美しい妻は、居並ぶ近親たちの手前、嫉妬でなく頬をあからめ、それから匙を握ったまま声しのばせて泣いたという。

盗賊

ことし落第ときまった。それでも試験は受けるのである。甲斐ない努力の美しさ。われはその美に心をひかれた。今朝こそわれは早く起き、まったく一年ぶりで学生服に腕をとおし、菊花の御紋章かがやく高い大きい鉄の門をくぐった。おそるおそるくぐったのである。すぐに銀杏の並木がある。右側に十本、左側にも十本、いずれも巨木である。葉の繁るころ、この路はうすぐらく、地下道のようである。いまは一枚の葉もない。並木路のつきるところ、正面に赤い化粧煉瓦の大建築物。これは講堂である。われはこの内部を入学式のとき、ただいちど見た。寺院の如き印象を受けた。いまわれは、この講堂の塔の電気時計を振り仰ぐ。試験には、まだ十五分の間があった。探偵小説家の父親の銅像に、いつくしみの瞳をそそぎつつ、右手のだらだら坂を下り、庭園に出たのである。これは、むかし、さるお大名のお庭であった。池には鯉と緋鯉(ひごい)とすっぽんがいる。五六年まえまでには、ひとつがいの鶴が遊んでいた。いまでも、この草むらには蛇がいる。雁や野鴨(のがも)の渡り鳥も、この池でその羽を休める。庭園は、ほんとうは二百坪にも足りないひろさなのであるが、見たところ千坪ほどのひろさなのだ。すぐれた造園術のしかけである。われは池畔の熊笹のうえに腰をおろし、背を樫(かし)の古木の根株にもたせ、両脚をながながと前方になげだした。小径(こみち)をへだてて大小凸凹の岩がならび、そのかげからひろびろと池がひろがっている。曇天の下の池の面は白く光り、小波(さざなみ)の皺(しわ)をくすぐったげに畳んでいた。右足を左足のうえに軽くのせてから、われは呟く。

——われは盗賊。

まえの小径を大学生たちが一列に並んで通る。ひきもきらず、ぞろぞろと流れるように通るのである。いずれは、ふるさとの自慢の子。えらばれた秀才たち。ノオトのおなじ文章を読み、それをみんなみんなの大学生が、一律に暗記しようと努めていた。われは、ポケットから煙草を取りだし、一本、口にくわえた。マッチがないのである。

——火を借して呉れ。

ひとりの美男の大学生をえらんで声をかけてやった。うすみどり色の外套(がいとう)にくるまった、その大学生は立ちどまり、ノオトから眼をはなさず、くわえていた金口の煙草をわれに与えた。与えてそのままのろのろと歩み去った。大学にもわれに匹敵する男がある。われはその金口の外国煙草からおのが安煙草に火をうつして、おもむろに立ちあがり、金口の煙草を力こめて地べたへ投げ捨て靴の裏でにくしみにくしみ踏みにじった。それから、ゆったり試験場へ現れたのである。

試験場では、百人にあまる大学生たちが、すべてうしろへうしろへと尻込みしていた。前方の席に坐るならば、思うがままに答案を書けまいと懸念しているのだ。われは秀才らしく最前列の席に腰をおろし、少し指先をふるわせつつ煙草をふかした。われには机のしたで調べるノオトもなければ、互いに小声で相談し合うひとりの友人もないのである。

やがて、あから顔の教授が、ふくらんだ鞄(かばん)をぶらさげてあたふたと試験場へ駈け込んで来た。この男は、日本一のフランス文学者である。われは、きょうはじめて、この男を見た。なかなかの柄であって、われは彼の眉間(みけん)の皺に不覚ながら威圧を感じた。この男の弟子には、日本一の詩人と日本一の評論家がいるそうな。日本一の小説家、われはそれを思い、ひそかに頬をほてらせた。教授がボオルドに問題を書きなぐっている間に、われの背後の大学生たちは、学問の話でなく、たいてい満州の景気の話を囁き合っているのである。ボオルドには、フランス語が五六行。教授は教壇の肘掛椅子にだらしなく坐り、さもさも不気嫌そうに言い放った。

——こんな問題じゃ落第したくてもできめえ。

大学生たちは、ひくく力なく笑った。われも笑った。教授はそれから訳のわからぬフランス語を二言三言つぶやき、教壇の机のうえでなにやら書きものを始めたのである。

われはフランス語を知らぬ。どのような問題が出ても、フロオベエルはお坊ちゃんである、と書くつもりでいた。われはしばらく思索にふけったふりをして眼を軽くつぶったり、短い頭髪のふけを払い落したり、爪の色あいを眺めたりするのである。やがて、ペンを取りあげて書きはじめた。

——フロオベエルはお坊ちゃんである。弟子のモオパスサンは大人である。芸術の美は所詮、市民への奉仕の美である。このかなしいあきらめを、フロオベエルは知らなかった。しかしモオパスサンは知っていた。フロオベエルはおのれの処女作、聖アントワンヌの誘惑に対する不評判の屈辱をそそごうとして、一生を棒にふった。所謂刳礫の苦労をして、一作、一作を書き終えるごとに、世評はともあれ、彼の屈辱の傷はいよいよ激烈にうずき、痛み、彼の心の満たされぬ空洞が、いよいよひろがり、深まり、そうして死んだのである。傑作の幻影にだまくらかされ、永遠の美に魅せられ、浮かされ、とうとうひとりの近親はおろか、自分自身をさえ救うことができなんだ。ボオドレエルこそは、お坊ちゃん。以上。

先生、及第させて、などとは書かないのである。二度くりかえして読み、書き誤りを見出さず、それから、左手に外套と帽子を持ち右手にそのいちまいの答案を持って、立ちあがった。われのうしろの秀才は、われの立ったために、あわてふためいていた。われの背こそは、この男の防風林になっていたのだ。ああ。その兎に似た愛らしい秀才の答案には、新進作家の名前が記されていたのである。われはこの有名な新進作家の狼狽を不憫に思いつつ、かのじじむさげな教授に意味ありげに一礼して、おのが答案を提出した。われはしずしずと試験場を、出るが早いかころげ落ちるように階段を駈け降りた。

戸外へ出て、わかい盗賊は、うら悲しき思いをした。この憂愁は何者だ。どこからやって来やがった。それでも、外套の肩を張りぐんぐんと大股つかって銀杏の並木にはさまれたひろい砂利道を歩きながら、空腹のためだ、と答えたのである。二十九番教室の地下に、大食堂がある。われは、そこへと歩をすすめた。

空腹の大学生たちは、地下室の大食堂からあふれ、入口よりして長蛇の如き列をつくり、地上にはみ出て、列の尾の部分は、銀杏の並木のあたりにまで達していた。ここでは、十五銭でかなりの昼食が得られるのである。一丁ほどの長さであった。

――われは盗賊。希代のすね者。かつて芸術家は人を殺さぬ。かつて芸術家はものを盗まぬ。おのれ。ちゃちな小利巧の仲間。

大学生たちをどんどん押しのけ、ようやく食堂の入口にたどりつく。入口には小さい貼紙があって、それにはこう書きしたためられていた。

――きょう、みなさまの食堂も、はばかりながら創業満三箇年の日をむかえました。それを祝福する内意もあり、わずかではございますが、奉仕させていただきたく存じます。

その奉仕の品品が、入口の傍の硝子棚のなかに飾られている。赤い車海老はパセリの葉の蔭に憩い、ゆで卵を半分に切った断面には、青い寒天の「壽」という文字がハイカラにくずされて画かれていた。試みに、食堂のなかを覗くと、奉仕の品品の饗応にあずかっている大学生たちの黒い密林のなかを白いエプロンかけた給仕の少女たちが、くぐりぬけすりぬけしてひらひら舞い飛んでいるのである。ああ、天井には万国旗。

大学の地下に匂う青い花、こそばゆい毒消しだ。よき日に来合せたるもの哉。ともに祝わむ。ともに祝わむ。

盗賊は落葉の如くはらはらと退却し、地上に舞いあがり、長蛇のしっぽにからだをいれ、みるみるすがたをかき消した。

決闘

それは外国の真似ではなかった。誇張でなしに、相手を殺したいと願望したからである。けれどもその動機は深遠でなかった。私とそっくりおなじ男がいて、この世にひとつものがふたつ要らぬという心から憎しみ合ったわけでもなければ、その男が私の妻の以前のいろであって、いつもいつもその二度三度の事実をこまかく自然主義ふうに隣人どもへ言いふらして歩いているというわけでもなかった。相手は、私とその夜はじめてカフェで落ち合ったばかりの、犬の毛皮の胴着をつけた若い百姓であった。私はその男の酒を盗んだのである。それが動機であった。

私は北方の城下まちの高等学校の生徒である。遊ぶことが好きなのである。けれども金銭には割にけちであった。ふだん友人の煙草ばかりをふかし、散髪をせず、辛抱して五円の金がたまれば、ひとりでこっそりまちへ出てそれを一銭のこさず使った。一夜に、五円以上の金も使えなかったし、五円以下の金も使えなかった。しかも私はその五円でもって、つねに最大の効果を収めていたようである。私の貯めた粒粒の小金を、まず友人の五円紙幣と交換するのである。手の切れるほどあたらしい紙幣であれば、私の心はいっそう跳った。私はそれを無雑作らしくポケットにねじこみ、まちへ出掛けるのだ。月に一度か二度のこの外出のために、私は生きていたのである。当時、私は、わけの判らぬ憂愁にいじめられていた。絶対の孤独と一切の懐疑。口に出して言っては汚い！　ニイチェやビロンや春夫よりも、モオパスサンやメリメや鷗外のほうがほんものらしく思えた。私は、五円の遊びに命を打ち込む。

私がカフェにはいっても、決して意気込んだ様子を見せなかった。遊び疲れたふうをした。夏ならば、冷いビールを、と言った。冬ならば、熱い酒を、と言った。私が酒を呑むのも、単に季節のせいだと思わせたかった。いやいやそうに酒を嚙みくだしつつ、私は美人の女給には眼もくれなかった。どこのカフェにも、色気に乏しい慾気ばかりの中年の女給がひとりばかりいるものであるが、私はそのような女給にだけ言葉をかけてやった。おもにその日の天候や物価について話し合った。私は、神も気づかぬ素早さで、呑みほした酒瓶の数を勘定するのが上手であった。テエブルに並べられたビイル瓶が六本になれば、日本酒の徳利が十本になれば、私は思い出したようにふらっと立ちあがり、お会計、とひくく呟くのである。五円を越えることはなかった。私は、わざとほうぼうのポケットに手をつっこんでみるのだ。金の仕舞いどころを忘れたつもりなのである。いよいよおしまいにかのズボンのポケットに気がつくのであった。私はポケットの中の右手をしばらくもじもじさせる。五六枚の紙幣をえらんでいるかたちである。ようやく、私はいちまいの紙幣をポケットから抜きとり、それを十円紙幣であるか五円紙幣であるか確かめてから、女給に手渡すのである。釣銭は、少いけれど、と言って見むきもせず全部くれてやった。肩をすぼめ、大股をつかってカフェを出てしまって、学校の寮につくまで私はいちども振りかえらぬのである。翌る日から、また粒粒の小銭を貯めにとりかかるのであった。

決闘の夜、私は「ひまわり」というカフェにはいった。私は紺色の長いマントをひっかけ、純白の革手袋をはめていた。私はひとつカフェにつづけて二度は行かなかった。きまって五円紙幣を出すということに不審を持たれるのを怖れたのである。「ひまわり」への訪問は、私にとって二月ぶりであった。

そのころ私のすがたにどこやら似たところのある異国の一青年が、活動役者として出世しかけていたので、私も少しずつ女の眼をひきはじめた。私がそのカフェの隅の倚子に坐ると、そこの女給四人すべてが、様様の着物を着て私のテエブルのまえに立ち並んだ。冬であった。私は、熱い酒を、と言った。そうしてさもさも寒そうに首筋をすくめた。活動役者との相似が、直接私に利益をもたらした。年若いひとりの女給が、私が黙っていても、煙草をいっぽんめぐんでくれたのである。

「ひまわり」は小さくてしかも汚い。束髪を結った一尺に二尺くらいの顔の女のぐったりと頬杖をつき、くるみの実ほどの大きな歯をむきだして微笑んでいるポスタアが、東側の壁にいちまい貼られていた。ポスタアの裾にはカブトビイルと横に黒く印刷されてある。それと向い合った西側の壁には一坪ばかりの鏡がかけられていた。鏡は金粉を塗った額縁に収められているのである。北側の入口には赤と黒との縞のよごれたモスリンのカアテンがかけられ、そのうえの壁に、沼のほとりの草原に裸で寝ころんで大笑いをしている西洋の女の写真がピンでとめつけられていた。南側の壁には、紙の風船玉がひとつ、くっついていた。それがすぐ私の頭のうえにあるのである。腹の立つほど、調和がなかった。三つのテエブルと十脚の椅子。中央にストオヴ。土間は板張りであった。私はこのカフェでは、とうてい落ちつけないことを知っていた。電気が暗いので、まだしも幸いである。

その夜、私は異様な歓待を受けた。私がその中年の女給に酌をされて熱い日本酒の最初の徳利をからにしたころ、さきに私に煙草をいっぽんめぐんで呉れたわかい女給が、突然、私の鼻先へ右のてのひらを差し出したのである。私はおどろかずに、ゆっくり顔をあげて、その女給の小さい瞳の奥をのぞいた。運命をうらなって呉れ、と言うのである。私はとっさのうちに了解した。たとえ私が黙っていても、私のからだから予言者らしい高い匂いが発するのだ。私は女の手に触れず、ちらと眼をくれ、きのう愛人を失った、と呟いた。当ったのである。そこで異様な歓待がはじまった。ひとりのふとった女給は、私を先生とさえ呼んだ。私は、みんなの手相を見てやった。十九歳だ。寅のとし生れだ。よすぎる男を思って苦労している。薔薇の花が好きだ。君の家の犬は、仔犬を産んだ。仔犬の数は六。ことごとく当ったのである。かの痩せた、眼のすずしい中年の女給は、ふたりの亭主を失ったと言われて、みるみる頸をうなだれた。この不思議の的中は、みんなのうちで、私をいちばん興奮させた。すでに六本の徳利をからにしていたのである。このとき、犬の毛皮の胴着をつけた若い百姓が入口に現われた。

百姓は私のテエブルのすぐ隣りのテエブルに、こっちへ毛皮の背をむけて坐り、ウイスキイと言った。犬の毛皮の模様は、ぶちであった。この百姓の出現のために、私のテエブルの有頂天は一時さめた。私はすでに六本の徳利をからにしたことを、ちくちく悔いはじめたのである。もっともっと酔いたかった。こよいの歓喜をさらにさらに誇張してみたかったのである。あと四本しか呑めぬ。それでは足りない。足りないのだ。盗もう。このウイスキイを盗もう。女給たちは、私が金銭のために盗むのでなく、予言者らしい突飛な冗談と見てとって、かえって喝采(かっさい)を送るだろう。この百姓もまた、酔いどれの悪ふざけとして苦笑をもらすくらいのところであろう。盗め！　私は手をのばし、隣りのテエブルのそのウイスキイのコップをとりあげ、おちついて呑みほした。喝采は起らなかった。しずかになった。百姓は私のほうをむいて立ちあがった。外へ出ろ。そう言って、入口のほうへ歩きはじめた。私も、にやにや笑いながら百姓のあとについて歩いた。金色の額縁におさめられてある鏡を通りすがりにちらと覗(のぞ)いた。私は、ゆったりした美丈夫であった。鏡の奥底には、一尺に二尺の笑い顔が沈んでいた。私は心の平静をとりもどした。自信ありげに、モスリンのカアテンをぱっとはじいた。

THE HIMAWARI と黄色いロオマ字が書かれてある四角の軒燈の下で、私たちは立ちどまった。女給四人は、薄暗い門口に白い顔を四つ浮かせていた。

私たちは次のような争論をはじめたのである。

——あまり馬鹿にするなよ。

——馬鹿にしたのじゃない。甘えたのさ。いいじゃないか。

——おれは百姓だ。甘えられて、腹がたつ。

私は百姓の顔を見直した。短い角刈にした小さい頭と、うすい眉と、一重瞼の三白眼と、蒼黒い皮膚であった。身丈は私より確かに五寸はひくかった。私は、あくまで茶化してしまおうと思った。

——ウイスキイが呑みたかったのさ。おいしそうだったからな。

——おれだって呑みたかった。ウイスキイが惜しいのだ。それだけだ。

——君は正直だ。可愛い。

——生意気いうな。たかが学生じゃないか。つらにおしろいをぬたくりやがって。

——ところが僕は、易者だということになっている。予言者だよ。驚いたろう。

——酔ったふりなんかするな。手をついてあやまれ。

——僕を理解するには何よりも勇気が要る。いい言葉じゃないか。僕はフリイドリッヒ・ニイチェだ。

私は女給たちのとめて呉れるのを、いまかいまかと待っていた。女給たちはしかし、そろって冷い顔して私の殴られるのを待っていた。そのうちに私は殴られた。右のこぶしが横からぐんと飛んで来たので、私は首筋を素早くすくめた。十間ほどふっとんだ。私の白線の帽子が身がわりになって呉れたのである。私は微笑みつつ、わざとゆっくりその帽子を拾いに歩きはじめた。毎日毎日のみぞれのために、道はとろとろ溶けていた。しゃがんで、泥にまみれた帽子を拾ったとたんに、私は逃げようと考えた。五円たすかる。別のところで、もいちど呑むのだ。私は二あし三あし走った。滑った。仰向にひっくりかえった。踏みつぶされた雨蛙（あまがえる）の姿に似ていたようであった。自身のぶざまが、私を少し立腹させたのである。手袋も上衣もズボンもそれからマントも、泥まみれになっている。私はのろのろと起きあがり、頭をあげて百姓のもとへ引返した。百姓は、女給たちに取りまかれ、まもられていた。誰ひとり味方がない。その確信が私の兇暴（きょうぼう）さを呼びさましたのである。

——お礼をしたいのだ。

せせら笑ってそう言ってから、私は手袋を脱ぎ捨て、もっと高価なマントをさえ泥のなかへかなぐり捨てた。私は自身の大時代なせりふとみぶりにやや満足していた。誰かとめて呉れ。

百姓は、もそもそと犬の毛皮の胴着を脱ぎ、それを私に煙草をめぐんで呉れた美人の女給に手渡して、それから懐のなかへ片手をいれた。

——汚い真似をするな。

私は身構えて、そう注意してやった。

懐から一本の銀笛が出た。銀笛は軒燈の灯にきらきら反射した。銀笛はふたりの亭主を失った中年の女給に手渡された。

百姓のこのよさが、私を夢中にさせたのだ。それは小説のうえでなく、真実、私はこの百姓を殺そうと思った。

——出ろ。

そう叫んで、私は百姓の向う臑を泥靴で力いっぱいに蹴あげた。蹴たおして、それから澄んだ三白眼をくり抜く。泥靴はむなしく空を蹴ったのである。私は自身の不恰好に気づいた。悲しく思った。ほのあたたかいこぶしが、私の左の眼から大きい鼻にかけて命中した。眼からまっかな焔が噴き出た。私はそれを見た。私はよろめいたふりをした。右の耳朶から頬にかけてぴしゃっと平手が命中した。私は泥のなかに両手をついた。とっさのうちに百姓の片脚をがぶと噛んだ。脚は固かった。路傍の白楊の杙であった。私は泥にうつぶして、いまこそおいおい声をたてて泣こう泣こうとあせったけれど、あわれ、一滴の涙も出なかった。

くろんぼ

くろんぼは檻(おり)の中にはいっていた。檻の中は一坪ほどのひろさであって、まっくらい奥隅に、丸太でつくられた腰掛がひとつ置かれていた。くろんぼはそこに坐って、刺繍(ししゅう)をしていた。このような暗闇のなかでどんな刺繍ができるものかと、少年は抜けめのない紳士のように、鼻の両わきへ深い皺をきざみこませ口まげてせせら笑ったものである。

日本チャリネがくろんぼを一匹つれて来た。村は、どよめいた。ひとを食うそうである。まっかな角が生えている。全身に花のかたちのむらがある。少年は、まったくそれを信じないのであった。少年は思うのだ。村のひとたちも心から信じてそんな噂(うわさ)をしているのではあるまい。ふだんから夢のない生活をしているゆえ、こんなときにこそ勝手な伝説を作りあげ、信じたふりして酔っているのにちがいない。少年は村のひとたちのそんな安易な嘘を聞くたびごとに、歯ぎしりをし耳を覆い、飛んで彼の家へ帰るのであった。少年は村のひとたちの噂話を間抜けていると思うのだ。なぜこのひとたちは、もっとだいじなことがらを話し合わないのであろう。くろんぼは、雌だそうではないか。

チャリネの音楽隊は、村のせまい道をねりあるき、六十秒とたたぬうちに村の隅から隅にまで宣伝しつくすことができた。一本道の両側に三丁ほど茅葺の家が立ちならんでいるだけであったのである。音楽隊は、村のはずれに出てしまってもあゆみをとめないで、蛍の光の曲をくりかえしくりかえし奏しながら菜の花畠のあいだをねってあるいて、それから田植まっさいちゅうの田圃へ出て、せまい畦道を一列にならんで進み、村のひとたちをひとりも見のがすことなく浮かれさせ橋を渡って森を通り抜けて、半里はなれた隣村にまで行きついてしまった。

村の東端に小学校があり、その小学校のさらに東隣りが牧場であった。牧場は百坪ほどのひろさであってオランダげんげが敷きつめられ、二匹の牛と半ダアスの豚とが遊んでいた。チャリネはこの牧場に鼠色したテントの小屋をかけた。牛と豚とは、飼主の納屋に移転したのである。

夜、村のひとたちは頬被りして二人三人ずつかたまってテントのなかにはいっていった。六、七十人のお客であった。少年は大人たちを殴りつけては押しのけ押しのけ、最前列へ出た。まるい舞台のぐるりに張りめぐらされた太いロオプに顎をのせかけて、じっとしていた。ときどき眼を軽くつぶって、うっとりしたふりをしていた。

かるわざの曲目は進行した。樽。メリヤス。むちの音。それから金襴。痩せた老馬。まのびた喝采。カアバイト。二十箇ほどのガス燈が小屋のあちこちにでたらめの間隔をおいて吊され、夜の昆虫どもがそれにひらひらからかっていた。テントの布地が足りなかったのであろう、小屋の天井に十坪ほどのおおきな穴があけっぱなしにされていて、そこから星空が見えるのだ。

くろんぼの檻が、ふたりの男に押されて舞台へ出た。檻の底に車輪の脚がついているらしくからからと音たてて舞台へ滑り出たのである。頬被りしたお客たちの怒号と拍手。少年は、ものうげに眉をあげて檻の中をしずかに観察しはじめた。

少年は、せせら笑いの影を顔から消した。刺繍は日の丸の旗であったのだ。少年の心臓は、とくとくと幽かな音たてて鳴りはじめた。兵隊やそのほか兵隊に似かよったような概念のためではない。くろんぼが少年をあざむかなかったからである。ほんとうに刺繍をしていたのだ。日の丸の刺繍は簡単であるから、闇のなかで手さぐりしながらでもできるのだ。ありがたい。このくろんぼは正直者だ。

やがて、燕尾服を着た仁丹の鬚のある太夫が、お客に彼女のあらましの来歴を告げて、それから、ケルリ、ケルリ、と檻に向って二声叫び、右手のむちを小粋に振った。むちの音が少年の胸を鋭くつき刺した。太夫に嫉妬を感じたのである。くろんぼは、立ちあがった。むちの音におびやかされつつ、くろんぼはのろくさと二つ三つの芸をした。それは卑猥の芸であった。少年を置いてほかのお客たちはそれを知らぬのだ。ひとを食うか食わぬか。まっかな角があるかないか。そんなことだけが問題であったのである。

くろんぼのからだには、青い藺の腰蓑がひとつ、つけられていた。油を塗りこくってあるらしく、すみずみまでつよく光っていた。おわりに、くろんぼは謡をひとくさり唄った。伴奏は太夫のむちの音であった。シャアボン、シャアボンという簡単な言葉である。少年は、その謡のひびきを愛した。どのようにぶざまな言葉でも、せつない心がこもっておれば、きっとひとを打つひびきが出るものだ。そう考えて、またぐっと眼をつぶった。

その夜、くろんぼを思い、少年はみずからを汚した。

翌朝、少年は登校した。教室の窓を乗り越え、背戸の小川を飛び越え、チャリネのテントめがけて走った。テントのすきまから、ほの暗い内部を覗いたのである。チャリネのひとたちは舞台にいっぱい蒲団を敷きちらし、ごろごろと芋虫のように寝ていた。学校の鐘が鳴りひびいた。授業がはじまるのだ。少年は、うごかなかった。くろんぼは寝ていないのである。さがしてもさがしても見つからぬのである。学校は、しんとなった。授業がはじまったのであろう。第二課、アレキサンドル大王と医師フィリップ。むかしヨーロッパにアレキサンドル大王という英雄があった。少女の朗朗と読みあげる声をはっきり聞いた。少年は、うごかなかった。少年は信じていた。あのくろんぼは、ただの女だ。ふだんは檻から出て、みんなと遊んでいるのにちがいない。水仕事をしたり、煙草をふかしたり、日本語で怒ったり、そんな女だ。少女の朗読がおわり、教師のだみ声が聞えはじめた。信頼は美徳であると思う。アレキサンドル大王はこの美徳をもっていたがために、一命をまっとうしたようであります。みなさん。少年は、まだうごかずにいた。ここにいないわけはない。檻は、きっとからっぽの筈(はず)だ。少年は肩を固くした。こうして覗いているうちに、くろんぼは、こっそりおれのうしろにやって来て、ぎゅっと肩を抱きしめる。それゆえ背後にも油断をせず、抱きしめられるに恰好のいいように肩を小さく固くしたのであった。くろんぼは、きっと刺繍した日の丸の旗をくれるにちがいない。そのときおれは、弱味を見せずこう言ってやる。僕で幾人目だ。

くろんぼは現れなかった。テントから離れ、少年は着物の袖でせまい額の汗を拭って、のろのろと学校へ引き返した。熱が出たのです。肺がわるいそうです。袴に編みあげの靴をはいている男の老教師を、まんまとだましました。自分の席についてからも、少年はごほごほと贋の咳ばらいにむせかえった。

村のひとたちの話に依れば、くろんぼは、やはり檻につめられたまま、幌馬車に積みこまれ、この村を去ったのである。太夫は、おのが身をまもるため、ピストルをポケットに忍ばせていた。

彼は昔の彼ならず

君にこの生活を教えよう。知りたいとならば、僕の家のものほし場まで来るとよい其処でこっそり教えてあげよう。

僕の家のものほし場は、よく眺望がきくと思わないか。郊外の空気は、深くて、しかも軽いだろう？　人家もまばらである。気をつけ給え。君の足もとの板は、腐りかけているようだ。もっとこっちへ来るとよい。春の風だ。こんな工合いに、耳朶をちょろちょろとくすぐりながら通るのは、南風の特徴である。

見渡したところ、郊外の家の屋根屋根は、不揃いだと思わないか。君はきっと、銀座か新宿のデパアトの屋上庭園の木柵によりかかり、頬杖ついて、巷の百万の屋根屋根をぼんやり見おろしたことがあるにちがいない。巷の百万の屋根屋根は、皆々、同じ大きさで同じ形で同じ色あいで、ひしめき合いながらかぶさりかさなり、はては黴菌と車塵とでうす赤くにごらされた巷の霞のなかにその端を沈没させている。君はその屋根屋根のしたの百万の一律な生活を思い、眼をつぶってふかい溜息を吐いたにちがいないのだ。見られるとおり、郊外の屋根屋根は、それと違う。一つ一つが、その存在の理由を、ゆったりと主張しているようではないか。あの細長い煙突は、桃の湯という銭湯屋のものであるが、青い煙を風のながれるままにおとなしく北方へなびかせている。あの煙突の真下の赤い西洋甍は、なんとかいう有名な将軍のものであって、あのへんから毎夜、謡曲のしらべが聞えるのだ。赤い甍から椎の並木がうねうねと南へ伸びている。並木のつきたところに白壁が鈍く光っている。質屋の土蔵である。三十歳を越したばかりの小柄で怜悧な女主人が経営しているのだ。このひとは僕と路で行き逢っても、僕の顔を見ぬふりをする。挨拶を受けた相手の名誉を顧慮しているのである。土蔵の裏手、翼の骨骼のようにばさと葉をひろげているきたならしい樹木が五六ぽん見える。あれは棕梠である。あの樹木に覆われているひくいトタン屋根は、左官屋のものだ。左官屋はいま牢のなかにいる。細君をぶち殺したのである。左官屋の毎朝の誇りを、細君が傷つけたからであった。左官屋には、毎朝、牛乳を半合ずつ飲むという贅沢な楽しみがあったのに、その朝、細君が過って牛乳の瓶をわった。そうしてそれをさほどの過失ではないと思っていた。左官屋には、それがむらむらうらめしかったのである。細君はその場でいきをひきとり、左官屋は牢へ行き、左官屋の十歳ほどの息子が、このあいだ駅の売店のまえで新聞を買って読んでいた。僕はその姿を見た。けれども、僕の君に知らせようとしている生活は、こんな月並みのものでない。

こっちへ来給え。このひがしの方面の眺望は、また一段とよいのだ。人家もいっそうまばらである。あの小さな黒い林が、われわれの眼界をさえぎっている。あれは杉の林だ。あのなかには、お稲荷をまつった社がある。林の裾のぽっと明るいところは、菜の花畠であって、それにつづいて手前のほうに百坪ほどの空地が見える。龍という緑の文字が書かれてある紙凧がひっそりあがっている。あの紙凧から垂れさがっている長い尾を見るとよい。尾の端からまっすぐに下へ線をひいてみると、ちょうど空地の東北の隅に落ちるだろう？　君はもはや、その箇所にある井戸を見つめている。いや、井戸の水を吸上喞筒で汲みだしている若い女を見つめている。それでよいのだ。はじめから僕は、あの女を君に見せたかったのである。

まっ白いエプロンを掛けている。あれはマダムだ。水を汲みおわって、バケツを右の手に持って、そうしてよろよろと歩きだす。どの家へはいるだろう。空地の東側には、ふとい孟宗竹が二三十本むらがって生えている。見ていたまえ。女は、あの孟宗竹のあいだをくぐって、それから、ふっと姿をかき消す。それ。僕の言ったとおりだろう？　見えなくなった。けれど気にすることはない。僕はあの女の行くさきを知っている。孟宗竹のうしろは、なんだかぼんやり赤いだろう。紅梅が二本あるのだ。蕾がふくらみはじめたにちがいない。あのうすあかい霞の下に、黒い日本甍の屋根が見える。あの屋根だ。あの屋根のしたに、いまの女と、それから彼女の亭主とが寝起している。なんの奇もない屋根のしたに、知らせて置きたい生活がある。ここへ坐ろう。

あの家は元来、僕のものだ。三畳と四畳半と六畳と、三間ある。間取りもよいし、日当りもわるくないのだ。十三坪のひろさの裏庭がついていて、あの二本の紅梅が植えられてあるほかに、かなりの大きさの百日紅もあれば、霧島躑躅が五株ほどもある。昨年の夏には、玄関の傍に南天燭を植えてやった。それで屋賃が十八円である。高すぎるとは思わぬ。二十四五円くらい貰いたいのであるが、駅から少し遠いゆえ、そうもなるまい。高すぎるとは思わぬ。それでも一年、ためている。あの家の屋賃は、もともと、そっくり僕のお小使いになる筈なのであるが、おかげで、この一年間というもの、僕は様様のつきあいに肩身のせまい思いをした。

いまの男に貸したのは、昨年の三月である。裏庭の霧島躑躅がようやく若芽を出しかけていた頃であった。そのまえには、むかし水泳の選手として有名であった或る銀行員が、その若い細君とふたりきりで住まっていた。銀行員は気の弱弱しげな男で、酒ものまず、煙草ものまず、どうやら女好きであった。それがもとで、よく夫婦喧嘩をするのである。けれども屋賃だけはきちんきちんと納めたのだから、僕はそのひとに就いてあまり悪く言えない。銀行員は、あしかけ三年いて呉れた。名古屋の支店へ左遷されたのである。ことしの年賀状には、百合とかいう女の子の名前とそれから夫婦の名前と三つならべて書かれていた。銀行員のまえには、三十歳くらいのビイル会社の技師に貸していた。母親と妹の三人暮しで、一家そろって無愛想であった。技師は、服装に無頓着な男で、いつも青い菜葉服を着ていて、しかもよい市民であったようである。母親は白い頭髪を短く角刈にして、気品があった。妹は二十歳前後の小柄な痩せた女で、矢絣模様の銘仙を好んで着ていた。あんな家庭を、つつましやかと呼ぶのであろう。ほぼ半年くらい住まって、それから品川のほうへ越していったけれど、その後の消息を知らない。僕にとっては、その当時こそ何かと不満もあったのであるが、いまになって考えてみると、あの技師にしろ、また水泳選手にしろ、よい部類の店子であったのである。俗にいう店子運がよかったわけだ。それが、いまの三代目の店子のために、すっかりマイナスにされてしまった。

いまごろはあの屋根のしたで、寝床にもぐりこみながらゆっくりホープをくゆらしているにちがいない。そうだ。ホープを吸うのだ。金のないわけはない。それでも屋賃を払わないのである。はじめからいけなかった。黄昏に、木下と名乗って僕の家へやって来たのであるが、玄関のたたきにつったったまま、書道を教えている、お宅の借家に住まわせていただきたい、というようなそれだけの意味のことを妙にひとなつこく搦んで来るような口調で言った。痩せていて背のきわめてひくい、細面の青年であった。肩から袖口にかけての折目がきちんと立っているま新しい久留米絣の袷を着ていたのである。たしかに青年に見えた。あとで知ったが、四十二歳だという。僕より十も年うえである。そう言えば、あの男の口のまわりや眼のしたに、たるんだ皺がたくさんあって、青年ではなさそうにも見えるのであるが、それでも、四十二歳は嘘であろうと思う。いや、それくらいの嘘は、あの男にしては何も珍らしくないのである。はじめ僕の家へ来たときから、もうすでに大嘘を吐いている。僕は彼の申し出にたいして、お気にいったならば、と答えた。僕は、店子の身元についてこれまで、あまり深い詮索をしなかった。失礼なことだと思っている。敷金のことについて彼はこんなことを言った。

「敷金は二つですか？　そうですか。いいえ、失礼ですけれど、それでは五十円だけ納めさせていただきます。いいえ。私ども、持っていましたところで、使ってしまいます。あの、貯金のようなものですものな。ほほ。明朝すぐに引越しますよ。敷金はそのおり、ごあいさつかたがた持ってあがりましょうね。いけないでしょうかしら?」

こんな工合いである。いけないとは言えないだろう。それに僕は、ひとの言葉をそのままに信ずる主義である。だまされたなら、それはだましたほうが悪いのだ。僕は、かまいません、あすでもあさってでもと答えた。男は、甘えるように微笑みながらていねいにお辞儀をして、しずかに帰っていった。残された名刺には、住所はなくただ木下青扇とだけ平字で印刷され、その文字の右肩には、自由天才流書道教授とペンで小汚く書き添えられていた。僕は他意なく失笑した。翌る朝、青扇夫婦はたくさんの世帯道具をトラックで二度も運ばせて引越して来たのであるが、五十円の敷金はついにそのままになった。よこすものか。

引越してその日のひるすぎ、青扇は細君と一緒に僕の家へ挨拶しに来た。彼は黄色い毛糸のジャケツを着て、ものものしくゲエトルをつけ、女ものらしい塗下駄をはいていた。僕が玄関へ出て行くとすぐに、「ああ。やっとお引越しがおわりましたよ。こんな恰好でおかしいでしょう?」

それから僕の顔をのぞきこむようにしてにっと笑ったのである。僕はなんだかてれくさい気がして、たいへんですな、とよい加減な返事をしながら、それでも微笑をかえしてやった。

「うちの女です。よろしく。」

青扇は、うしろにひっそりたたずんでいたやや大柄な女のひとを、おおげさに顎でしゃくって見せた。僕たちは、お辞儀をかわした。麻の葉模様の緑がかった青い銘仙の袷に、やはり銘仙らしい絞り染の朱色の羽織をかさねていた。僕はマダムのしもぶくれのやわらかい顔をちらと見て、ぎくっとしたのである。顔を見知っているというわけでもないのに、それでも強く、とむねを突かれた。色が抜けるように白く、片方の眉がきりっとあがって、それからもう一方の眉は平静であった。眼はいくぶん細いようであって、うすい下唇をかるく噛んでいた。はじめ僕は、怒っているのだと思ったのである。けれどもそうでないことをすぐに知った。マダムはお辞儀をしてから、青扇にかくすようにして大型の熨斗袋をそっと玄関の式台にのせ、おしるしに、とひくいがきっぱりした語調で言った。それからもいちどゆっくりお辞儀をしたのである。お辞儀をするときにもやはり片方の眉をあげて、下唇を噛んでいた。僕は、これはこのひとのふだんからの癖なのであろうと思った。そのまま青扇夫婦は立ち去ったのであるが、僕はしばらくぽかんとしていた。それからむかむか不愉快になった。敷金のこともあるし、それよりもなによりも、なんだか、してやられたようないらだたしさに堪えられなくなったのである。僕は式台にしゃがんで、その恥かしく大きな熨斗袋をつまみあげ、なかを覗いてみたのである。お蕎麦屋の五円切手がはいっていた。ちょっとの間、僕には何も訳がわからなかった。五円の切手とは、莫迦げたことである。ふと、僕はいまわしい疑念にとらわれた。ひょっとすると敷金のつもりなのではあるまいか。そう考えたのである。それならこれはいますぐにでもたたき返さなければいけない。僕は、我慢できない胸くその悪さを覚え、その熨斗袋を懐にし、青扇夫婦のあとを追っかけるようにして家を出たのだ。

青扇もマダムも、まだ彼等の新居に帰ってはいなかった。帰途、買い物にでもまわったのであろうと思って、僕はその不用心にもあけ放されてあった玄関からのこのこ家へはいりこんでしまった。ここで待ち伏せていてやろうと考えたのである。ふだんならば僕も、こんな乱暴な料簡は起さないのであるが、どうやら懐中の五円切手のおかげで少し調子を狂わされていたらしいのである。僕は玄関の三畳間をとおって、六畳の居間へはいった。この夫婦は引越しにずいぶん馴れているらしく、もうはや、あらかた道具もかたづいていて、床の間には、二三輪のうす赤い花をひらいているぼけの素焼の鉢が飾られていた。軸は、仮表装の北斗七星の四文字である。文句もそうであるが、書体はいっそう滑稽であった。糊刷毛かなにかでもって書いたものらしく、仰山に肉の太い文字で、そのうえ目茶苦茶ににじんでいた。落款らしいものもなかったけれど、僕はひとめで青扇の書いたものだと断定を下した。つまりこれは、自由天才流なのであろう。僕は奥の四畳半にはいった。箪笥や鏡台がきちんと場所をきめて置かれていた。首の細い脚の巨大な裸婦のデッサンがいちまい、まるいガラス張りの額縁に収められ、鏡台のすぐ傍の壁にかけられていた。これはマダムの部屋なのであろう。まだ新しい桑の長火鉢と、それと揃いらしい桑の小綺麗な茶箪笥とが壁際にならべて置かれていた。長火鉢には鉄瓶がかけられ、火がおこっていた。僕は、まずその長火鉢の傍に腰をおちつけて、煙草を吸ったのである。引越したばかりの新居は、ひとを感傷的にするものらしい。僕も、あの額縁の画についての夫婦の相談や、この長火鉢の位置についての争論を思いやって、やはり生活のあらたまった折の甲斐甲斐しいいきごみを感じたわけであった。煙草を一本吸っただけで、僕は腰を浮かせた。五月になったら畳をかえてやろう。そんなことを思いながら僕は玄関から外へ出て、あらためて玄関の傍の枝折戸から庭のほうへまわり、六畳間の縁側に腰かけて青扇夫婦を待ったのである。

青扇夫婦は、庭の百日紅の幹が夕日に赤く染まりはじめたころ、ようやく帰って来た。案のじょう買い物らしく、青扇は箒をいっぽん肩に担いで、マダムは、くさぐさの買いものをつめたバケツを重たそうに右手にさげていた。彼等は枝折戸をあけてはいって来たので、すぐに僕のすがたを認めたのであるが、たいして驚きもしなかった。

「これは、おおやさん。いらっしゃい。」

青扇は箒をかついだまま微笑んでかるく頭をさげた。

「いらっしゃいませ。」

マダムも例の眉をあげて、それでもまえよりはいくぶんくつろいだようにちかと白い歯を見せ、笑いながら挨拶した。

僕は内心こまったのである。敷金のことはきょうは言うまい。蕎麦の切手についてだけたしなめてやろうと思った。けれど、それも失敗したのである。僕はかえって青扇と握手を交し、そのうえ、だらしのないことであるが、お互いのために万歳をさえとなえたのだ。

青扇のすすめるがままに、僕は縁側から六畳の居間にあがった。僕は青扇と対座して、どういう工合いに話を切りだしてよいか、それだけを考えていた。僕がマダムのいれてくれたお茶を一口すすったとき、青扇はそっと立ちあがって、そうして隣りの部屋から将棋盤を持って来たのである。君も知っているように僕は将棋の上手である。一番くらいは指してもよいなと思った。客とろくに話もせぬうちに、だまって将棋盤を持ちだすのは、これは将棋のひとり天狗のよくやりたがる作法である。それではまず、ぎゅっと言わせてやろう。僕も微笑みながら、だまって駒をならべた。青扇の棋風は不思議であった。ひどく早いのである。こちらもそれに釣られて早く指すならば、いつの間にやら王将をとられている。そんな棋風であった。謂わば奇襲である。僕は幾番となく負けて、そのうちにだんだん熱狂しはじめたようであった。部屋が少しうすぐらくなったので、縁側に出て指しつづけた。結局は、十対六くらいで僕の負けになったのであるが、僕も青扇もぐったりしてしまった。

青扇は、勝負中は全く無口であった。しっかとあぐらの腰をおちつけて、つまり斜めにかまえていた。

「おなじくらいですな。」彼は駒を箱にしまいこみながら、まじめに呟いた。「横になりませんか。ああ。疲れましたね。」

僕は失礼して脚をのばした。頭のうしろがちきちき痛んだ。青扇も将棋盤をわきへのけ

て、縁側へながながと寝そべった。そうして夕闇に包まれはじめた庭を頬杖ついて眺めながら、

「おや。かげろう！」ひくく叫んだ。「不思議ですねえ。ごらんなさいよ。いまじぶん、かげろうが。」

僕も、縁側に這いつくばって、庭のしめった黒土のうえをすかして見た。はっと気づいた。まだ要件をひとことも言わぬうちに、将棋を指したり、かげろうを捜したりしているおのれの呆け加減に気づいたのである。僕はあわてて坐り直した。

「木下さん。困りますよ。」そう言って、例の熨斗袋を懐から出したのである。「これは、いただけません。」

青扇はなぜかぎょっとしたらしく顔つきを変えて立ちあがった。僕も身構えた。

「なにもございませんけれど。」

マダムが縁側へ出て来て僕の顔を覗いた。部屋には電燈がぼんやりともっていたのである。

「そうか。そうか。」青扇は、せかせかした調子でなんども首肯きながら、眉をひそめ、何か遠いものを見ているようであった。「それでは、さきにごはんをたべましょう。お話は、

それからゆっくりいたしましょうよ。」

僕はこのうえめしのごちそうになど、なりたくなかったのであるが、とにかくこの熨斗袋の始末だけはつけたいと思い、マダムについて部屋へはいった。それがよくなかったのである。酒を呑んだのだ。マダムに一杯すすめられたときには、これは困ったことになったと思った。けれども二杯三杯とのむにつれて、僕はしだいしだいに落ちついて来たのである。

はじめ青扇の自由天才流をからかうつもりで、床の軸物をふりかえって見て、これが自由天才流ですかな、と尋ねたものだ。すると青扇は、酔いですこし赤らんだ眼のほとりをいっそうぽっと赤くして、苦しそうに笑いだした。

「自由天才流？　ああ。あれは嘘ですよ。なにか職業がなければ、このごろの大家さんたちは貸してくれないということを聞きましたので、ま、あんな出鱈目(でたらめ)をやったのです。怒っちゃいけませんよ。」そう言ってから、またひとしきりむせかえるようにして笑った。「これは、古道具屋で見つけたのです。こんなふざけた書家もあるものかとおどろいて、三十銭かいくらで買いました。文句も北斗七星とばかりでなんの意味もないものですから気にいりました。私はげてものが好きなのですよ。」

僕は青扇をよっぽど傲慢な男にちがいないと思った。傲慢な男ほど、おのれの趣味をひねりたがるようである。

「失礼ですけれど、無職でおいでですか？」

また五円の切手が気になりだしたのである。きっとよくない仕掛けがあるにちがいないと考えた。

「そうなんです。」杯をふくみながら、まだにやにや笑っていた。「けれども御心配は要りませんよ。」

「いいえ。」なるたけよそよそしくしてやるように努めたのである。「僕は、はっきり言いますけれど、この五円の切手がだいいちに気がかりなのです。」

マダムが僕にお酌をしながら口を出した。

「ほんとうに。」ふくらんでいる小さい手で襟元を直してから微笑んだ。「木下がいけないのですの。こんどの大家さんは、わかくて善良らしいとか、そんな失礼なことを言いまして、あの、むりにあんなおかしげな切手を作らせましたのでございますの。ほんとうに。」

「そうですか。」僕は思わず笑いかけた。「そうですか。僕もおどろいたのです。敷金の、」滑らせかけて口を噤んだ。

「そうですか。」青扇が僕の口真似をした。「わかりました。あした持ってあがりましょうね。銀行がやすみなのです。」

そう言われてみるときょうは日曜であった。僕たちはわけもなく声を合せて笑いこけた。

僕は学生時代から天才という言葉が好きであった。ロンブロオゾオやショオペンハウエルの天才論を読んで、ひそかにその天才に該当するような人間を捜しあるいたものであったが、なかなか見つからないのである。高等学校にはいっていたとき、そこの歴史の坊主頭をしたわかい教授が、全校の生徒の姓名とそれぞれの出身中学校とを悉くそらんじているという評判を聞いて、これは天才でなかろうかと注目していたのだが、それにしては講義がだらしなかった。あとで知ったことだけれど、生徒の姓名とその各々の出身中学校とを覚えているというのは、この教授の唯一の誇りであって、それらを記憶して置くために骨と肉と内臓とを不具にするほどの難儀をしていたのだそうである。いま僕は、こうして青扇と対座して話合ってみるに、その骨骼といい、頭恰好といい、瞳のいろといい、それから音声の調子といい、まったくロンブロオゾオやショオペンハウエルの規定している天才の特徴と酷似しているのである。たしかに、そのときにはそう思われた。蒼白瘦削。短躯猪首。台詞がかった鼻音声。

酒が相当にまわって来たころ、僕は青扇にたずねたのである。

「あなたは、さっき職業がないようなことをおっしゃったけれど、それでは何か研究でもしておられるのですか？」

「研究？」青扇はいたずら児のように、首をすくめて大きい眼をくるっとまわしてみせた。「なにを研究するの？　私は研究がきらいです。よい加減なひとり合点の註釈をつけることでしょう？　いやですよ。私は創るのだ。」

「なにをつくるのです。発明かしら？」

青扇はくつくつと笑いだした。黄色いジャケツを脱いでワイシャツ一枚になり、

「これは面白くなったですねえ。そうですよ。発明ですよ。無線電燈の発明だよ。世界じゅうに一本も電柱がなくなるというのはどんなにさばさばしたことでしょうね。だいいち、あなた、ちゃんばら活動のロケエションが大助かりです。私は役者ですよ。」

マダムは眼をふたつ乍ら煙ったそうに細めて、青扇のでらでら油光りしだした顔をぼんやり見あげた。

「だめでございますよ。酔っぱらったのですの。いつもこんな出鱈目(でたらめ)ばかり申して、こまってしまいます。お気になさらぬように。」

「なにが出鱈目だ。うるさい。おおやさん、私はほんとに発明家ですよ。どうすれば人間、有名になれるか、これを発明したのです。それ、ごらん。膝を乗りだして来たじゃないか。これだ。いまのわかいひとたちは、みんなみんな有名病という奴にかかっているのです。少しやけくそな、しかも卑屈な有名病にね。君、いや、あなた、飛行家におなり。世界一周の早まわりのレコオド。どうかしら？　死ぬる覚悟で眼をつぶって、どこまでも西へ西へと飛ぶのだ。眼をあけたときには、群集の山さ。地球の寵児さ。たった三日の辛抱だ。どうかしら？　やる気はないかな。意気地のない野郎だねえ。ほっほっほ。いや、失礼。それでなければ犯罪だ。なあに、うまくいきますよ。自分さえがっちりしてれあ、なんでもないんだ。人を殺すもよし、ものを盗むもよし、ただ少しおおがかりな犯罪ほどよいのですよ。大丈夫。見つかるものか。時効のかかったころ、堂々と名乗り出るのさ。あなた、もてますよ。けれどもこれは、飛行機の三日間にくらべると、十年間くらいの我慢だから、あなたがた近代人には鳥渡ふむきですね。よし。それでは、ちょうどあなたにむくくらいのつつましい方法を教えましょう。君みたいな助平ったれの、小心ものの、薄志弱行の徒輩には、醜聞という恰好の方法があるよ。まずまあ、この町内では有名になれる。人の細君と駈落ちしたまえ。え？」

僕はどうでもよかった。酒に酔ったときの青扇の顔は僕には美しく思われた。この顔はありふれていない。僕はふとプーシュキンを思い出したのである。どこかで見たことのある顔と思っていたのであるが、これはたしかに、えはがきやの店頭で見たプーシュキンの顔なのであった。みずみずしい眉のうえに、老いつかれた深い皺が幾きれも刻まれてあったあのプーシュキンの死面なのである。

僕もしたたかに酔ったようであった。とうとう、僕は懐中の切手を出し、それでもってお蕎麦屋から酒をとどけさせたのである。そうして僕たちは更に更にのんだのである。ひとと始めて知り合ったときのあの浮気に似たときめきが、ふたりを気張らせ、無智な雄弁によってもっともっとおのれを相手に知らせたいというようなじれったさを僕たちはお互いに感じ合っていたようである。僕たちは、たくさんの贋(にせ)の感激をして、幾度となく杯をやりとりした。気がついたときには、もうマダムはいなかった。寝てしまったのであろう。帰らなければなるまい、と僕は考えた。帰りしなに握手をした。

「君を好きだ。」僕はそう言った。

「私も君を好きなのだよ。」青扇もそう答えたようである。

「よし。万歳！」

「万歳。」

たしかにそんな工合いであったようである。僕には、酔いどれると万歳と叫びたてる悪癖があるのだ。

酒がよくなかった。いや、やっぱり僕がお調子ものだったからであろう。そのままずるずると僕たちのおかしなつきあいがはじまったのである。泥酔した翌る日いちにち、僕は狐か狸にでも化かされたようなぼんやりした気持ちであった。青扇は、どうしても普通でない。僕もこのとしになるまで、まだ独身で毎日毎日をぶらりぶらり遊んですごしているゆえ、親類縁者たちから変人あつかいを受けていやしめられているのであるが、けれども僕の頭脳はあくまで常識的である。妥協的である。通常の道徳を奉じて生きて来た。謂わば、健康でさえある。それにくらべて青扇は、どうやら、けたがはずれているようではないか。断じてよい市民ではないようである。僕は青扇の家主として、彼の正体のはっきり判るまではすこし遠ざかっていたほうがいろいろと都合がよいのではあるまいか、そうも考えられて、それから四五日のあいだは知らぬふりをしていた。

ところが、引越して一週間くらいたったころに、青扇とまた逢ってしまった。それが銭湯屋の湯槽のなかである。僕が風呂の流し場に足を踏みいれたとたんに、やあ、と大声をあげたものがいた。ひるすぎの風呂には他のひとの影がなかった。青扇がひとり湯槽につかっていたのである。僕はあわててしまい、あがり湯のカランのまえにしゃがんで石鹸をてのひらに塗り無数の泡を作った。よほどあわてていたものとみえる。はっと気づいたけれど、僕はそれでもわざとゆっくり、カランから湯を出して、てのひらの泡を洗いおとし、湯槽へはいった。

「先晩はどうも。」僕は流石に恥かしい思いであった。

「いいえ。」青扇はすましこんでいた。「あなた、これは木曾川の上流ですよ。」

僕は、青扇の瞳の方向によって、彼が湯槽のうえのペンキ画について言っているのだということを知った。

「ペンキ画のほうがよいのですよ。ほんとうの木曾川よりはね。いいえ。ペンキ画だからよいのでしょう。」そう言いながら僕をふりかえってみて微笑んだ。

「ええ。」僕も微笑んだ。彼の言葉の意味がわからなかったのである。

「これでも苦労したものですよ。良心のある画ですね。これを画いたペンキ屋の奴、この風呂へは、決して来ませんよ。」

「来るのじゃないでしょうか。自分の画を眺めながら、しずかにお湯にひたっているというのもわるくないでしょう。」
僕のそういったような言葉はどうやら青扇の侮蔑を買ったらしく彼は、さあ、と言ったきりで、自分の両手の手の甲をそろっと並べ、十枚の爪を眺めていた。

青扇は、さきに風呂から出た。僕は湯槽のお湯にひたりながら、脱衣場にいる青扇をそれとなく見ていた。きょうは鼠いろの紬の袷を着ている。彼があまりにも永く自分のすがたを鏡にうつしてみているのには、おどろかされた。やがて、僕も風呂から出たのであるが、青扇は、脱衣場の隅の椅子にひっそり坐って煙草をくゆらしながら僕を待っていてくれた。僕はなんだか息苦しい気持ちがした。ふたり一緒に銭湯屋を出て、みちみち彼はこんなことを呟いた。

「はだかのすがたを見ないうちは気を許せないのです。いいえ。男と男とのあいだのことですよ。」

その日、僕は誘われるがままに、また青扇のもとを訪れた。途中、青扇とわかれ、いったん僕の家へ寄り頭髪の手入れなどを少しして、それから約束したとおり、すぐに青扇のうちへ出かけたのである。けれども青扇はいなかったのだ。マダムがひとりいた。入日のあたる縁側で夕刊を読んでいたのである。僕は玄関のわきの枝折戸をあけて、小庭をつき

切り、縁先に立った。いないのですか、と聞いてみると、

「ええ。」新聞から眼を離さずにそう答えた。下唇をつよく噛んで、不気嫌であった。

「まだ風呂から帰らないのですか？」

「そう。」

「はて。僕と風呂で一緒になりましてね。遊びに来いとおっしゃったものですから。」

「あてになりませんのでございますよ。」恥かしそうに笑って、夕刊のペエジを繰った。

「それでは、しつれいいたします。」

「あら。すこしお待ちになったら？　お茶でもめしあがれ。」マダムは夕刊を畳んで僕のほうへのべてよこした。

僕は縁側に腰をおろした。庭の紅梅の粒々の蕾は、ふくらんでいた。

「木下を信用しないほうがよござんすよ。」

だしぬけに耳のそばでそう囁かれて、ぎょっとした。マダムは僕にお茶をすすめた。

「なぜですか？」僕はまじめであった。

「だめなんですの。」片方の眉をきゅっとあげて小さい溜息を吐いたのである。

僕は危く失笑しかけた。青扇が日頃、へんな自矜の怠惰にふけっているのを真似て、こ

の女も、なにかしら特異な才能のある夫にかしずくことの苦労をそれとなく誇っているのにちがいないと思ったのである。爽快な嘘を吐くものかなと僕は内心おかしかった。けれどこれしきの嘘には僕も負けてはいないのである。

「出鱈目は、天才の特質のひとつだと言われていますけれど。その瞬間瞬間の真実だけを言うのです。豹変という言葉がありますね。わるくいえばオポチュニストです。」

「天才だなんて。まさか。」マダムは、僕のお茶の飲みさしを庭に捨てて、代りをいれた。僕は湯あがりのせいで、のどが渇いていた。熱い番茶をすすりながら、どうして天才でないことを言い切れるか、と追及してみた。はじめから、少しでも青扇の正体らしいものをさぐり出そうとかかっていたわけである。

「威張るのですの。」そういう返事であった。

「そうですか。」僕は笑ってしまった。

この女も青扇とおなじように、うんと利巧かうんと莫迦かどちらかであろう。とにかく話にならないと思ったのだ。けれど僕は、マダムが青扇をかなり愛しているらしいということだけは知り得たつもりであった。黄昏の靄にぼかされて行く庭を眺めながら、僕はわずかの妥協をマダムに暗示してやった。

「木下さんはあれでやはり何か考えているのでしょう。それなら、ほんとの休息なんてないわけですね。なまけてはいないのです。風呂にはいっているときでも、爪を切っているときでも。」

「まあ。だからいたわってやれとおっしゃるの？」

僕には、それが相当むきな調子に聞えたので、いくぶんせせら笑いの意味をこめて、なにか喧嘩でもしたのですか、と反問してやった。

「いいえ。」マダムは可笑しそうにしていた。

喧嘩をしたのにちがいないのだ。しかも、いまは青扇を待ちこがれているのにきまっている。

「しつれいしましょう。ああ。またまいります。」

夕闇がせまっていて百日紅の幹だけが、軟らかに浮きあがって見えた。僕は庭の枝折戸に手をかけ、振りむいてマダムにもいちど挨拶した。マダムは、ぽつんと白く縁側に立っていたが、ていねいにお辞儀を返した。僕は心のうちで、この夫婦は愛し合っているのだ、とわびしげに呟いたことである。

愛し合っているということは知り得たものの、青扇の何者であるかは、どうも僕にはよくつかめなかったのである。いま流行のニヒリストだとでもいうのか、それともれいの赤か、いや、なんでもない金持ちの気取りやなのであろうか、いずれにもせよ、僕はこんな男にうっかり家を貸したことを後悔しはじめたのだ。

そのうちに、僕の不吉の予感が、そろそろとあたって来たのであった。三月が過ぎても、四月が過ぎても、青扇からなんの音沙汰もないのである。家の貸借に関する様様の証書も何ひとつ取りかわさず、敷金のことも勿論(もちろん)そのままになっていた。しかし僕は、ほかの家主みたいに、証書のことなどにうるさくかかわり合うのがいやなたちだし、また敷金だとてそれをほかへまわして金利なんかを得ることはきらいで、青扇も言ったように貯金のようなものであるから、それは、まあ、どうでもよかった。けれども屋賃をいれてくれないのには、弱ったのである。僕はそれでも五月までは知らぬふりをしてすごしてやった。それは僕の無頓着と寛大から来ているという工合いに説明したいところであるが、ほんとうを言えば、僕には青扇がこわかったのである。青扇のことを思えば、なんとも知れぬけむったさを感じるのである。逢いたくなかった。どうせ逢って話をつけなければならないとは判っていたが、それでも一寸のがれに、明日明日とのばしているのであった。つまりは僕の薄志弱行のゆえであろう。

五月のおわり、僕はとうとう思い切って青扇のうちへ訪ねて行くことにした。朝はやくでかけたのである。僕はいつでもそうであるが、思い立つと、一刻も早くその用事をすましてしまわなければ気がすまぬのである。行ってみると、玄関がまだしまっていた。寝ているらしいのだ。わかい夫婦の寝ごみを襲撃するなど、いやであったから、僕はそのまま引返して来たのである。いらいらしながら家の庭木の手入れなどをして、やっと昼頃になってから僕はまたでかけたのだ。まだしまっていたのである。こんどは僕も庭のほうへまわってみた。庭の五株の霧島躑躅の花はそれぞれ蜂の巣のように咲きこごっていた。紅梅は花が散ってしまっていて青青した葉をひろげ、百日紅は枝々の股からささくれのようなひょろひょろした若葉を生やしていた。雨戸もしまっていた。僕は軽く二つ三つ戸をたたき、木下さん、木下さん、とひくく呼んだ。しんとしているのである。僕は雨戸のすきまからこっそりなかを覗いてみた。いくつになっても人間には、すき見の興味があるものなのであろう。まっくらでなんにも見えなかった。けれど、誰やら六畳の居間に寝ているような気はいだけは察することができた。僕は雨戸からからだを離し、もいちど呼ぼうかどうかを考えたのであるが、結局そのまま、また僕の家へひきかえして来たのである。覗いたという後悔からの気おくれが、僕をそんなにしおしお引返えさせたらしいのだ。家へ帰ってみると、ちょうど来客があって、そのひとと二つ三つの用談をきめているうちに、日も暮れた。客を送りだしてから、僕はまた三度目の訪問を企てたのである。まさかまだ寝ているわけはあるまいと考えた。

青扇のうちにはあかりがついていて、玄関もあいていた。声をかけると、誰？ という青扇のかすれた返事があった。

「僕です。」

「ああ。おおやさん。おあがり。」六畳の居間にいるらしかった。

うちの空気が、なんだか陰気くさいのである。玄関に立ったままで六畳間のほうを頸かしげて覗くと、青扇は、どてら姿で寝床をそそくさと取りかたづけていた。ほのぐらい電燈の下の青扇の顔は、おやと思ったほど老けて見えた。

「もうおやすみですか。」

「え。いいえ。かまいません。一日いっぱい寝ているのです。ほんとうに。こうして寝ているといちばん金がかからないものですから。」そんなことを言い言い、どうやら部屋をかたづけてしまったらしく、走るようにして玄関へ出て来た。「どうも、しばらくです。」

僕の顔をろくろく見もせず、すぐうつむいてしまった。

「屋賃は当分だめですよ。」だしぬけに言ったのである。

僕は流石にむっとした。わざと返事をしなかった。

「マダムが逃げました。」玄関の障子によりそってしずかにしゃがみこんだ。電燈のあかりを背面から受けているので青扇の顔はただまっくろに見えるのである。

「どうしてです。」僕はどきっとしたのだ。

「きらわれましたよ。ほかに男ができたのでしょう。そんな女なのです。」いつもに似ず言葉の調子がはきはきしていた。

「いつごろです。」僕は玄関の式台に腰をおろした。

「さあ、先月の中旬ごろだったでしょうか。あがらない？」

「いいえ。きょうは他に用事もあるし。」僕には少し薄気味がわるかったのである。

「恥かしいことでしょうけれど、私は、女の親元からの仕送りで生活していたのです。それがこんなになって。」

せかせか言いつづける青扇の態度に、一刻もはやく客を追いかえそうとしている気がまえを見てとった。僕はわざわざ袂から煙草をとりだし、マッチがありませんか？と言ってやったのである。青扇はだまって勝手元のほうへ立って行って、大箱の徳用マッチを持って来た。

「なぜ働かないのかしら？」僕は煙草をくゆらしながら、いまからゆっくり話込んでやろうとひそかに決意していた。

「働けないからです。才能がないのでしょう。」相変らずてきぱきした語調であった。

「冗談じゃない。」

「いいえ。働けたらねえ。」

僕は青扇が思いのほかに素直な気質を持っていることを知ったのである。胸もつまったけれど、このまま彼に同情していては、屋賃のことがどうにもならぬのだ。僕はおのれの気持ちをはげました。

「それでは困るじゃないですか。僕のほうも困るし、あなただっていつまでもこうしている訳にいきますまい。」吸いかけの煙草を土間へ投げつけた。赤い火花がセメントのたたきにぱっと散りひろがって、消えた。

「ええ。それは、なんとかします。あてがあります。あなたには感謝しています。もうすこし待っていただけないでしょうか。もうすこし。」

僕は二本目の煙草をくわえ、またマッチをすった。さっきから気にかかっていた青扇の顔をそのマッチのあかりでちらと覗いてみることができた。僕は思わずぽろっと、燃えるマッチをとり落したのである。悪鬼の面を見たからであった。

「それでは、いずれまた参ります。ないものは頂戴いたしません。」僕はいますぐここからのがれたかった。

「そうですか。どうもわざわざ。」青扇は神妙にそう言って、立ちあがった。それからひとりごとのように呟くのである。「四十二の一白水星。気の多いとしまわりで弱ります。」

僕はころげるようにして青扇の家から出て、夢中で家路をいそいだものだ。けれど少しずつ落ちつくにつれて、なんだか莫迦をみたというような気がだんだんと起って来たのである。また一杯くわされた。青扇の思い詰めたようなはっきりした口調も、四十二歳をそれとなく呟いたことも、みんな堪らないほどわざとらしくきざっぽく思われだした。僕はどうも少し甘いようだ。こんなゆるんだ性質では家主はとてもつとまるものではないな、と考えた。

僕はそれから二三日、青扇のことばかりを考えてくらした。僕も父親の遺産のおかげで、こうしてただのらくらと一日一日を送っていて、べつにつとめをするという気も起らず、青扇の働けたらねえという述懐も、僕には判らぬこともないのであるが、けれど青扇がほんとうにいま一文も収入のあてがなくて暮しているのだとすれば、それだけでもすでにありふれた精神でない。いや、精神などというと立派に聞えるが、とにかくそうとう図太い根性である。もうこうなったうえは、どうにかしてあいつの正体らしいものをつきとめてやらなければ安心ができないと考えたのだ。

五月がすぎて、六月になっても、やはり青扇からはなんの挨拶もないのであった。僕はまた彼の家に出むいて行かなければならなかったのである。

その日、青扇はスポオツマンらしく、襟附きのワイシャツに白いズボンをはいて、何かてれくさそうに恥らいながら出て来た。家ぜんたいが明るい感じであった。六畳間にとおされて、見ると、部屋の床の間寄りの隅にいつ買いいれたのか鼠いろの天鵞絨が張られた古ものらしいソファがあり、しかも畳のうえには淡緑色の絨氈が敷かれていた。部屋のおもむきが一変していたのである。青扇は僕をソファに坐らせた。

庭の百日紅は、そろそろ猩々緋の花をひらきかけていた。

「いつも、ほんとうに相すみません。こんどは大丈夫ですよ。しごとが見つかりました。おい、ていちゃん。」青扇は僕とならんでソファに腰をおろしてから、隣りの部屋へ声をかけたのである。

水兵服を着た小柄な女が、四畳半のほうから、ぴょこんと出て来た。丸顔の健康そうな頬をした少女であった。眼もおそれを知らぬようにきょとんと澄んでいた。

「おおやさんだよ。ご挨拶をおし。うちの女です。」

僕はおやおやと思った。先刻の青扇の恥らいをふくんだ微笑(ほほえ)みの意味がとけたのであった。

「どんなお仕事でしょう。」

その少女がまた隣りの部屋にひっこんでから、僕は、ことさらに生野暮をよそって仕事のことをたずねてやった。きょうばかりは化かされまいぞと用心をしていたのである。

「小説です。」

「え？」

「いいえ。むかしから私は、文学を勉強していたのですよ。ようやくこのごろ芽が出たのです。実話を書きます。」澄ましこんでいた。

「実話と言いますと？」僕はしつっこく尋ねた。

「つまり、ないことを事実あったとして報告するのです。なんでもないのさ。何県何村何番地とか、大正何年何月何日とか、その頃の新聞で知っているであろうがとかいう文句を忘れずにいれて置いてあとは、必ずないことを書きます。つまり小説ですねえ。」

青扇は彼の新妻のことで流石にいくぶん気おくれしているのか、僕の視線を避けるようにして、長い頭髪のふけを掻き落したり膝をなんども組み直したりなどしながら、少し雄弁をふるったのである。

「ほんとうによいのですか。困りますよ。」

「大丈夫。大丈夫。ええ。」僕の言葉をさえぎるようにして大丈夫を繰りかえし、そうしてほがらかに笑っていた。僕は、信じた。

そのとき、さきの少女が紅茶の銀盆をささげてはいって来たのだ。

「あなた、ごらんなさい。」青扇は紅茶の茶碗を受けとって僕に手渡し自分の茶碗を受けとりしなに、そう言ってうしろを振りむいた。床の間には、もう北斗七星の掛軸がなくなっていて、高さが一尺くらいの石膏の胸像がひとつ置かれてあった。胸像のかたわらには、鶏頭の花が咲いていた。少女は耳の附け根まであかくなった顔を錆びた銀盆で半分かくし、瞳の茶色なおおきい眼を更におおきくして彼を睨んだ。青扇はその視線を片手で払いのけるようにしながら、

「その胸像の額をごらんください。よごれているでしょう？　仕様がないんです。」

少女は眼にもとまらぬくらいの素早さで部屋から飛び出た。

「どうしたのです。」僕には訳がわからなかった。

「なに。てい子のむかしのあれの胸像なんだそうです。たったひとつの嫁入り道具ですよ。キスするのです。」こともなげに笑っていた。

僕はいやな気がした。

「おいやのようですね。けれども世の中はこんな工合いになっているのです。仕様がありませんよ。見ていると感心に花を毎日とりかえます。きのうはダリヤでした。おとといは螢草でした。いや、アマリリスだったかな。コスモスだったかしら。」

この手だ。こんな調子にまたうかうか乗せられたなら、前のように肩すかしを食わされるのである。そう気づいたゆえ、僕は意地悪くかかって、それにとりあってやらなかったのだ。

「いや。お仕事のほうは、もうはじめているのですか？」

「ああ、それは、」紅茶を一口すすった。「そろそろはじめていますけれど、大丈夫ですよ。私はほんとうは、文学書生なんですからね。」

僕は紅茶の茶碗の置きどころを捜しながら、

「でもあなたの、ほんとうは、は、あてになりませんからね。ほんとうは、というそんな言葉でまたひとつ嘘の上塗りをしているようで。」

「や、これは痛い。そうぽんぽん事実を突きたがるものじゃないな。私はね、むかし森鴎外、ご存じでしょう？　あの先生についたものですよ。あの青年という小説の主人公は私なのです。」

これは僕にも意外であった。僕もその小説は余程まえにいちど読んだことがあって、あのかそけきロマンチシズムは、永く僕の心をとらえ離さなかったものであるが、けれどもあのなかのあまりにもよろずに綺麗すぎる主人公にモデルがあったとは知らなかったのである。老人の頭ででっちあげられた青年であるから、こんなに綺麗すぎたのであろう。ほんとうの青年は猜忌や打算もつよく、もっと息苦しいものなのに、と僕にとって不満でもあったあの水蓮のような青年は、それではこの青扇だったのか。そう興奮しかけたけれど、すぐいやいやと用心したのである。

「はじめて聞きました。でもあれは、失礼ですが、もっとおっとりしたお坊ちゃんのようでしたけれど。」

「これは、ひどいなあ。」青扇は僕が持ちあぐんでいた紅茶の茶碗をそっと取りあげ、自分のと一緒にソファの下へかたづけた。「あの時代には、あれでよかったのです。でも今ではあの青年も、こんなになってしまうのです。私だけではないと思うのですが。」

僕は青扇の顔を見直した。

「それはつまり抽象して言っているのでしょうか。」

「いいえ。」青扇はいぶかしそうに僕の瞳を覗いた。「私のことを言っているのですけれど？」

僕はまたまた憐愍（れんびん）に似た情を感じたのである。

「まあ、きょうは僕はこれで帰りましょう。きっとお仕事をはじめて下さい。」そう言い置いて、青扇の家を出たのであるが、帰途、青扇の成功をいのらずにおれなかった。それは、青年についての青扇の言葉がなんだか僕のからだにしみついて来て、自分ながらおかしいほどしおれてしまったせいでもあるし、また、青扇のあらたな結婚によって何やら彼の幸福を祈ってやりたいような気持ちになっていたせいでもあろう。みちみち僕は思案した。あの屋賃を取りたてないからといって、べつに僕にとって生活に窮するというわけではない。たかだか小使銭の不自由くらいのものである。これはひとつ、あのめぐまれない老いた青年のために僕のその不自由をしのんでやろう。

僕はどうも芸術家というものに心をひかれる欠点を持っているようだ。ことにもその男が、世の中から正当に言われていない場合には、いっそう胸がときめくのである。青扇がほんとうにいま芽が出かかっているものとすれば、屋賃などのことで彼の心持ちをにごらすのは、いけないことだ。これは、いますこしそっとして置いたほうがよい。彼の出世をたのしもう。僕は、そのときふと口をついて出た He is not what he was. という言葉をたいへんよろこばしく感じたのである。僕が中学校にはいっていたとき、この文句を英文法の教科書のなかに見つけて心をさわがせ、そしてこの文句はまた、僕が中学五年間を通じて受けた教育のうちでいまだに忘れられぬ唯一の智識なのであるが、訪れるたびごとに何か驚異と感慨をあらたにしてくれる青扇と、この文法の作例として記されていた一句とを思い合せ、僕は青扇に対してある異状な期待を持ちはじめたのである。

けれども僕は、この僕の決意を青扇に告げてやるようなことは躊躇していた。それはいずれ家主根性ともいうべきものであろう。ひょっとすると、あすにでも青扇がいままでの屋賃をそっくりまとめて、持って来てくれるかも知れない。そのようなひそかな期待もあって、僕は青扇に進んでこちらから屋賃をいらぬなどとは言わないのであった。それがまた青扇をはげますもとになってくれたなら、つまり両方のためによいことだとも思ったのである。

七月のおわり、僕は青扇のもとをまた訪れたのであるが、こんどはどんなによくなっているか、何かまた進歩や変化があるだろう。それを楽しみにしながら出かけたのであった。行ってみて呆然としてしまった。変っているどころではなかったのである。

僕はその日、すぐに庭から六畳の縁側のほうへまわってみたのであるが、青扇は猿股ひとつで縁側にあぐらをかいていて、大きい茶碗を股のなかにいれ、それを里芋に似た短い棒でもって懸命にかきまわしていたのだ。なにをしているのですと声をかけた。

「やあ。薄茶でございますよ。茶をたてているのです。こんなに暑いときには、これに限るのですよ。一杯いかが?」

僕は青扇の言葉づかいがどこやら変っているのに気がついた。けれども、それをいぶかしがっている場合ではなかった。僕はその茶をのまなければならなかったのである。青扇は茶碗をむりやりに僕に持たせて、それから傍に脱ぎ捨ててあった弁慶格子の小粋なゆかたを坐ったままで素早く着込んだ。僕は縁側に腰をおろし、しかたなく茶をすすった。のんでみると、ほどよい苦味があって、なるほどおいしかったのである。

「どうしてまた。風流ですね。」

「いいえ。おいしいからのむのです。わたくし、実話を書くのがいやになりましてねえ。」

「へえ。」

「書いていますよ。」青扇は兵古帯(へこおび)をむすびながら床の間のほうへいざり寄った。

床の間にはこのあいだの石膏の像はなくて、その代りに、牡丹(ぼたん)の花模様の袋にはいった三味線らしいものが立てかけられていた。青扇は床の間の隅にある竹の手文庫をかきまわしていたが、やがて小さく折り畳まれてある紙片をつまんで持って来た。

「こんなのを書きたいと思いまして、文献を集めているのですよ。」

僕は薄茶の茶碗をしたに置いて、その二三枚の紙片を受けとった。婦人雑誌あたりの切り抜きらしく、四季の渡り鳥という題が印刷されていた。

「ねえ。この写真がいいでしょう？　これは、渡り鳥が海のうえで深い霧などに襲われたとき方向を見失い光りを慕ってただまっしぐらに飛んだ罰で燈台へぶつかりばたばたと死んだところなのですよ。何千万という死骸です。渡り鳥というのは悲しい鳥ですな。旅が生活なのですからねえ。ひとところにじっとしておれない宿命を負うているのです。わたくし、これを一元描写でやろうと思うのさ。私という若い渡り鳥が、ただ東から西、西から東とうろうろしているうちに老いてしまうという主題なのです。仲間がだんだん死んでいきましてね。鉄砲で打たれたり、波に呑まれたり、飢えたり、病んだり、巣のあたたまるひまもない悲しさ。あなた。沖の鴎に潮どき聞けば、という唄がありますねえ。わたくし、いつかあなたに有名病についてお話いたしましたけど、なに、人を殺したり飛行機に乗ったりするよりは、もっと楽な法がありますわ。しかも死後の名声という附録つきです。傑作をひとつ書くことなのさ。これですよ。」

僕は彼の雄弁のかげに、なにかまたてれかくしの意図を嗅いだ。果して、勝手口から、あの少女でもない、色のあさぐろい、日本髪を結った痩せがたの見知らぬ女のひとがこちらをこっそり覗いているのを、ちらと見てしまった。

「それでは、まあ、その傑作をお書きなさい。」

「お帰りですか？　薄茶を、もひとつ。」

「いや。」

僕は帰途また思いなやまなければいけなかった。これはいよいよ、災難である。こんな出鱈目が世の中にあるだろうか。いまは非難を通り越して、あきれたのである。ふと僕は彼の渡り鳥の話を思い出したのだ。突然、僕と彼との相似を感じた。どことういうのではない。なにかしら同じ体臭が感ぜられた。君も僕も渡り鳥だ、そう言っているようにも思われ、それが僕を不安にしてしまった。彼が僕に影響を与えているのか、僕が彼に影響を与えているのか、どちらかがヴァンピイルだ。どちらかが、知らぬうちに相手の気持ちにそろそろ食いいっているのではあるまいか。僕が彼の豹変ぶりを期待して訪れる気持ちを彼が察して、その僕の期待が彼をしばりつけ、ことさらに彼は変化をして行かなければいけないように努めているのであるまいか。あれこれと考えれば考えるほど青扇と僕との体臭がからまり、反射し合っているようで、加速度的に僕は彼にこだわりはじめたのであった。青扇はいまに傑作を書くだろうか。僕は彼の渡り鳥の小説にたいへんな興味を持ちはじめたのである。南天燭を植木屋に言いつけて彼の玄関の傍に植えさせてやったのは、そのころのことであった。

八月には、僕は房総のほうの海岸で凡そ二月をすごした。九月のおわりまでいたのである。帰ってすぐその日のひるすぎ、僕は土産の鰈の干物を少しばかり持って青扇を訪れた。このように僕は、ただならぬ親睦を彼に感じ、力こぶをさえいれていたのであった。

庭先からはいって行くと、青扇は、いかにも嬉しげに僕をむかえた。頭髪を短く刈ってしまって、いよいよ若く見えた。けれど容色はどこやらけわしくなっていたようであった。紺絣の単衣を着ていた。僕もなんだかなつかしくて、彼の痩せた肩にもたれかかるようにして部屋へはいったのである。部屋のまんなかにちゃぶだいが具えられ、卓のうえには、一ダアスほどのビイル瓶とコップが二つ置かれていた。

「不思議です。きょうは来るとたしかにそう思っていたのです。いや、不思議です。それで朝からこんな仕度をして、お待ち申していました。不思議だな。まあ、どうぞ。」

やがて僕たちはゆるゆるとビイルを呑みはじめたわけであった。

「どうです。お仕事ができましたか？」

「それが駄目でした。この百日紅（さるすべり）に油蟬（あぶらぜみ）がいっぱいたかって、朝っから晩までしゃあしゃあ鳴くので気が狂いかけました。」

僕は思わず笑わされた。

「いや、ほんとうですよ。かなわないので、こんなに髪を短くしたり、さまざまこれで苦心をしたのですよ。でも、きょうはよくおいでくださいました。」黒ずんでいる唇をおどけものらしくちょっと尖（とが）らせて、コップのビイルをほとんど一息に呑んでしまった。

「ずっとこっちにいたのですか。」僕は唇にあてたビイルのコップを下へ置いた。コップの中には蜉（ぶよ）に似た小さい虫が一匹浮いて、泡のうえでしきりにもがいていた。

「ええ。」青扇は卓に両肘（ひじ）をついてコップを眼の高さまでささげ、噴きあがるビイルの泡をぼんやり眺めながら余念なさそうに言った。「ほかに行くところもないのですものねえ。」

「ああ。お土産を持って来ましたよ。」

「ありがとう。」

何か考えているらしく、僕の差しだす干物には眼もくれず、やはり自分のコップをすかして見ていた。眼が坐っていた。もう酔っているらしいのである。僕は、小指のさきで泡のうえの虫を掬いあげてから、だまってごくごく呑みほした。

「貧すれば貪すという言葉がありますねえ。」青扇はねちねちした調子で言いだした。「まったくだと思いますよ。清貧なんてあるものか。金があったらねえ。」

「どうしたのです。へんに搦みつくじゃないか。」

僕は膝をくずして、わざと庭を眺めた。いちいちとり合っていても仕様がないと思ったのである。

「百日紅がまだ咲いていますでしょう？　いやな花だなあ。もう三月は咲いていますよ。散りたくても散れぬなんて、気のきかない樹だよ。」

僕は聞えぬふりして卓のしたの団扇をとりあげ、ばさばさ使いはじめた。

「あなた。私はまたひとりものですよ。」

僕は振りかえった。青扇はビイルをひとりでついで、ひとりで呑んでいた。

「まえから聞こうと思っていたのですが、どうしたのだろう。あなたは莫迦(ばか)に浮気じゃないか。」

「いいえ。みんな逃げてしまうのです。どう仕様もないさ。」

「しぼるからじゃないかな。いつかそんな話をしていましたね。失礼だが、あなたは女の金で暮していたのでしょう？」

「あれは嘘です。」彼は卓のしたのニッケルの煙草入から煙草を一本つまみだし、おちついて吸いはじめた。「ほんとうは私の田舎からの仕送りがあるのです。いいえ。私は女房をときどきかえるのがほんとうだと思うね。あなた。箪笥(たんす)から鏡台まで、みんな私のものです。女房は着のみ着のままで私のうちへ来て、それからまたそのままいつでも帰って行けるのです。私の発明だよ。」

「莫迦だね。」僕は悲しい気持ちでビイルをあおった。

「金があればねえ。金がほしいのですよ。私のからだは腐っているのだ。五六丈くらいの滝に打たせて清めたいのです。そうすれば、あなたのようなよい人とも、もっともっとわけへだてなくつき合えるのだし。」

「そんなことは気にしなくてよいよ。」

屋賃などあてにしていないことを言おうと思ったが、言えなかった。彼の吸っている煙草がホープであることにふと気づいたからでもあった。お金がまるっきりないわけでもないな、と思ったのだ。

青扇は、僕の視線が彼の煙草にそそがれていることを知り、またそれを見つめた僕の気持ちをすぐに察してしまったようであった。

「ホープはいいですよ。甘くもないし、辛くもないし、なんでもない味なものだから好きなんだ。だいいち名前がよいじゃないか。」ひとりでそんな弁明らしいことを言ってから、今度はふと語調をかえた。「小説を書いたのです。十枚ばかり。そのあとがつづかないのです。」煙草を指先にはさんだままてのひらで両の鼻翼の油をゆっくり拭(ぬぐ)った。「刺激がないからいけないのだと思って、こんな試みまでもしてみたのですよ。一生懸命に金をためて、十二三円たまったから、それを持ってカフェへ行き、もっともばからしく使って来ました。悔恨(かいこん)の情をあてにしたわけですね。」

「それで書けましたか。」

「駄目でした。」

僕は噴きだした。青扇も笑い出して、ホープをぽんと庭へほうった。

「小説というものはつまらないですねえ。どんなによいものを書いたところで、百年もまえにもっと立派な作品がちゃんとどこかにできてあるのだもの。もっと新しい、もっと明日の作品が百年まえにできてしまっているのですよ。せいぜい真似るだけだねえ。」

「そんなことはないだろう。あとのひとほど巧いと思うな。」

「どこからそんなだいそれた確信が得られるの？　軽々しくものを言っちゃいけない。どこからそんな確信が得られるのだ。よい作家はすぐれた独自の個性じゃないか。高い個性を創るのだ。渡り鳥には、それができないのです。」

日が暮れかけていた。青扇は団扇でしきりに臑の蚊を払っていた。すぐ近くに藪があるので、蚊も多いのである。

「けれど、無性格は天才の特質だともいうね。」

僕がこころみにそう言ってやると、青扇は、不満そうに口を尖らせては見せたものの、顔のどこやらが確かににたりと笑ったのだ。僕はそれを見つけた。とたんに僕の酔がさめた。やっぱりそうだ。これは、きっと僕の真似だ。いつか僕がここの最初のマダムに天才の出鱈目を教えてやったことがあったけれど、青扇はそれを聞いたにちがいない。それが暗示となって青扇の心にいままで絶えず働きかけその行いを掣肘して来たのではあるまいか。青扇のいままでのどこやら常人と異ったような態度は、すべて僕が彼になにげなく言ってやった言葉の期待を裏切らせまいとしてのもののようにも思われた。この男は、意識しないで僕に甘ったれ、僕のたいこもちを勤めていたのではないだろうか。

「あなたも子供ではないのだから、莫迦なことはよい加減によさないか。僕だって、この家をただ遊ばせて置いてあるのじゃないよ。地代だって先月からまた少しあがったし、それに税金やら保険料やら修繕費用なんかで相当の金をとられているのだ。ひとにめいわくをかけて素知らぬ顔のできるのは、この世ならぬ傲慢の精神か、それとも乞食の根性か、どちらかだ。甘ったれるのもこのへんでよし給え。」言い捨てて立ちあがった。

「あああ。こんな晩に私が笛でも吹けたらなあ。」青扇はひとりごとのように呟きながら縁側へ僕を送って出て来た。

僕が庭先へおりるとき、暗闇のために下駄のありかがわからなかった。

「おおやさん。電燈をとめられているのです。」

やっと下駄を捜しだし、それをつっかけてから青扇の顔をそっと覗いた。青扇は縁先に立って澄んだ星空の一端が新宿辺の電燈のせいで火事のようにあかるくなっているのをぼんやり見ていた。僕は思い出した。はじめから青扇の顔をどこかで見たことがあると気にかかっていたのだが、そのときやっと思い出した。プーシュキンではない。僕の以前の店子(たなこ)であったビイル会社の技師の白い頭髪を短く角刈にした老婆の顔にそっくりであったのである。

十月、十一月、十二月、僕はこの三月間は青扇のもとへ行かない。青扇もまたもちろん僕のところへは来ないのだ。ただいちど、銭湯屋で一緒になったことがあるきりである。夜の十二時ちかく、風呂もしまいになりかけていたころであった。青扇は素裸のまま脱衣場の畳のうえにべったり坐って足の指の爪を切っていたのである。風呂からあがりたてらしく、やせこけた両肩から湯気がほやほやたっていた。僕の顔を見てもさほど驚かずに、「夜爪を切ると死人が出るそうですね。この風呂で誰か死んだのですよ。おおやさん。このごろは私、爪と髪ばかり伸びて。」

にやにやうす笑いしてそんなことを言い言いぱちんぱちんと爪を切っていたが、切ってしまったら急にあわてふためいてどてらを着込み、れいの鏡も見ずにそそくさと帰っていったのである。僕にはそれもまたさもしい感じで、ただ軽侮(けいぶ)の念を増しただけであった。

ことしのお正月、僕は近所へ年始まわりに歩いたついでにちょっと青扇のところへも立ち寄ってみた。そのとき玄関をあけたら赤ちゃけた胴の長い犬がだしぬけに僕に吠えついたのにびっくりさせられた。青扇は、卵いろのブルウズのようなものを着てナイトキャップをかぶり、妙に若がえって出て来たが、すぐ犬の首をおさえて、この犬は、としのくれにどこからか迷いこんで来たものであるが、二三日めしを食わせてやっているうちに、もう忠義顔をしてよそのひとに吠えたててみせているのだ、そのうちどこかへ捨てに行くつもりです、とつまらぬことを挨拶を抜きにして言いたてたのである。おおかたまたてれくさい事件でも起っているのだろうと思い、僕は青扇のとめるのも振りきってすぐおいとまをした。けれども青扇は僕のあとを追いかけて来たのである。

「おおやさん。お正月早々、こんな話をするのもなんですけれど、私は、いまほんとうに気が狂いかけているのです。うちの座敷へ小さい蜘蛛がいっぱい出て来て困っています。このあいだ、ひとりで退屈まぎれに火箸の曲ったのを直そうと思ってかちんかちん火鉢のふちにたたきつけていたら、あなた、女房が洗濯を止し眼つきをかえて私の部屋へかけこんで来ましてねえ、てっきり気ちがいになったと思った、そう言うのですよ。かえって私のほうがぎよっとしました。あなた、お金ある？　いや、いいんです。それで、もうこの二三日すっかりくさって、お正月も、うちではわざとなんの仕度もしないのですよ。ほんとうにわざわざおいで下さいましたのに。私たち、なんのおかまいもできませんし。」

「新しい奥さんができたのですか。」僕はできるだけ意地わるい口調で言ってみた。

「ああ。」子供みたいにはにかんでいた。

おおかたヒステリイの女とでも同棲をはじめたのであろうと思った。

ついこのあいだ、二月のはじめころのことである。僕は夜おそく思いがけない女のひとのおとずれを受けた。玄関へ出てみると、青扇の最初のマダムであったのである。黒い毛のショオルにくるまって荒い飛白のコオトを着ていた。白い頬がいっそう蒼くすき透って来たようであった。ちょっとお話したいことがございますから、一緒にそこらまでつきあってくれというのである。僕はマントも着ず、そのまま一緒にそとへ出た。霜がおりて、輪廓のはっきりした冷い満月が出ていた。僕たちはしばらくだまって歩いた。

「昨年の暮から、またこっちへ来ましたのでございますよ。」怒ったような眼つきでまっすぐを見ながら言った。

「それは。」僕にはほかに言いようがなかったのである。

「こっちが恋いしくなったものですから。」余念なげにそう囁いた。

僕はだまりこくっていた。僕たちは、杉林のほうへゆっくり歩みをすすめていたのである。

「木下さんはどうしています。」

「相変らずでございます。ほんとうに相すみません。」青い毛糸の手袋をはめた両手を膝頭のあたりにまでさげた。

「困るですね。僕はこのあいだ喧嘩をしてしまいました。いったい何をしているのです。」

「だめなんでございます。まるで気ちがいですの。」

僕は微笑んだ。曲った火箸の話を思い出したのである。それでは、あの神経過敏の女房というのはこのマダムだったのであろう。

「でもあれで何かきっと考えていますよ。」僕にはやはり一応、反駁して置きたいような気が起るのであった。

マダムはくすくす笑いながら答えた。

「ええ。華族さんになって、それからお金持ちになるんですって。」

僕はすこし寒かった。足をこころもち早めた。一歩一歩あるくたびごとに、霜でふくれあがった土が鶉か梟の呟きのようなおかしい低音をたててくだけるのだ。

「いや。」僕はわざと笑った。「そんなことでなしに、何かお仕事でもはじめていませんか?」

「もう、骨のずいからの怠けものです。」きっぱり答えた。

「どうしたのでしょう。失礼ですが、いくつなのですか？　四十二歳だとか言っていましたが。」

「さあ。」こんどは笑わなかったのである。「まだ三十まえじゃないかしら。うんと若いのでございますのよ。いつも変りますので、はっきりは私にもわかりませんのですの。」

「どうするつもりかな。勉強なんかしていないようですね。あれで本でも読むのですか？」

「いいえ、新聞だけ。新聞だけは感心に三種類の新聞をとっていますの。ていねいに読むことよ。政治面をなんべんもなんべんも繰りかえして読んでいます。」

僕たちはあの空地へ出た。原っぱの霜は清浄であった。月あかりのために、石ころや、笹の葉や、棒杙（ぼうぐい）や、掃き溜めまで白く光っていた。

「友だちもないようですね。」

「ええ。みんなに悪いことをしていますから、もうつきあえないのだそうです。」

「どんな悪いことを。」僕は金銭のことを考えていた。

「それがつまらないことなのですの。ちっともなんともないことなのです。それでも悪いことですって。あのひと、ものの善し悪しがわからないのでございますのよ。」

「そうだ。そうです。善いことと悪いことがさかさまなのです。」

「いいえ。」顎をショオルに深く埋めてかすかに頸をふった。「はっきりさかさまなら、まだいいのでございます。目茶目茶なんですのよ、それが。だから心細いの。逃げられますわよ、あれじゃ。あのひと、それはごきげんを取るのですけれど。私のあとに二人も来ていましたそうですね。」

「ええ。」僕はあまり話を聞いていなかった。

「季節ごとに変えるようなものだわ。真似しましたでしょう？」

「なんです。」すぐには呑みこめなかった。

「真似をしますのよ、あのひと。あのひとに意見なんてあるものか。みんな女からの影響よ。文学少女のときには文学。下町のひとのときには小粋に。わかってるわ。」

「まさか。そんなチエホフみたいな。」

そう言って笑ってやったが、やはり胸がつまって来た。いまここに青扇がいるなら彼のあの細い肩をぎゅっと抱いてやってもよいと思ったものだ。

「そんなら、いま木下さんが骨のずいからのものぐさをしているのは、つまりあなたを真似しているというわけなのですね。」僕はそう言ってしまって、ぐらぐらとよろめいた。

「ええ。私、そんな男のかたが好きなの。もすこしまえにそれを知ってくださいましたなら。でも、もうおそいの。私を信じなかった罰よ。」軽く笑いながら言ってのけた。

僕はあしもとの土くれをひとつ蹴って、ふと眼をあげると、藪のしたに男がひっそり立っていた。どてらを着て、頭髪もむかしのように長くのびていた。僕たちは同時にその姿を認めた。握り合っていた手をこっそりほどいて、そっと離れた。

「むかえに来たのだよ。」

青扇はひくい声でそう言ったのであるが、あたりの静かなせいか、僕にはそれが異様にちかちか痛く響いた。彼は月の光りさえまぶしいらしく、眉をひそめて僕たちをおどおど眺めていた。

僕は、今晩はと挨拶したのである。

「今晩は。おおやさん。」あいそよく応じた。

僕は二三歩だけ彼に近寄って尋ねてみた。

「なにかやっていますか。」

「もう、ほって置いて下さい。そのほかに話すことがないじゃあるまいし。」いつもに似ずきびしくそう答えてから、急に持ちまえの甘ったれた口調にかえるのであった。「私はね、このあいだから手相をやっていますよ。ほら、太陽線が私のてのひらに現われて来ています。ほら。ね、ね。運勢がひらける証拠なのです。」

そう言いながら左手をたかく月光にかざし、自分のてのひらのその太陽線とかいう手筋をほれぼれと眺めたのである。

運勢なんて、ひらけるものか。それきりもう僕は青扇と逢っていない。気が狂おうが、自殺しようが、それはあいつの勝手だと思っている。僕もこの一年間というもの、青扇のためにずいぶんと心の平静をかきまわされて来たようである。僕にしてもわずかな遺産のおかげでどうやら安楽な暮しをしているとはいえ、そんなに余裕があるわけでなし、青扇のことでかなりの不自由に襲われた。しかもいまになってみると、それはなんの面白さもない一層息ぐるしい結果にいたったようである。ふつうの凡夫を、なにかと意味づけて夢にかたどり眺めて暮して来ただけではなかったのか。竜駿（りゅうしゅん）はいないか。麒麟児（きりんじ）はいないか。もうはや、そのような期待には全くほとほと御免である。みんなみんな昔ながらの彼であって、その日その日の風の工合いで少しばかり色あいが変って見えるだけのことだ。

おい。見給え。青扇の御散歩である。あの紙凧（かみだこ）のあがっている空地だ。横縞（よこじま）のどてらを着て、ゆっくりゆっくり歩いている。なぜ、君はそうとめどもなく笑うのだ。そうかい。

似ているというのか。——よし。それなら君に聞こうよ。空を見あげたり肩をゆすったりうなだれたり木の葉をちぎりとったりしながらのろのろさまよい歩いているあの男と、それから、ここにいる僕と、ちがったところが、一点でも、あるか。

ロマネスク

仙術太郎

むかし津軽の国神椥木(かなぎ)村に鍬形惣助(くわがたそうすけ)という庄屋がいた。四十九歳で、はじめて一子を得た。男の子であった。太郎と名づけた。生れるとすぐ大きいあくびをした。惣助はそのあくびの大きすぎるのを気に病み、祝辞を述べにやって来る親戚(しんせき)の者たちへ肩身のせまい思いをした。惣助の懸念(けねん)はそろそろと的中しはじめた。太郎は母者人(ははじゃひと)の乳房にもみずからすすんでしゃぶりつくようなことはなく、母者人のふところの中にいて口をたいぎそうにあけたまま乳房の口への接触をいつまでも待っていた。張子(はりこ)の虎をあてがわれてもそれをいじくりまわすことはなく、ゆらゆら動く虎の頭を退屈そうに眺めているだけであった。朝、眼をさましてからもあわてて寝床から這(は)い出すようなことはなく、二時間ほどは眼をつぶって眠ったふりをしているのである。かるがるしきからだの仕草をきらう精神を持っていたのであった。三歳のとき、鳥渡した事件を起し、その事件のお蔭で鍬形太郎の名前が村のひとたちのあいだに少しひろまった。それは新聞の事件でないゆえ、それだけほんとうの事件であった。太郎がどこまでも歩いたのである。

春のはじめのことであった。夜、太郎は母者人のふところから音もたてずにころがり出た。ころころと土間へころげ落ち、それから戸外へまろび出た。戸外へ出てから、しゃんと立ちあがったのである。惣助も、また母者人も、それを知らずに眠っていた。

満月が太郎のすぐ額のうえに浮んでいた。満月の輪廓はにじんでいた。めだかの模様の襦袢に慈姑の模様の綿入れ胴衣を重ねて着ている太郎は、はだしのままで村の馬糞だらけの砂利道を東へ歩いた。ねむたげに眼を半分とじて小さい息をせわしなく吐きながら歩いた。

翌る朝、村は騒動であった。三歳の太郎が村からたっぷり一里もはなれている湯流山の、林檎畑のまんまんなかでこともなげに寝込んでいたからであった。湯流山は氷のかけらが溶けかけているような形で、峯には三つのなだらかな起伏があり西端は流れたようにゆるやかな傾斜をなしていた。百米くらいの高さであった。太郎がどうしてそんな山の中にまで行き着けたのか、その訳は不明であった。いや、太郎がひとりで登っていったにちがいないのだ。けれどもなぜ登っていったのかその訳がわからなかった。

発見者である蕨取りの娘の手籠にいれられ、ゆられゆられしながら太郎は村へ帰って来た。手籠のなかを覗いてみた村のひとたちは皆、眉のあいだに黒い油ぎった皺をよせて、天狗、天狗とうなずき合った。惣助はわが子の無事である姿を見て、これは、これは、と言った。困ったとも言えなかったし、よかったとも言えなかった。母者人はそんなに取り乱していなかった。太郎を抱きあげ、蕨取りの娘の手籠には太郎のかわりに手拭地を一反いれてやって、それから土間へ大きな盥を持ち出しお湯をなみなみといれ、太郎のからだを静かに洗った。太郎のからだはちっとも汚れていなかった。丸々と白くふとっていた。惣助は盥のまわりをはげしくうろついて歩き、とうとう盥に蹴躓いて盥のお湯を土間いちめんにおびただしくぶちまけ母者人に叱られた。惣助はそれでも盥の傍から離れず母者人の肩越しに太郎の顔を覗き、太郎、なに見た、太郎、なに見た、と言いつづけた。太郎はあくびをいくつもいくつもしてからタアナカムダアチイナエエというかたことを叫んだ。

惣助は夜、寝てからやっとこのかたことの意味をさとった。たみのかまどはにぎわいにけり。発見！　惣助は寝たままぴしゃっと膝頭を打とうとしたが、重い掛蒲団に邪魔され、臍のあたりを打って痛い思いをした。惣助は考える。庄屋のせがれは庄屋の親だわ。三歳にしてもうはや民のかまどに心をつかう。あら有難の光明や。この子は湯流山のいただきから神棚木村の朝の景色を見おろしたにちがいない。そのとき家々のかまどから立ちのぼる煙は、ほやほやとにぎわっていたとな。あら殊勝の超世の本願や。この子はなんと授かりものじゃ。御大切にしなければ。惣助はそっと起きあがり、腕をのばして隣りの床にひとりで寝ている太郎の掛蒲団をていねいに直してやった。それからもっと腕をのばしてそのまた隣りの床に寝ている母者人の掛蒲団を少しばかり乱暴に直してやった。母者人は寝相がわるかった。惣助は母者人の寝相を見ないようにして、わざと顔をきつくそむけながら呟いた。これは太郎の産みの親じゃ。御大切にしなければ。

太郎の予言は当った。そのとしの春には村のことごとくの林檎畑にすばらしく大きい薄紅の花が咲きそろい、十里はなれた御城下町にまで匂いを送った。秋にはもっとよいことが起った。林檎の果実が手毬くらいに大きく珊瑚くらいに赤く、桐の実みたいに鈴成りに成ったのである。こころみにそのひとつをちぎりとり歯にあてると、果実の肉がはち切れるほど水気を持っていることとて歯をあてたとたんにぽんと音高く割れ冷い水がほとばしり出て鼻から頬までびしょ濡れにしてしまうほどであった。あくるとしの元旦には、もっとめでたいことが起った。千羽の鶴が東の空から飛来し、村のひとたちが、あれよ、あれよと口々に騒ぎたてているまに、千羽の鶴は元旦の青空の中をゆったりと泳ぎまわりやがて西のかたに飛び去った。そのとしの秋にもまた稲の穂に穂がみのり林檎も前年に負けずに枝のたおたおするほどかたまって結実したのである。村はうるおいはじめた。惣助は予言者としての太郎の能力をしかと信じた。けれどもそれを村のひとたちに言いふらしてあるくことは控えていた。それは親馬鹿という嘲笑を得たくない心からであろうか。ひょっとすると何かもっと軽はずみな、ひともうけしようという下心からであったかも知れぬ。

幼いころの神童は、二三年してようやく邪道におちた。いつしか太郎は、村のひとたちからなまけものという名前をつけられていた。惣助もそう言われるのを仕方がないと思いはじめたのである。太郎は六歳になっても七歳になってもほかの子供たちのように野原や田圃や河原へ出て遊ぼうとはしなかった。夏ならば、部屋の窓べりに頬杖ついて外の景色を眺めていた。冬ならば、炉辺に坐って燃えあがる焚火の焔を眺めていた。なぞなぞが好きであった。或る冬の夜、太郎は炉辺に行儀わるく寝そべりながら、かたわらの惣助の顔を薄目つかって見あげ、ゆっくりした口調でなぞなぞを掛けた。水のなかにはいっても濡れないものはなんじゃろ。惣助は首を三度ほど振って考えて、判らぬの、と答えた。太郎はものうそうに眼をかるくとじてから教えた。影じゃがのう。惣助はいよいよ太郎をいまいましく思いはじめた。これは馬鹿ではないか。阿呆なのにちがいない。村のひとたちの言うように、やっぱしただのなまけものじゃったわ。

太郎が十歳になったとしの秋、村は大洪水に襲われた。村の北端をゆるゆると流れていた三間ほどの幅の神梛木川が、ひとつき続いた雨のために怒りだしたのである。水源の濁り水は大渦小渦を巻きながらそろそろふくれあがって六本の支流を合せてたちまち太り、身を躍らせて山を韋駄天ばしりに駈け下りみちみち何百本もの材木をかっさらい川岸の樫や樅や白楊の大木を根こそぎ抜き取り押し流し、麓の淵で澱んで澱んでそれから一挙に村の橋に突きあたって平気でそれをぶちこわし土手を破って大海のようにひろがり、家々の土台石を舐め豚を泳がせ刈りとったばかりの一万にあまる稲坊主を浮かせてだぶりだぶりと浪打った。それから五日目に雨がやんで、十日目にようやく水がひきはじめ、二十日目ころには神梛木川は三間ほどの幅で村の北端をゆるゆると流れていた。

村のひとたちは毎夜毎夜あちこちの家にひとかたまりずつになって相談し合った。相談の結論はいつも同じであった。おらは餓え死したくねえじゃや。その結論はいつも相談の出発点になった。村のひとたちは翌る夜また同じ相談をはじめなければいけなかった。そうしてまたまた餓え死したくねえという結論を得て散会した。翌る夜は更に相談をし合った。

そうして結論は同じであった。相談は果つるところなかったのである。村が乱れて義民があらわれた。十歳の太郎が或る日、両腕で頭をかかえこみ溜息をついている父親の惣助にむかって、意見を述べた。これは簡単に解決がつくと思う。お城へ行ってじきじき殿様へ救済をお願いすればいいのじゃ。おれが行く。惣助は、やあ、と突拍子もない歓声をあげた。それからすぐ、これはかるはずみなことをしたと気づいたらしく一旦ほどきかけた両手をまた頭のうしろに組み合せてしかめつらをして見せた。お前は子供だからそう簡単に考えるけれども、大人はそうは考えない。直訴はまかりまちがえば命とりじゃ。めっそうもないこと。やめろ。やめろ。その夜、太郎はふところ手してぶらっと外へ出て、そのますたすたと御城下町へ急いだ。誰も知らなかった。

直訴は成功した。太郎の運がよかったからである。命をとられなかったばかりかごほうびをさえ貰った。ときの殿様が法律をきれいに忘れていたからでもあろう。村はおかげで全滅をのがれ、あくる年からまたうるおいはじめたのである。

村のひとたちは、それでも二三年のあいだは太郎をほめていた。二三年がすぎると忘れてしまった。庄屋の阿呆様とは太郎の名前であった。太郎は毎日のように蔵の中にはいって惣助の蔵書を手当り次第に読んでいた。ときどき怪しからぬ絵本を見つけた。それでも平気な顔して読んでいった。

そのうちに仙術の本を見つけたのである。これを最も熱心に読みふけった。縦横十文字に読みふけった。蔵の中で一年ほども修行して、ようやく鼠と鷲と蛇になる法を覚えこんだ。鼠になって蔵の中をかけめぐり、ときどき立ちどまってちゅうちゅうと鳴いてみた。鷲になって、蔵の窓から翼をひろげて飛びあがり、心ゆくまで大空を逍遥した。蛇になって、蔵の床下にしのびいり蜘蛛の巣をさけながら、ひやひやした日蔭の草を腹のうろこで踏みわけ踏みわけして歩いてみた。ほどなく、かまきりになる法をも体得したけれど、これはただその姿になるだけのことであって、べつだん面白くもなんともなかった。

惣助はもはやわが子に絶望していた。それでも負け惜みしてこう母者人に告げたのである。な、余りできすぎたのじゃよ。太郎は十六歳で恋をした。相手は隣りの油屋の娘で、笛を吹くのが上手であった。太郎は蔵の中で鼠や蛇のすがたをしたままその笛の音を聞くことを好んだ。あわれ、あの娘に惚れられたいものじゃ。津軽いちばんのよい男になりたいものじゃ。太郎はおのれの仙術でもって、よい男になるように念じはじめた。十日目にその念願を成就することができたのである。

太郎は鏡の中をおそるおそる覗いてみて、おどろいた。色が抜けるように白く、頰はしもぶくれでもち肌であった。眼はあくまでも細く、口髭がたらりと生えていた。天平時代の仏像の顔であって、しかも股間の逸物まで古風にだらりとふやけていたのである。太郎は落胆した。仙術の本が古すぎたのであった。天平のころの本であったのである。このような有様では詮ないことじゃ。やり直そう。ふたたび法のよりをもどそうとしたのだが駄目であった。おのれひとりの慾望から好き勝手な法を行った場合には、よかれあしかれ身体にくっついてしまって、どうしようもなくなるものだ。太郎は三日も四日も空しい努力をして五日目にあきらめた。このような古風な顔では、どうせ女には好かれまいが、けれども世の中には物好きが居らぬものでもあるまい。仙術の法力を失った太郎は、しもぶくれの顔に口髭をたらりと生やしたままで蔵から出て来た。

あいた口のふさがらずにいる両親へ一ぶしじゅうの訳をあかし、ようやく納得させてその口を閉じさせた。このようなあさましい姿では所詮、村にも居られませぬ。旅に出ます。そう書き置きをしたためて、その夜、飄然と家を出た。満月が浮んでいた。満月の輪廓は少しにじんでいた。空模様のせいではなかった。太郎の眼のせいであった。ふらりふらり歩きながら太郎は美男というものの不思議を考えた。むかしむかしのよい男が、どうしていまでは間抜けているのだろう。そんな筈はないのじゃがのう。これはこれでよいのじゃないか。けれどもこのなぞなぞはむずかしく、隣村の森を通り抜けても御城下町へたどりついても、また津軽の国ざかいを過ぎてもなかなかに解決がつかないのであった。

ちなみに太郎の仙術の奥義(おうぎ)は、懐手(ふところで)して柱か塀によりかかりぼんやり立ったままで、面白くない、面白くない、面白くない、面白くない、面白くないという呪文を何十ぺん何百ぺんとなくくりかえしくりかえし低音でとなえ、ついに無我の境地にはいりこむことにあったという。

喧嘩次郎兵衛

むかし東海道三島の宿に、鹿間屋逸平という男がいた。曾祖父の代より酒の醸造をもって業としていた。酒はその醸造主のひとがらを映すものと言われている。鹿間屋の酒はあくまでも澄み、しかもなかなかに辛口であった。酒の名は、水車(みずぐるま)と呼ばれた。子供が十四人あった。男の子が六人。女の子が八人。長男は世事に鈍く、したがって逸平の指図どおりに商売を第一として生きていた。おのれの思想に自信がなく、それでもときどきは父親にむかって何か意見を言いだすことがあったけれども、言葉のなかばでもうはや丸っきり自信を失い、そうかとも思われますが、しかしこれとても間違いだらけであるとしか思われませんし、きっと間違っていると思いますが父上はどうお考えでしょうか、なんだか間違っているようでございます、とやはり言いにくそうにその意見を打ち消すのであった。

逸平は簡単に答える。間違っとるじゃ。

けれども次男の次郎兵衛となると少し様子がちがっていた。彼の気質の中には政治家の泣き言の意味でない本来の意味の是々非々の態度を示そうとする傾向があった。それがために彼は三島の宿のひとたちから、ならずもの、と呼ばれて不潔がられていた。次郎兵衛は商人根性というものをきらった。世の中はそろばんでない。価のないものこそ貴いのだ、と確信して毎日のように酒を呑んだ。酒を呑むにしても、不当の利益をむさぼっているのをこの眼でたしかにいままで見て来た彼の家の酒を口にすることは御免であった。もしあやまって呑みくだした場合にはすぐさま喉（のど）へ手をつっこみ無理にもそれを吐きだした。来る日も来る日も次郎兵衛は三島のまちをひとりして呑みあるいていたのであったが、父親の逸平は別段それをとがめだてしようとしなかった。頭の澄んだ男であったからである。あまたの子供のなかにひとりくらいの馬鹿がいたほうが、かえって生彩があってよいと思っていた。それに逸平は三島の火消しの頭（かしら）をつとめていたので、ゆくゆくは次郎兵衛にこの名誉職をゆずってやろうというたくらみもあり、次郎兵衛がこれからもますます馬のように暴れまわってくれたならそれだけ将来の火消し頭としての資格もそなわって来ることだという遠い見透しから、次郎兵衛の放埒も見て見ぬふりをしてやったわけであった。次郎兵衛は、二十二歳の夏にぜひとも喧嘩の上手になってやろうと決心したのであったが、それはこんな訳からであった。

三島大社では毎年、八月の十五日にお祭りがあり、宿場のひとたちは勿論、沼津の漁村や伊豆の山々から何万というひとがてんでに団扇を腰にはさみ大社さしてぞろぞろ集って来るのであった。三島大社のお祭りの日には、きっと雨が降るとむかしのむかしからきまっていた。三島のひとたちは派手好きであるから、その雨の中で団扇を使い、踊屋台がとおり山車がとおり花火があがるのを、びっしょり濡れて寒いのを堪えに堪えながら見物するのである。

次郎兵衛が二十二歳のときのお祭りの日は、珍らしく晴れていた。青空には鳶が一羽ぴょろぴょろ鳴きながら舞っていて、参詣のひとたちは大社様を拝んでからそのつぎに青空と鳶を拝んだ。ひる少しすぎたころ、だしぬけに黒雲が東北の空の隅からむくむくあらわれ二三度またたいているうちにもう三島は薄暗くなってしまい、水気をふくんだ重たい風が地を這いまわるとそれが合図とみえて大粒の水滴が天からぽたぽたこぼれ落ち、やがてこらえかねたかひと思いに大雨となった。次郎兵衛は大社の大鳥居のまえの居酒屋で酒を呑みながら、外の雨脚と小走りに走って通る様様の女の姿を眺めていた。そのうちにふと腰を浮かしかけたのである。知人を見つけたからであった。彼の家のおむかいに住まっている習字のお師匠の娘であった。赤い花模様の重たげな着物を着て五六歩はしってはまたあるき五六歩はしってはまたあるきしていた。次郎兵衛は居酒屋ののれんをぱっとはじいて外へ出て、傘をお持ちなさい、と言葉をかけた。着物が濡れると大変です。娘は立ちどまって細い頸をゆっくりねじ曲げ、次郎兵衛の姿を見るとやわらかいまっ白な頬をあからめた。お待ち。そう言い置いて次郎兵衛は居酒屋へ引返して亭主を大声で叱りつけながら番傘を一ぽん借りたのである。やいお師匠さんの娘。おまえの親爺にしろおふくろにしろ、またおまえにしろ、おれをならずものの呑んだくれのわるいわるい悪者と思っているにちがいない。ところがどうじゃ。おれはああ気の毒なと思ったならこうして傘でもなんでもめんどうしてやるほどの男なのだ。ざまを見ろ。ふたたびのれんをはじいて外へ出てみると、娘はいなくていっそうさかんな雨脚と、押し合いへし合いしながら走って通るひとの流れとだけであった。よう、よう、ようと居酒屋のなかから嘲弄の声が聞えた。

六七人のならずものの声なのである。番傘を右手にささげ持ちながら次郎兵衛は考える。ああああ。喧嘩の上手になりたいな。人間、こんな莫迦げた目にあったときには理窟もくそもないものだ。人に触れたら、人を斬る。馬に触れたら、馬を斬る。それがよいのだ。その日から三年のあいだ次郎兵衛はこっそり喧嘩の修行をした。

喧嘩は度胸である。次郎兵衛は度胸を酒でこしらえた。次郎兵衛の酒はいよいよ量がふえて、眼はだんだんと死魚の眼のように冷くかすみ、額には三本の油ぎった横皺が生じ、どうやらふてぶてしい面貌になってしまった。煙管を口元へ持って行くのにも、腕をうしろから大廻しに廻して持っていって、やがてすぱりと一服すうのである。度胸のすわった男に見えた。

つぎにはものの言いようである。奥のしれぬようなぼそぼそ声で言おうと思った。喧嘩のまえには何かしら気のきいた台詞を言わないといけないことになっているが、次郎兵衛はその台詞の選択に苦労をした。型でものを言っては実際の感じがこもらぬ。こういう型はずれの台詞をえらんだ。おまえ、間違ってはいませんか。冗談じゃないかしら。おまえのその鼻の先が紫いろに腫れあがるとおかしく見えますよ。なおすのに百日もかかる。なんだか間違っていると思います。これをいつでもすらすら言い出せるように、毎夜、寝てから三十ぺんずつひくく誦した。またこれを言っているあいだ口をまげたり、必要以上に眼をぎらぎらさせたりせずにほとんど微笑むようにしていたいものだと、その練習をも怠らなかった。

これで準備はできた。いよいよ喧嘩の修行であった。次郎兵衛は武器を持つことをきらった。武器の力で勝ったとてそれは男でない。素手の力で勝たないことには、おのれの心がすっきりしない。まずこぶしの作りかたから研究した。親指をこぶしの外へ出して置くと親指をくじかれるおそれがある。次郎兵衛はいろいろと研究したあげく、こぶしの中に親指をかくしてほかの四本の指の第一関節の背をきっちりすきまなく並べてみた。ひどく頑丈そうなこぶしができあがった。このきっちり並んだ第一関節の背で自分の膝頭をとんとついてみると、こぶしは少しも痛くなくてそのかわりに膝頭のほうがあっと飛びあがるほど痛かった。これは発見であった。次郎兵衛はつぎにその第一関節の背の皮を厚く固くすることを計画した。朝、眼をさますとすぐに彼の新案のこぶしでもって枕元の煙草盆をひとつ殴った。まちを歩きながら、みちみちの土塀や板塀を殴った。居酒屋の卓を殴った。家の炉縁を殴った。この修行に一年を費やした。煙草盆がばらばらにこわれ土塀や板塀に無数の大小の穴があき、居酒屋の卓に罅ができ、家の炉縁がハイカラなくらいでこぼここになったころ、次郎兵衛はやっとおのれのこぶしの固さに自信を得た。この修行のあいだに次郎兵衛は殴りかたにもこつのあることを発見した。すなわち腕を、横から大廻しに廻して殴るよりは腋下からピストンのようにまっすぐに突きだして殴ったほうが約三倍の効果があるということであった。まっすぐに突きだす途中で腕を内側に半廻転ほどひねったなら更に四倍くらいの効力があるということをも知った。腕が螺旋のように相手の肉体へきりきり食いいるというわけであった。

つぎの一年は家の裏手にあたる国分寺跡の松林の中で修行をした。人の形をした五尺四五寸の高さの枯れた根株を殴るのであった。次郎兵衛はおのれのからだをすみからすみまで殴ってみて、眉間と水落ちが一番いたいという事実を知らされた。尚、むかしから言い伝えられている男の急所をも一応は考えてみたけれども、これはやはり下品な気がして、傲邁な男の覘うところではないと思った。むこうずねもまた相当に痛いことを知ったが、これは足で蹴るのに都合のよいところであって、次郎兵衛は喧嘩に足を使うことは卑怯でもありうしろめたくもあると思い、もっぱら眉間と水落ちを覘うことにきめたのである。枯れた根株の、眉間と水落ちに相当する高さの個処へ小刀で三角の印をつけ、毎日毎日、ぽかりぽかりと殴りつけた。おまえ、間違ってはいませんか。冗談じゃないかしら。

おまえのその鼻の先が紫いろに腫れあがるとおかしく見えますよ。なおすのに百日もかかる。なんだか間違っていると思います。とたんにぽかりと眉間を殴る。左手は水落ちを。

一年の修行ののち、枯木の三角の印は椀くらいの深さに丸くくぼんだ。次郎兵衛は考えた。いまは百発百中である。けれどもまだまだ安心はできない。相手はこの根株のようにいつもだまって立ちつくしてはいない。動いているのだ。次郎兵衛は三島のまちのほとんどどこの曲りかどにでもある水車へ眼をつけた。富士の麓（ふもと）の雪が溶けて数十条の水量のたっぷりな澄んだ小川となり、三島の家々の土台下や縁先や庭の中をとおって流れていて苔（こけ）の生えた水車がそのたくさんの小川の要処要処でゆっくりゆっくり廻っていた。次郎兵衛は夜、酒を呑んでのかえりみち必ずひとつの水車を征伐した。廻りめぐっている水車の十六枚の板の舌を、順々にぽかりぽかりと殴るのである。はじめは見当がむずかしくてなかなかうまく行かなかったのであるが、しだいに三島のまちで破れた舌をだらりとさげたまま休んでいる水車を見かけることが多くなった。

次郎兵衛はしばしば小川で水を浴びた。底ふかくもぐってじっとしていることもあった。喧嘩さいちゅうに誤って足をすべらし小川へ転落した場合のことを考慮したのであった。小川がまちじゅうを流れているのだから、あるいはそんな場合もあるであろう。さらし木綿の腹帯を更にぎゅっと強く巻きしめた。酒を多く腹へいれさせまいという用心からであった。酔いどれたならば足がふらつき思わぬ不覚をとることもあろう。三年経った。大社のお祭りが三度来て、三度すぎた。修行がおわった。次郎兵衛の風貌はいよいよどっしりとして鈍重になった。首を左か右へねじむけてしまうのにさえ一分間かかった。

肉親は血のつながりのおかげで敏感である。父親の逸平は、次郎兵衛の修行を見抜いた。何を修行したかは知らなかったけれど、何かしら大物になったらしいということにだけは感づいた。逸平はまえからのたくらみを実行した。次郎兵衛に火消し頭の名誉職を受けつがせたのである。次郎兵衛はそのなんだか訳のわからぬ重々しげなものごしによって多くの火消したちの信頼を得た。かしら、かしら、かしらとうやまわれるばかりで喧嘩の機会はとんとなかった。ひょっとしたらもうこれは生涯、喧嘩をせずにこのまま死んで行くのかも知れないと若いかしらは味気ない思いをしていた。ねりにねりあげた両腕は夜ごとにむずかゆくなり、わびしい気持ちでぼりぼりひっ掻いた。力のやり場に困って身もだえの果、とうとうやけくそな悪戯心を起し背中いっぱいに刺青をした。直径五寸ほどの真紅の薔薇の花を、鯖に似た細長い五匹の魚が尖ったくちばしで四方からつついている模様であった。背中から胸にかけて青い小波がいちめんにうごいていた。この刺青のために次郎兵衛はいよいよ東海道にかくれなき男となり、火消したちは勿論、宿場のならずものにさえうやまわれ、もうは喧嘩の望みは絶えてしまった。次郎兵衛は、これはやりきれないと思った。

けれども機会は思いがけなくやって来た。そのころ三島の宿に、鹿間屋と肩を並べてともにともに酒つくりを競っていた陣州屋丈六という金持ちがいた。ここの酒はいくぶん舌ったるく、色あいが濃厚であった。丈六もまた酒によく似て、四人の妾を持っているのにそれでも不足で五人目の妾を持とうとして様様の工夫をしていた。鷹の白羽の矢が次郎兵衛の家の屋根を素通りしてそのおむかいの習字のお師匠の詫住いしている家の屋根のぺんぺん草をかきわけてぐさとつきささったのである。お師匠はかるがるとは返事をしなかった。二度、切腹をしかけては家人に見つけられて失敗したほどであった。次郎兵衛はその噂を聞いて腕の鳴るのを覚えた。機会を狙ったのである。

三月目に機会がやって来た。十二月のはじめ、三島に珍らしい大雪が降った。日の暮れかたからちらちらしはじめ間もなくおおきい牡丹雪にかわり三寸くらい積ったころ、宿場の六個の半鐘が一時に鳴った。火事である。次郎兵衛はゆったりゆったり家を出た。陣州屋の隣りの畳屋が気の毒にも燃えあがっていた。数千の火の玉小僧が列をなして畳屋の屋根のうえで舞い狂い、火の粉が松の花粉のように噴出してはひろがりひろがっては四方の空に遠く飛散した。ときたま黒煙が海坊主のようにのっそりあらわれ屋根全体をおおいかくした。降りしきる牡丹雪は焔(ほのお)にいろどられ、いっそう重たげにもったいなげに見えた。火消したちは、陣州屋と議論をはじめていた。陣州屋は自分の家へ水をいれるのはまっぴらであると言い張り、はやく隣りの畳屋の棟をたたき落して火をしずめたらよいと命令した。火消したちはそれは火消しの法にそむくと言って反駁(はんばく)したのである。そこへ次郎兵衛があらわれた。陣州屋さん。次郎兵衛はできるだけ低い声で、しかもほとんど微笑むようにして言いだした。陣州屋さん。おまえ、間違ってはいませんか。冗談じゃないかしら。陣州屋はだしぬけに言葉をはさんだ。これは鹿間屋の若旦那、へっへ、冗談です、まったくの酔興(すいきょう)です、ささ、ぞんぶんに水をおいれ下さい。喧嘩にはならなかった。次郎兵衛は仕方なく火事を眺めた。喧嘩にはならなかったけれどこのことで次郎兵衛はまたまた男をあげてしまった。火事のあかりにてらされながら陣州屋をたしなめていたときの次郎兵衛のまっかな両頰には十片(ひら)あまりの牡丹雪が消えもせずにへばりついていてその有様は神様のように恐ろしかったというのは、その後ながいあいだの火消したちの語り草であった。

その翌(あく)る年の二月のよい日に、次郎兵衛は宿場のはずれに新居をかまえた。六畳と四畳半と三畳と三間あるほかに八畳の裏二階がありそこから富士がまっすぐに眺められた。三月の更によい日に習字のお師匠の娘が花嫁としてこの新居にむかえられた。その夜、火消したちは次郎兵衛の新居にぎっしりつまって祝い酒を呑み、ひとりずつ順々に隠し芸をして夜を更しいよいよ翌朝になってやっとおしまいのひとりが二枚の皿の手品をやって皆の泥酔と熟睡の眼をごまかし或る一隅からのぱちぱちという喝采でもって報いられ、祝賀の宴はおわった。

次郎兵衛は、これはまたこれで結構なことにちがいないのだろう、となま悟りしてきょとんとした一日一日を送っていた。父親の逸平もまた、これで一段落、と呟いてはぽんと煙管を吐月峯にはたいていた。けれども逸平の澄んだ頭脳でもってしてさえ思い及ばなかった悲しいことがらが起った。結婚してかれこれ二月目の晩に、次郎兵衛は花嫁の酌で酒を呑みながら、おれは喧嘩が強いのだよ、喧嘩をするにはの、こうして右手で眉間を殴りさ、こうして左手で水落ちを殴るのだよ。ほんのじゃれてやってみせたことであったが、花嫁はころりところんで死んだ。やはり打ちどころがよかったのであろう。次郎兵衛は重い罪にとわれ、牢屋へいれられた。ものの上手のすぎた罰である。次郎兵衛は牢屋へはいってからもそのどこやら落ちつきはらった様子のために役人から馬鹿にはされなかったし、また同室の罪人たちからは牢名主としてあがめられた。ほかの罪人たちよりは一段と高いところに坐らされながら、次郎兵衛は彼の自作の都々逸(どどいつ)とも念仏ともつかぬ歌を、あわれなふしで口ずさんでいた。

岩に囁(ささや)く
頬をあからめつつ
おれは強いのだよ
岩は答えなかった

嘘の三郎

むかし江戸深川に原宮黄村という男やもめの学者がいた。支那の宗教にくわしかった。一子があり、三郎と呼ばれた。ひとり息子なのに三郎と名づけるとは流石(さすが)に学者らしくひねったものだと近所の取沙汰であった。どうしてそれが学者らしいひねりかたであるかは誰にも判らなかった。そこが学者であるということになっていた。近所での黄村の評判はあまりよくなかった。極端に吝嗇(りんしょく)であるとされていた。ごはんをたべてから必ずそれをきっちり半分もどして、それでもって糊(のり)をこしらえるという噂さえあった。

三郎の嘘の花はこの黄村の吝嗇から芽生えた。八歳になるまでは一銭の小使いも与えられず、支那の君子人の言葉を暗誦することだけを強いられた。三郎はその支那の君子人の言葉を水洟すすりあげながら呟き呟き、部屋部屋の柱や壁の釘をぷすぷすと抜いて歩いた。釘が十本たまれば、近くの屑屋へ持って行って一銭か二銭で売却した。花林糖を買うのである。あとになって父の蔵書がさらに十倍くらいのよい値で売れることを屑屋から教わり、一冊二冊と持ち出し、六冊目に父に発見された。父は涙をふるってこの盗癖のある子を折檻した。こぶしでつづけさまに三つほど三郎の頭を殴り、それから言った。これ以上の折檻は、お前のためにもわしのためにもいたずらに空腹を覚えさせるだけのことだ。それゆえ折檻はこれだけにしてやめる。そこへ坐れ。三郎は泣く泣く悔悟をちかわされた。三郎にとって、これが嘘のしはじめであった。

そのとしの夏、三郎は隣家の愛犬を殺した。愛犬は狆であった。夜、狆はけたたましく吠えたてた。ながい遠吠えやら、きゃんきゃんというせわしない悲鳴やら、苦痛に堪えかねたような大げさな唸り声やら、様様の鳴き声をまぜて騒ぎたてた。一時間くらい鳴きつづけたころ、父の黄村は、傍に寝ている三郎へ声をかけた。見て来い。三郎は先刻より頭をもたげ眼をぱちぱちさせながら聞き耳をたてていたのであった。起きあがって雨戸を繰りあけ、見ると隣りの家の竹垣にむすびつけられている狆が、からだを土にこすりつけて身悶えしていた。三郎は、騒ぐな、と言って叱った。狆は三郎の姿をみとめて、これ見よがしに土にまろび竹垣を噛み、ひとしきり狂乱の姿をよそおい、きゃんきゃんと一そう高く鳴き叫んだ。三郎は狆の甘ったれた精神にむかむか憎悪を覚えたのである。騒ぐな、騒ぐな、と息をつめたような声で言ってから、庭へ飛び降り小石を拾い、はっしとぶっつけた。狆の頭部に命中した。きゃんと一声するどく鳴いてから狆の白い小さいからだがくるくると独楽のように廻って、ぱたとたおれた。死んだのである。雨戸をしめて寝床へはいってから、父は眠たげな声でたずねた。どうしたのじゃ。三郎は蒲団を頭からかぶったままで答えた。鳴きやみました。病気らしゅうございます。あしたあたり死ぬかも知れません。

そのとしの秋、三郎はひとを殺した。言問橋から遊び仲間を隅田川へ突き落したのである。直接の理由はなかった。ピストルを自分の耳にぶっ放したい発作とよく似た発作におそわれたのであった。突きおとされた豆腐屋の末っ子は落下しながら細長い両脚で家鴨のように三度ゆるく空気を掻くようにうごかして、ぼしゃっと水面へ落ちた。波紋が流れにしたがって一間ほど川下のほうへ移動してから波紋のまんなかに片手がひょいと出た。こぶしをきつく握っていた。すぐひっこんだ。波紋は崩れながら流れた。三郎はそれを見とどけてしまってから、大声をたてて泣き叫んだ。人々は集り、三郎の泣き泣き指す箇処を見て事のなりゆきをさとった。よく知らせてくれた。お前の朋輩が落ちたのか。泣くでない、すぐ助けてやる。よく知らせてくれた。ひとりの合点の早い男がそう言って三郎の肩を軽くたたいた。そのうちに人々の中の泳ぎに自信のある男が三人、競争して大川へ飛び込み、おのおの自分の泳ぎの型を誇りながら豆腐屋の末っ子を捜しはじめた。三人ともあまり自分の泳ぎの姿を気にしすぎて、そのために子供を捜しあるくのがおろそかになり、ようやく捜しあてたものは全くの死骸であった。

三郎はなんともなかった。豆腐屋の葬儀には彼も父の黄村とともに参列した。十歳十一歳となるにつれて、この誰にも知られぬ犯罪の思い出が三郎を苦しめはじめた。こういう犯罪が三郎の嘘の花をいよいよ美事にひらかせた。ひとに嘘をつき、おのれに嘘をつき、ひたすら自分の犯罪をこの世の中から消し、またおのれの心から消そうと努め、長ずるに及んでいよいよ嘘のかたまりになった。

二十歳の三郎は神妙な内気な青年になっていた。お盆の来るごとに亡き母の思い出を溜息つきながらひとに語り、近所近辺の同情を集めた。三郎は母を知らなかった。彼が生れ落ちるとすぐ母はそれと交代に死んだのである。いまだかつて母を思ってみたことさえなかったのである。いよいよ嘘が上手になった。黄村のところへ教えを受けに来ている二三の書生たちに手紙の代筆をしてやった。親元へ送金を願う手紙を最も得意としていた。例えばこんな工合いであった。謹啓、よもの景色云々と書きだして、御尊父様には御変りもこれなく候や、と虚心にお伺い申しあげ、それからすぐ用事を書くのであった。はじめお世辞たらたら書き認めて、さて、金を送って下されと言いだすのは下手なのであった。はじめのたらたらのお世辞がその最後の用事の一言でもって瓦解し、いかにもさもしく汚く見えるものである。それゆえ、勇気を出して少しも早くひと思いに用事にとりかかるのであった。なるべく簡明なほうがよい。このたびわが塾に於いて詩経の講義がはじまるのであるが、この教科書は坊間の書肆より求むれば二十二円である。けれども黄村先生は書生たちの経済力を考慮し直接に支那へ注文して下さることと相成った。実費十五円八十銭である。この機を逃がすならば少しの損をするゆえ早速に申し込もうと思う。大急ぎで十五円八十銭を送っていただきたいというような案配であった。そのつぎにおのれの近況のそれも些々たる茶飯事を告げる。昨日わが窓より外を眺めていたら、たくさんの烏が一羽の鳶とたたかい、まことに勇壮であったとか、一昨日、墨堤を散歩し奇妙な草花を見つけた、花弁は朝顔に似て小さく豌豆に似て大きくいろ赤きに似て白く珍らしきものゆえ、根ごと抜きとり持ちかえってわが部屋の鉢に移し植えた、とかいうようなことを送金の請求もなにも忘れてしまったかのようにのんびりと書き認めるのであった。尊父はこの便りに接して、わが子の平静な心境を思いおのれのあくせくした心を恥じ、微笑んで送金をするのである。三郎の手紙は事実そのようにうまくいった。書生たちは、われもわれもと三郎に手紙の代筆、もしくは口述をたのんだのである。金が来ると書生たちは三郎を誘って遊びに出かけ、一文もあますところなく使った。黄村の塾はそろそろと繁栄しはじめた。噂を聞いた江戸の書生たちは、若先生から手紙の書きかたをこっそり教わりたい心から黄村に教えを求めたのである。

三郎は思案した。こんなに日に幾十人ものひとに手紙の代筆をしてやったり口述をしてやったりしていたのではとても煩に堪えぬ。いっそ上梓しようか。どうしたなら親元からたくさんの金を送ってもらえるか、これを一冊の書物にして出版しようと考えたのである。けれどもこの出版に当ってはひとつのさしさわりがあることに気づいた。その書物を親元が購い熟読したなら、どういうことになるであろう。なにやら罪ふかい結果が予想できるのであった。三郎はこの書物の出版をやめなければならなかった。書生たちの必死の反対があったからでもあった。それでも三郎は著述の決意だけはまげなかった。そのころ江戸で流行の洒落本を出版することにした。ほほ、うやまってもおす、というような書きだしで能うかぎりの悪ふざけとごまかしを書くことであって、三郎の性格に全くぴたりと合っていたのである。彼が二十二歳のとき酔い泥屋滅茶滅茶先生という筆名で出版した二三の洒落本は思いのほかに売れた。或る日、三郎は父の蔵書のなかに彼の洒落本中の傑作「人間万事嘘は誠」一巻がまじっているのを見て、何気なさそうに黄村に尋ねた。滅茶滅茶先生の本はよい本ですか。黄村はにがり切って答えた。よくない。三郎は笑いながら教えた。あれは私の匿名ですよ。黄村は狼狽を見せまいとして高いせきばらいを二つ三つして、それからあたりをはばかるような低い声で問うた。なんぼもうかったかの。

傑作「人間万事嘘は誠」のあらましの内容は、嫌厭先生という年わかい世のすねものが面白おかしく世の中を渡ったことの次第を叙したものであって、たとえば嫌厭先生が花柳の巷に遊ぶにしても或いは役者といつわり或いはお大尽を気取り或いはお忍びの高貴のひとのふりをする。そのいかさまごとがあまりにも工夫に富みほとんど真に近く芸者末社もそれを疑わず、はては彼自身も疑わず、それは決して夢ではなく現在たしかに、一夜にして百万長者になりまた一朝めざむれば世にかくれなき名優となり面白おかしくその生涯を終るのである。死んだとたんにむかしの無一文の嫌厭先生にかえるというようなことが書かれていた。これは謂わば三郎の私小説であった。二十二歳をむかえたときの三郎の嘘はすでに神に通じ、おのれがこういつわるときにはすべて真実の黄金に化していた。黄村のまえではあくまで内気な孝行者に、塾に通う書生のまえでは恐ろしい訳知りに、花柳の巷では即ち団十郎、なにがしのお殿様、なんとか組の親分、そうしてその辺に些少の不自然も嘘もなかった。

そのあくるとしに父の黄村が死んだ。黄村の遺書にはこういう意味のことがらが書かれていた。わしは嘘つきだ。偽善者だ。支那の宗教から心が離れれば離れるほど、それに心服した。それでも生きて居れたのは、母親のないわが子への愛のためであろう。わしは失敗したが、この子を成功させたかったが、この子も失敗しそうである。わしはこの子にわしが六十年間かかってためた粒々の小銭、五百文を全部のこらず与えるものである。三郎はその遺書を読んでしまってから顔を蒼くして薄笑いを浮べ、二つに引き裂いた。それをまた四つに引き裂いた。さらに八つに引き裂いた。空腹を防ぐために子への折檻をひかえた黄村、子の名声よりも印税が気がかりでならぬ黄村、近所からは土台下に黄金の一ぱいつまった甕をかくしていると囁かれた黄村が、五百文の遺産をのこして大往生をした。嘘の末路だ。三郎は嘘の最後っ屁の我慢できぬ悪臭をかいだような気がした。

三郎は父の葬儀を近くの日蓮宗のお寺でいとなんだ。ちょっと聞くと野蛮なリズムのように感ぜられる和尚のめった打ちに打ち鳴らす太鼓の音も、耳傾けてしばらく聞いていると、そのリズムの中にどうしようもない憤怒と焦慮とそれを茶化そうというやけくそなお道化とを聞きとることができたのである。紋服を着て珠数を持ち十人あまりの塾生のまんなかに背を丸くして坐って、三尺ほど前方の畳のへりを見つめながら三郎は考える。嘘は犯罪から発散する音無しの屁だ。自分の嘘も、幼いころの人殺しから出発した。父の嘘も、おのれの信じきれない宗教をひとに信じさせた大犯罪から絞り出された。重苦しくてならぬ現実を少しでも涼しくしようとして嘘をつくのだけれども、嘘は酒とおなじようにだんだんと適量がふえて来る。次第次第に濃い嘘を吐いていって、切磋琢磨され、ようやく真実の光を放つ。これは私ひとりの場合に限ったことではないようだ。人間万事嘘は誠。ふとその言葉がいまはじめて皮膚にべっとりくっついて思い出され、苦笑した。ああ、これは滑稽の頂点である。黄村の骨をていねいに埋めてやってから三郎はひとつ今日より嘘のない生活をしてやろうと思いたった。みんな秘密な犯罪を持っているのだ。びくつくことはない。ひけめを感ずることはない。

嘘のない生活。その言葉からしてすでに嘘であった。美きものを美しと言い、悪しきものを悪しという。それも嘘であった。だいいち美きものを美しと言いだす心に嘘があろう。あれも汚い、これも汚い、と三郎は毎夜ねむられぬ苦しみをした。三郎はやがてひとつの態度を見つけた。無意志無感動の痴呆の態度であった。風のように生きることである。三郎は日常の行動をすべて暦にまかせた。暦のうらないにまかせた。たのしみは、夜夜、夢を見ることであった。青草の景色もあれば、胸のときめく娘もいた。

或る朝、三郎はひとりで朝食をとっていながらふと首を振って考え、それからぱちっと箸をお膳のうえに置いた。立ちあがって部屋をぐるぐる三度ほどめぐり歩き、それから懐手して外へ出た。無意志無感動の態度がうたがわしくなったのである。これこそ嘘の地獄の奥山だ。意識して努めた痴呆がなんで嘘でないことがあろう。つとめればつとめるほど私は嘘の上塗りをして行く。勝手にしやがれ。無意識の世界。三郎は朝っぱらから居酒屋へ出かけたのである。

縄のれんをはじいて中へはいると、この早朝に、もうはや二人の先客があった。驚くべし、仙術太郎と喧嘩次郎兵衛の二人であった。太郎は卓の東南の隅にいて、そのしもぶくれのもち肌の頬を酔いでうす赤く染め、たらりと下った口髭をひねりひねり酒を呑んでいた。次郎兵衛はそれと相対して西北の隅に陣どり、むくんだ大きい顔に油をぎらぎら浮かせ、杯を持った左手をうしろから大廻しにゆっくり廻して口もとへ持っていって一口のんではいる杯を目の高さにささげたまましばらくぼんやりしているのである。三郎は二人のまんなかに腰をおろして酒を呑みはじめた。三人はもとより旧知の間柄ではない。太郎は細い眼を半分とじながら、次郎兵衛は一分間ほどかかってゆったりと首をねじむけながら、三郎はきょろきょろ落ちつかぬ狐の眼つきを使いながら、それぞれほかの二人の有様を盗み見していたわけである。酔いがだんだん発して来るにつれて三人は少しずつ相寄った。三人のこらえにこらえた酔いが一時に爆発したとき三郎がまず口を切った。こうして一緒に朝から酒を呑むのも何かの縁だと思います。ことにも江戸は半丁あるくと他郷だと言われるほどの籠みあったところなのに、こうしてせまい居酒屋に同日同時刻に落ち合せたというのは不思議なくらいです。太郎は大きいあくびをしてから、のろのろ答えた。おれは酒が好きだから呑むのだよ。そんなに人の顔を見るなよ。そう言って手拭いで頬被りした。次郎兵衛は卓をとんとたたいて卓のうえにさしわたし三寸くらい深さ一寸くらいのくぼみをこしらえてから答えた。そうだ。縁と言えば縁じゃ。おれはいま牢屋から出て来たばかりだよ。三郎は尋ねた。どうして牢屋へはいったのです。それは、こうじゃ。次郎兵衛は奥のしれぬようなぼそぼそ声でおのれの半生を語りだした。語り終えてから涙を一滴、杯の酒のなかに落してぐっと呑みほした。三郎はそれを聞いてしばらく考えごとをしてから、なんだか兄者人のような気がすると前置きをして、それから自身の半生を嘘にならないように嘘にならないように気にしいしい一節ずつ口切って語りだしたのである。それをしばらく聞いているうちに次郎兵衛は、おれにはどうも判らんじゃ、と言ってうとうと居眠りをはじめた。けれども太郎は、それまでは退屈そうにあくびばかりしていたのを、やがて細い眼をはっきりひらいて聞き耳をたてはじめたのである。話が終ったとき、太郎は頬被りをたいぎそうにとって、三郎さんとか言ったが、あなたの気持ちはよく判る。おれは太郎と言って津軽のもんです。二年まえからこうして江戸へ出てぶらぶらしています。聞いて下さるか、とやはり眠たそうな口調で自分のいままでの経歴をこまごまと語って聞せた。だしぬけに三郎は叫んだ。判ります、判ります。次郎兵衛はその叫び声のために眼をさましてしまった。濁った眼をぼんやりあけて、何事ですか、と三郎に尋ねた。三郎はおのれの有頂天に気づいて恥かしく思った。有頂天こそ嘘の結晶だ、ひかえようと無理につとめたけれど、酔いがそうさせなかった。三郎のなまなかの抑制心がかえって彼自身にはねかえって来て、もうはややけくそになり、どうにでもなれと口から出まかせの大嘘を吐いた。私たちは芸術家だ。そういう嘘を言ってしまってから、いよいよ嘘に熱が加って来たのであった。私たち三人は兄弟だ。きょうここで逢ったからには、死ぬるとも離れるでない。いまにきっと私たちの天下が来るのだ。私は芸術家だ。仙術太郎氏の半生と喧嘩次郎兵衛氏の半生とそれから僭越(せんえつ)ながら私の半生と三つの生きかたの模範を世人に書いて送ってやろう。かまうものか。嘘の三郎の嘘の火焔(かえん)はこのへんからその極点に達した。私たちは芸術家だ。王侯といえども恐れない。金銭もまたわれらに於いて木葉の如く軽い。

どうにかなる。どうにかなろうと一日一日を迎えてそのまま送っていって暮しているのであるが、それでも、なんとしても、どうにもならなくなってしまう場合がある。そんな場合になってしまうと、私は糸の切れた紙凧のようにふわふわ生家へ吹きもどされる。普段着のまま帽子もかぶらず東京から二百里はなれた生家の玄関へ懐手して静かにはいるのである。両親の居間の襖をするするあけて、敷居のうえに佇立すると、虫眼鏡で新聞の政治面を低く音読している父も、そのかたわらで裁縫をしている母も、顔つきを変えて立ちあがる。ときに依っては、母はひいという絹布を引き裂くような叫びをあげる。しばらく私のすがたを見つめているうちに、私には面皰もあり、足もあり、幽霊でないということが判って、父は憤怒の鬼と化し、母は泣き伏す。もとより私は、東京を離れた瞬間から、死んだふりをしているのである。どのような悪罵を父から受けても、どのような哀訴を母から受けても、私はただ不可解な微笑でもって応ずるだけなのである。針の筵に坐った思いとよく人は言うけれども、私は雲霧の筵に坐った思いで、ただぼんやりしているのである。

ことしの夏も、同じことであった。私には三百円、かけねなしには二百七十五円、それだけが必要であったのである。私は貧乏が嫌いなのである。生きている限りは、ひとに御馳走をし、伊達（だて）な着物を着ていたいのである。生家には五十円と現金がない。それも知っている。けれども私は生家の土蔵の奥隅になお二三十個のたからもののあることをも知っている。私はそれを盗むのである。私は既に三度、盗みを繰り返し、ことしの夏で四度目である。

ここまでの文章には私はゆるがぬ自負を持つ。困ったのは、ここからの私の姿勢である。

私はこの玩具という題目の小説に於いて、姿勢の完璧（かんぺき）を示そうか、情念の模範を示そうか。けれども私は抽象的なものの言いかたを能（あた）う限り、ぎりぎりにつつしまなければいけない。なんとも、果しがつかないからである。一こと理窟を言いだしたら最後、あとからあとから、まだまだと前言を追いかけていって、とうとう千万言の註釈。そうして跡にのこるものは、頭痛と発熱と、ああ莫迦（ばか）なことを言ったという自責。つづいて糞甕（くそがめ）に落ちて溺死したいという発作。

私を信じなさい。

私はいまこんな小説を書こうと思っているのである。私というひとりの男がいて、それが或るなんでもない方法によって、おのれの三歳二歳一歳のときの記憶を蘇らす。私はその男の三歳二歳一歳の思い出を叙述するのであるが、これは必ずしも怪奇小説でない。赤児の難解に多少の興を覚え、こいつをひとつと思って原稿用紙をひろげただけのことである。それゆえこの小説の臓腑といえば、あるひとりの男の三歳二歳一歳の思い出なのである。その余のことは書かずともよい。思い出せば私が三つのとき、というような書きだしから、だらだらと思い出話を書き綴っていって、二歳一歳、しまいにはおのれの誕生のときの思い出を叙述し、それからおもむろに筆を擱いたら、それでよいのである。けれどもここに、姿勢の完璧を示そうか、情念の模範を示そうか、という問題がすでに起っている。姿勢の完璧というのは、手管のことである。相手をすかしたり、なだめたり、もちろんちょいちょい威したりしながら話をすすめ、ああよい頃おいだなと見てとったなら、何かしら意味ふかげな一言とともにふっとおのが姿を掻き消す。いや、全く掻き消してしまうわけではない。素早く障子のかげに身をひそめてみるだけなのである。やがて障子のかげから無邪気な笑顔を現わしたときには、相手のからだは意のままになる状態に在るであろう。手管というのは、たとえばこんな工合いの術のことであって、ひとりの作家の真摯な精進の対象である。私もまた、そのような手管はいやでなく、この赤児の思い出話にひとつ巧みな手管を用いようと企てたのである。

ここらで私は、私の態度をはっきりきめてしまう必要がある。私の嘘がそろそろ崩れかけて来たのを感じるからである。私は姿勢の完璧からだんだん離れていっているように見せつけながら、いつまたそれに返っていっても怪我（けが）のないように用心に用心を重ねながら筆を運んで来たのである。書きだしの数行をそのまま消さずに置いたところからみても、すぐにそれと察しがつく筈（はず）である。しかもその数行を、ゆるがぬ自負を持つなどという金色の鎖でもって読者の胸にむすびつけて置いたことは、これこそなかなかの手管でもあろう。事実、私は返るつもりでいた。はじめに少し書きかけて置いたあのようなひとりの男が、どうしておのれの三歳二歳一歳のときの記憶を取り戻そうと思いたったか、どうして記憶を取り戻し得たか、なお、その記憶を取り戻したばかりに男はどんな目に逢ったか、私はそれらをすべて用意していた。それらを赤児の思い出話のあとさきに附け加えて、そうして姿勢の完璧と、情念の模範と、二つながら兼ね具えた物語を創作するつもりでいた。

もはや私を警戒する必要はあるまい。

私は書きたくないのである。

書こうか。私の赤児のときの思い出だけでもよいのなら、一日にたった五六行ずつ書いていってもよいのなら、君だけでも丁寧に丁寧に読んで呉れるというのなら。よし。いつ成るとも判らぬこのやくざな仕事の首途を祝い、君とふたりでつつましく乾杯しよう。仕事はそれからである。

私は生れてはじめて地べたに立ったときのことを思い出す。雨あがりの青空。雨あがりの黒土。梅の花。あれは、きっと裏庭である。女のやわらかい両手が私のからだをそこまで運びだし、そうして、そっと私を地べたに立たせた。私は全く平気で、二歩、か三歩、あるいた。だしぬけに私の視覚が地べたの無限の前方へのひろがりを感じ捕り、私の両足の裏の触覚が地べたの無限の深さを感じ捕り、さっと全身が凍りついて、尻餅ついた。私は火がついたように泣き喚いた。我慢できぬ空腹感。

これらはすべて嘘である。私はただ、雨後の青空にかかっていたひとすじのほのかな虹を覚えているだけである。

もの名前というものは、それがふさわしい名前であるなら、よし聞かずとも、ひとりでに判って来るものだ。私は、私の皮膚から聞いた。ぼんやり物象を見つめていると、その物象の言葉が私の肌をくすぐる。たとえば、アザミ。わるい名前は、なんの反応もない。いくど聞いても、どうしても呑みこめなかった名前もある。たとえば、ヒト。

私が二つのときの冬に、いちど狂った。小豆粒くらいの大きさの花火が、両耳の奥底でぱちぱち爆ぜているような気がして、思わず左右の耳を両手で覆った。それきり耳が聞えずなった。遠くを流れている水の音だけがときどき聞えた。涙が出て出て、やがて眼玉がちかちか痛み、次第にあたりの色が変っていった。私は、眼に色ガラスのようなものでもかかったのかと思い、それをとりはずそうとして、なんどもなんども目蓋をつまんだ。私は誰かのふところの中にいて、囲炉裏の焔を眺めていた。焔は、みるみるまっくろになり、海の底で昆布の林がうごいているような奇態なものに見えた。緑の焔はリボンのようで、黄色い焔は宮殿のようであった。けれども、私はおしまいに牛乳のような純白な焔を見たとき、ほとんど我を忘却した。「おや、この子はまたおしっこ。おしっこをたれるたんびに、この子はわなわなふるえる。」誰かがそう呟いたのを覚えている。私は、こそばゆくなり胸がふくれた。それはきっと帝王のよろこびを感じたのだ。「僕はたしかだ。誰も知らない。」軽蔑ではなかった。

同じようなことが、二度あった。私はときたま玩具と言葉を交した。木枯しがつよく吹いている夜更けであった。私は、枕元のだるまに尋ねた。「だるま、寒くないか。」だるまは答えた。「寒くない。」私はかさねて尋ねた。「ほんとうに寒くないか。」だるまは答えた。「寒くない。」「ほんとうに。」「寒くない。」傍に寝ている誰かが私たちを見て笑った。「この子はだるまがお好きなようだ。いつまでも黙ってだるまを見ている。」

おとなたちが皆、寝しずまってしまうと、家じゅうを四五十の鼠が駈けめぐるのを私は知っている。たまには、四五匹の青大将が畳のうえを這いまわる。おとなたちは、鼻音をたてて眠っているので、この光景を知らない。鼠や青大将が寝床のなかにまではいって行くのであるが、おとなたちは知らない。私は夜、いつも全く眼をさましている。昼間、みんなの見ている前で、少し眠る。

私は誰にも知られずに狂い、やがて誰にも知られずに直っていた。

それよりもまだ小さかった頃のこと。麦畑の麦の穂のうねりを見るたびごとに思い出す。私は麦畑の底の二匹の馬を見つめていた。赤い馬と黒い馬。たしかに努めていた。私は力を感じたので、その二匹の馬が私をすぐ身近に放置してきっぱりと問題外にしている無礼に対し、不満を覚える余裕さえなかった。

もう一匹の赤い馬を見た。あるいは同じ馬であったかも知れぬ。針仕事をしていたようであった。しばらくしては立ちあがり、はたはたと着物の前をたたくのだ。糸屑を払い落す為であったかも知れぬ。からだをくねらせて私の片頬へ縫針を突き刺した。「坊や、痛いか。痛いか。」私には痛かった。

私の祖母が死んだのは、こうして様様に指折りかぞえながら計算してみると、私の生後八カ月目のころのことである。このときの思い出だけは、霞が三角形の裂け目を作って、そこから白昼の透明な空がだいじな肌を覗かせているようにそんな案配にはっきりしている。祖母は顔もからだも小さかった。髪のかたちも小さかった。胡麻粒ほどの桜の花弁を一ぱいに散らした縮緬の着物を着ていた。私は祖母に抱かれ、香料のさわやかな匂いに酔いながら、上空の烏の喧嘩を眺めていた。祖母は、あなや、と叫んで私を畳のうえに投げ飛ばした。ころげ落ちながら私は祖母の顔を見つめていた。祖母は下顎をはげしくふるわせ、二度も三度も真白い歯を打ち鳴らした。やがてころりと仰向きに寝ころがった。おおぜいのひとたちは祖母のまわりに駈せ集い、一斉に鈴虫みたいな細い声を出して泣きはじめた。私は祖母とならんで寝ころがりながら、死人の顔をだまって見ていた。たけた祖母の白い顔の、額の両端から小さい波がちりちりと起り、顔一めんにその皮膚の波がひろがり、みるみる祖母の顔を皺(しわ)だらけにしてしまった。人は死に、皺はにわかに生き、うごく。うごきつづけた。皺のいのち。それだけの文章。そろそろと堪えがたい悪臭が祖母の懐の奥から這い出た。

いまもなお私の耳朶(みみたぶ)をくすぐる祖母の子守歌。「狐の嫁入り、婿(むこ)さん居ない。」その余の言葉はなくもがな。(未完)

陰火

誕生

二十五の春、そのひしがたの由緒ありげな學帽を、たくさんの希望者の中でとくにへどもどまごつきながら願ひ出たひとりの新入生へ、くれてやつて、歸鄕した。鷹の羽の定紋うつた輕い幌馬車は、若い主人を乘せて、停車場から三里のみちを一散にはしつた。からころと車輪が鳴る、馬具のはためき、馭者の叱咤、蹄鐵のにぶい響、それらにまじつて、ひばりの聲がいくども聞えた。

北の國では、春になつても雪があつた。道だけは一筋くろく乾いてゐた。田圃の雪もはげかけた。雪をかぶつた山脈のなだらかな起伏も、むらさきいろに萎えてゐた。その山脈の麓、黃いろい材木の積まれてあるあたりに、低い工場が見えはじめた。太い煙突から晴れた空へ煙が青くのぼつてゐた。彼の家である。新しい卒業生は、ひさしぶりの故鄕の風景に、ものうい瞳をそつと投げたきりで、さもさもわざとらしい小さなあくびをした。

さうして、そのとしには、彼はおもに散歩をして暮した。彼のうちの部屋部屋をひとつひとつ廻つて歩いて、そのおのおのの部屋の香をなつかしんだ。洋室は藥草の臭氣がした。茶の間は牛乳。客間には、なにやら恥かしい匂ひが。彼は、表二階や裏二階や、離れ座敷にもさまよひ出た。いちまいの襖をするするあける度毎に、彼のよごれた胸が幽かにときめくのであつた。それぞれの匂ひはきつと彼に都のことを思ひ出させたからである。

彼は家のなかだけでなく、野原や田圃をもひとりで散歩した。野原の赤い木の葉や田圃の浮藻の花は彼も輕蔑して眺めることができたけれども、耳をかすめて通る春の風と、ひくく騷いでゐる秋の滿目の稻田とは、彼の氣にいつてゐた。

寢てからも、むかし讀んだ小型の詩集や、眞紅の表紙に黑いハムマアの畫かれてあるやうな、そんな書物を枕元に置くことは、めつたになかつた。寢ながら電氣スタンドを引き寄せて、兩のてのひらを眺めてゐた。手相に凝つてゐたのである。掌にはたくさんのこまかい皺がたたまれてゐた。そのなかに三本の際だつて長い皺が、ちりちりと横に並んではしつてゐた。この三つのうす赤い鎖が彼の運命を象徵してゐるといふのであつた。それに依れば、彼は感情と智能とが發達してゐて、生命は短いといふことになつてゐた。おそくとも二十代には死ぬるといふのである。

その翌る年、結婚をした。べつに早いとも思はなかつた。美人でさへあれば、と思つた。華やかな婚禮があげられた。花嫁は近くのまちの造り酒屋の娘であつた。色が淺黒くて、なめらかな頬にはうぶ毛さへ生えてゐた。編物を得意としてゐた。ひとつき程は彼も新妻をめづらしがつた。

そのとしの、冬のさなかに父は五十九で死んだ。父の葬儀は雪の金色に光つてゐる天氣のいい日に行はれた。彼は袴のももだちをとり、藁靴はいて、山のうへの寺まで十町ほどの雪道をぱたぱた歩いた。父の柩は輿にのせられて彼のうしろへついて來た。そのあとには彼の妹ふたりがまつ白いヴエルで顔をつつんで立つてゐた。行列は長くつづいてゐた。

父が死んで彼の境遇は一變した。父の地位がそつくり彼に移つた。それから名聲も。

さすがに彼はその名聲にすこし浮はついた。工場の改革などをはかつたのである。さうして、いちどでこりこりした。手も足も出ないのだとあきらめた。支配人にすべてをまかせた。彼の代になつて、かはつたのは、洋室の祖父の肖像畫がけしの花の油畫と掛けかへられたことと、まだある、黒い鐵の門のうへに佛蘭西風の軒燈をぼんやり灯した。

すべてが、もとのままであつた。變化は外からやつて來た。父にわかれて二年目の夏のことであつた。そのまちの銀行の様子がをかしくなつたのである。もしものときには、彼の家も破産せねばいけなかつた。

救濟のみちがどうやらついた。しかし、支配人は工場の整理をもくろんだのである。そのことが使用人たちを怒らせた。彼には、永いあひだ氣にかけてゐたことが案外はやく來てしまつたやうな心地がした。奴等の要求をいれさせてやれ、と彼はわびしいよりむしろ腹立たしい氣持ちで支配人に言ひつけた。求められたものは與へる。それ以上は與へない。それでいいだらう？　と彼は自身のこころに尋ねた。小規摸の整理がつつましく行はれた。

その頃から寺を好き始めた。寺は、すぐ裏の山のうへでトタンの屋根を光らせてゐた。彼はそこの住職と親しくした。住職は痩せ細つて老いぼれてゐた。けれども右の耳朶がちぎれてゐて黑い痕をのこしてゐるので、ときどきは兇惡な顏にも見えた。夏の暑いまさかりでも、彼は長い石段をてくてくのぼつて寺へかよふのである。庫裡の縁先には夏草が高くしげつてゐて、鷄頭の花が四つ五つ咲いてゐた。住職はたいてい晝寢をしてゐるのであつた。彼はその縁先からもしもしと聲をかけた。時々とかげが縁の下から青い尾を振つて出て來た。

彼はきやうもんの意味に就いて住職に問ふのであつた。住職はちつとも知らなかつた。

住職はまごついてから、あははは聲を立てて笑ふのであつた。彼もほろにがく笑つてみせた。それでよかつた。ときたま住職へ怪談を所望した。住職は、かすれた聲で二十いくつの怪談をつぎつぎと語つて聞せた。この寺にも怪談があるだらう、と追及したら、住職は、とんとない、と答へた。

それから一年すぎて、彼の母が死んだ。彼の母は父の死後、彼に遠慮ばかりしてゐた。あまりおどおどして、命をちぢめたのである。母の死とともに彼は寺を厭いた。母が死んでから始めて氣がついたことだけれども、彼の寺沙汰は、母への奉仕を幾分ふくめてゐたのであつた。

母に死なれてからは、彼は小家族のわびしさを感じた。妹ふたりのうち、上のは、隣のまちの大きい割烹店へとついでゐた。下のは、都の、體操のさかんな或る私立の女學校へかよつてゐて、夏冬の休暇のときに歸郷するだけであつた。黒いセルロイドの眼鏡をかけてゐた。彼等きやうだい三人とも、眼鏡をかけてゐたのである。彼は鐵ぶちを掛けてゐた。姉娘は細い金ぶちであつた。

彼はとなりまちへ出て行つてあそんだ。自分の家のまはりでは心がひけて酒もなんにも飲めなかつた。となりのまちでささやかな醜聞をいくつも作つた。やがてそれにも疲れた。

子供がほしいと思つた。少くとも、子供は妻との氣まづさを救へると考へた。彼には妻のからだがさかなくさくてかなはなかつた。鼻に附いたのである。

三十になつて、少しふとつた。毎朝、顔を洗ふときに兩手へ石鹸をつけて泡をこしらへてゐると、手の甲が女のみたいにつるつる滑つた。指先が煙草のやにで黄色く染まつてゐた。洗つても洗つても落ちないのだ。煙草の量が多すぎたのである。一日にホープを七箱づつ吸つてゐた。

そのとしの春に、妻が女の子を出産した。その二年ほどまへ、妻が都の病院に凡そひとつきも祕密な入院をしたのであつた。

女の子は、ゆりと呼ばれた。ふた親に似ないで色が白かつた。髮がうすくて、眉毛はないのと同じであつた。腕と脚が氣品よく細長かつた。生後二箇月目には、體重が五瓩、身長が五十八糎ほどになつて、ふつうの子より發育がよかつた。

生れて百二十日目に大がかりな誕生祝ひをした。

「おれは君とちがつて、どうやらおめでたいやうである。おれは處女でない妻をめとつて、三年間、その事實を知らずにすごした。こんなことは口に出すべきではないかも知れぬ。いまは幸福さうに編物へ熱中してゐる妻に對しても、むざんである。また、世の中のたくさんの夫婦に對しても、いやがらせとなるであらう。しかし、おれは口に出す。君のとりすました顏を、なぐりつけてやりたいからだ。

おれは、ヴアレリイもプルウストも讀まぬ。おほかた、おれは文學を知らぬのであらう。知らぬでもよい。おれは別なもつとほんたうのものを見つめてゐる。人間を。人間といふ謂はば市場の蒼蠅を。それゆゑおれにとつては、作家こそすべてである。作品は無である。どういふ傑作でも、作家以上ではない。作家を飛躍し超越した作品といふものは、讀者の眩惑である。君は、いやな顏をするであらう。讀者にインスピレエシヨンを信じさせたい君は、おれの言葉を卑俗とか生野暮とかといやしめるにちがひない。そんならおれは、もつとはつきり言つてもよい。おれは、おれの作品がおれのためになるときだけ仕事をするのである。君がまさしく聰明ならば、おれのこんな態度をこそ鼻で笑へる筈だ。笑へないならば、今後、かしこさうに口まげる癖をよし給へ。

おれは、いま、君をはづかしめる意圖からこの小説を書かう。この小説の題材は、おれの恥さらしとなるかも知れぬ。けれども、決して君に憐憫の情を求めまい。君より高い立場に據つて、人間のいつはりない苦惱といふものを君の横面にたたきつけてやらうと思ふのである。

おれの妻は、おれとおなじくらゐの嘘つきであつた。ことしの秋のはじめ、おれは一篇の小説をしあげた。それは、おれの家庭の仕合せを神に誇つた短篇である。おれは妻にもそれを讀ませた。妻は、それをひくく音讀してしまつてから、いいわ、と言つた。さうして、おれにだらしない動作をしかけた。おれは、どれほどのろまでも、かういふ妻のそぶりの蔭に、ただならぬ氣がまへを見てとらざるを得なかつたのである。おれは、妻のそんな不安がどこからやつて來たのか、それを考へて三夜をつひやした。おれの疑惑は、ひとつのくやしい事實にかたまつて行くのであつた。おれもやはり、十三人目の椅子に坐るべきおせつかいな性格を持つてゐた。

おれは妻をせめたのである。このことにもまた三夜をつひやした。妻は、かへつておれを笑つてゐた。ときどきは怒りさへした。おれは最後の奸策をもちゐた。その短篇には、おれのやうな男に處女がさづかつた歡喜をさへ書きしるされてゐるのであつたが、おれはその箇所をとりあげて、妻をいぢめたのである。おれはいまに大作家になるのであるから、この小説もこののち百年は世の中にのこるのだ。するとお前は、この小説とともに百年のちまで嘘つきとして世にうたはれるであらう、と妻をおどかした。無學の妻は、果しておびえた。しばらく考へてから、たうとうおれに囁いた。たつたいちど、と囁いたのである。おれは笑つて妻を愛撫した。わかいころの怪我であるゆゑ、それはなんでもないことだ、と妻に元氣をつけてやつて、おれはもつとくはしく妻に語らせるのであつた。ああ、妻はしばらくして、二度、と訂正した。それから、三度、と言つた。おれは尚も笑ひつづけながら、どんな男か、とやさしく尋ねた。おれの知らない名前であつた。妻がその男のことを語つてゐるうちに、おれは手段でなく妻を抱擁した。これは、みじめな愛慾である。同時に眞實の愛情である。妻は、つひに、六度ほど、と吐きだして聲を立てて泣いた。

その翌る朝、妻はほがらかな顏つきをしてゐた。あさの食卓に向ひ合つて坐つたとき、妻はたはむれに、兩手あはせておれを拜んだ。おれも陽氣に下唇を噛んで見せた。すると妻はいつそうくつろいだ樣子をして、くるしい？　とおれの顏を覗いたでないか。おれは、すこし、と答へた。

おれは君に知らせてやりたい。どんな永遠のすがたでも、きつと卑俗で生野暮なものだといふことを。

その日を、おれはどうして過したか、これも君に教へて置かう。

こんなときには、妻の顔を、妻の脱ぎ捨ての足袋を、妻にかかはり合ひのある一切を見てはいけない。妻のそのわるい過去を思ひ出すからといふだけでない。おれと妻との最近までの安樂だつた日を追想してしまふからである。その日、おれはすぐ外出した。ひとりの少年の洋畫家を訪れることにきめたのである。この友人は獨身であつた。妻帶者の友人はこの場合ふむきであらう。

おれはみちみち、おれの頭腦がからつぽにならないやうに警戒した。昨夜のことが入りこむすきのないほど、おれは別な問題について考へふけるのであつた。人生や藝術の問題はいくぶん危險であつた。殊に文學は、てきめんにあのなまな記憶を呼び返す。おれは途上の植物について頭をひねつた。からたちは、灌木である。春のをはりに白色の花をひらく。何科に屬するかは知らぬ。秋、いますこし經つと黄いろい小粒の實がなるのだ。それ以上を考へつめると危い。おれはいそいで別な植物に眼を轉ずる。すすき。これは禾本科に屬する。たしか禾本科と教はつた。この白い穗は、をばな、といふのだ。秋の七草のひとつである。秋の七草とは、はぎ、ききやう、かるかや、なでしこ、それから、をばな。もう二つ足りないけれど、なんであらう。六度ほど。だしぬけに耳へささやかれたのである。

おれはほとんど走るやうにして、足を早めた。いくたびとなく躓いた。この落葉は。いや、植物はよさう。もつと冷いものを。もつと冷いものを。よろめきながらもおれは陣容をたて直したのである。

おれは、AプラスBの二乘の公式を心のなかで誦した。そのつぎには、AプラスBプラスCの二乘の公式について、研究した。

君は不思議なおもちを装うておれの話を聞いてゐる。けれども、おれは知つてゐる。おそらくは君も、おれのやうな災難を受けたときには、いや、もつと手ぬるい問題にあつてさへ君の日ごろの高雅な文學論を持てあまして、數學はおろか、かぶと蟲いつぴきにさへとりすがらうとするであらう。

おれは人體の内臟器官の名稱をいちいち數へあげながら、友人の居るアパアトに足を踏みいれた。

友人の部屋の扉をノツクしてから、廊下の東南の隅につるされてある丸い金魚鉢を見あげ、泳いでゐる四つの金魚について、その鰭の數をしらべた。友人は、まだ寢てゐたのであつた。片眼だけをしぶくあけて、出て來た。友人の部屋へはひつて、おれはやうやくほつとした。

いちばん恐ろしいのは孤獨である。なにか、おしやべりをしてゐると助かる。相手が女だと不安だ。男がよい。とりわけ好人物の男がよい。この友人はかういふ條件にかなつてゐる。

おれは友人の近作について饒舌をふるつた。それは二十號の風景畫であつた。彼にしては大作の部類である。水の澄んだ沼のほとりに、赤い屋根の洋館が建つてゐる畫であつた。友人は、それを内氣らしくカンヴアスを裏がへしにして部屋の壁へ寄せかけて置いたのに、おれは、躊躇せずそれをまたひつくりかへして眺めたのである。おれはそのときどんな批評をしたのであらうか。もし、君の藝術批評が立派なものであるとしたなら、おれはそのときの批評も、まんざらではなかつたやうである。なぜと言つて、おれもまた君のやうに、一言なかるべからず式の批評をしたからである。モチイフについて、色彩について、構圖について、おれはひとわたり難癖をつけることができた。能ふかぎりの概念的な言葉でもつて。

友人はいちいちおれの言ふことを承認した。いやいや、おれは始めから友人に言葉をさしはさむ餘裕をさへ與へなかつたほど、おしやべりをつづけたのである。

しかし、かういふ饒舌も、しんから安全ではない。おれは、ほどよいところで打ち切つて、この年少の友に將棋をいどんだ。ふたりは寢床のうへに坐つて、くねくねと曲つた線のひかれてあるボオル紙へ駒をならべ、早い將棋をなんばんとなくさした。友人はときどき永いふんべつをしておれに怒られ、へどもどとまごつくのであつた。たとへ一瞬時でも、おれは手持ちぶさたな思ひをしたくなかつたのである。

こんなせつぱつまつた心がまへは所詮ながくつづかぬものである。おれは將棋にさへ危機を感じはじめた。やうやく疲勞を覺へたのだ。よさう、と言つて、おれは將棋の道具をとりのけ、その寢床のなかへもぐり込んだ。友人もおれとならんで仰向けにころがり煙草をふかした。おれは、うつかり者。休止は、おれにとつては大敵なのだつた。かなしい影がもうはや、いくどとなくおれの胸をかすめる。おれは、さて、さて、と意味もなく呟いては、その大きい影を追ひはらつてゐた。とてもこのままではならぬ。おれは動いてゐなければいけないのだ。

君は、これを笑ふであらうか。おれは寢床へ腹這ひになつて、枕元に散らばつてあつた鼻紙をいちまい拾ひ、折紙細工をはじめたのである。

まづこの紙を對角線に沿うて二つに折つて、それをまた二つに疊んで、かうやつて袋を作つて、それから、こちらの端を折つて、これは翼、こちらの端を折つて、これはくちばし、かういふ工合ひにひつぱつて、ここのちひさい孔からぷつと息を吹きこむのである。これは、鶴。」

水車

橋へさしかかつた。男はここで引きかへさうと思つた。女はしづかに橋を渡つた。男も渡つた。

女のあとを追つてここまで歩いて來なければいけなかつたわけを、男はあれこれと考へてみた。みれんではなかつた。女のからだからはなれたとたんに、男の情熱はからつぽになつてしまつた筈である。女がだまつて歸り仕度をはじめたとき、男は煙草に火を點じた。おのれの手のふるへてもゐないのに氣が附いて、男はいつそう白白しい心地がした。そのままほつて置いてもよかつたのである。男は女と一緒に家を出た。

二人は土堤の細い道を、あとになりさきになりしながらゆつくり歩いた。初夏の夕暮れのことである。はこべの花が道の兩側にてんてんと白く咲いてゐた。

憎くてたまらぬ異性にでなければ關心を持てない一群の不仕合せな人たちがゐる。男もさうであつた。女もさうであつた。女はけふも郊外の男の家を訪れて、男の言葉の一つ一つに譯のわからぬ嘲笑を浴びせたのである。男は、女の執拗な侮蔑に對して、いまこそ腕力を用ゐようと決心した。女もそれを察して身構へた。かういふせつぱつまつたわなきが、二人のゆがめられた愛慾をあふりたてた。男の力はちがつた形式で行はれた。めいめいのからだを取り返へしたとき、二人はみぢんも愛し合つてゐない事實をはつきり知らされた。

かうやつて二人ならんで歩いてゐるが、お互ひに妥協の許さぬ反撥を感じてゐた。以前にました憎惡を。

土堤のしたには、二間ほどのひろさの川がゆるゆると流れてゐた。男は薄闇のなかで鈍く光つてゐる水のおもてを見つめながら、また、引きかへさうかしら、と考へた。女は、うつむいたまま道を眞直に歩いてゐた。男は女のあとを追つた。

みれんではない。解決のためだ。いやな言葉だけれど、あとしまつのためだ。男は、やつと言ひわけを見つけたのである。男は女から十歩ばかり離れて歩きながら、ステツキを振つてみちみちの夏草を薙ぎ倒してゐた。かんにんして下さい、とひくく女に囁けば、何か月なみの解決がつきさうにも思はれる。男はそれも心得てゐた。が、言へなかつた。だいいち時機がおくれてゐる。これは、その直後にこそ效果のある言葉らしい。ふたりが改めて對陣し直したいまになつて、これを言ひだすのは、いかにも愚かしくないか。男は青蘆をいつぽん薙ぎ倒した。

列車のとどろきが、すぐ背後に聞えた。女は、ふつと振りむいた。男もいそいで顔をうしろにねぢむけた。列車は川下の鐵橋を渡つてゐた。あかりを灯した客車が、つぎ、つぎ、つぎ、つぎと彼等の眼の前をとほつていつた。男は、おのれの背中にそそがれてゐる女の視線をいたいほど感じてゐた。列車は、もう通り過ぎてしまつて、前方の森の蔭からその車輛のひびきが聞えるだけであつた。男は、ひと思ひに、正面にむき直つた。もし女と視線がかち合つたなら、そのときには鼻で笑つてかう言つてやらう。日本の汽車もわるくないね。

女はけれども、よほど遠くをすたすた歩いてゐたのである。白い水玉をちらした仕立おろしの黄いろいドレスが、夕闇を透して男の眼にしみた。このまうちへ歸るつもりかしら。いつそ、けつこんしようか。いや、ほんたうはけつこんしないのだが、あとしまつのためにそんな相談をしかけてみるのだ。

男はステツキをぴつたり小脇にかかへて、はしりだした。女へ近づくにつれて、男の決意がほぐれはじめた。女は痩せた肩をすこしいからせて、ちやんとした足どりで歩いてゐた。男は、女の二三歩うしろまではしつて來て、それからのろのろと歩いた。憎惡だけが感ぜられるのだ。女のからだぢゆうから、我慢できぬいやな臭ひが流れ出てくるやうに思はれた。

二人はだまつて歩きつづけた。道のまんなかにひとむれの川楊が、ぽつかり浮んだ。女はその川楊の左側を歩いた。男は右側をえらんだ。

逃げよう。解決もなにも要らぬ。おれが女の心に油ぎつた惡黨として、つまりふつうの男として殘つたとて、構はぬ。どうせ男はかういふものだ。逃げよう。

川楊のひとむれを通り越すと、二人は顏を合せずに、またより添つて歩いた。たつたひとこと言つてやらうか。おれは口外しないよ、と。男は片手で袂の煙草をさぐつた。それとも、かう言つてやらうか。令孃の生涯にいちど、奧樣の生涯にいちど、それから、母親の生涯にいちど、誰にもあることです。よいけつこんをなさい。すると、この女はなんと答へるのであらう。ストリンドベリイ？　と反問してくるにちがひない。男はマツチをすつた。女の蒼黑い片頰がゆがんだまま男のつい鼻の先に浮んだ。

たうとう男はたちどまつた。女も立ちどまつた。お互ひに顏をそむけたまま、しばらく立ちつくしてゐたのである。男は女が泣いてもゐないらしいのをいまいましく思ひながら、わざと氣輕さうにあたりを見廻した。ぢき左側に男の好んで散歩に來る水車小屋があつた。水車は闇の中でゆつくりゆつくりまはつてゐた。女は、くるつと男に背をむけて、また歩きだした。男は煙草をくゆらしながら踏みとどまつた。呼びとめようとしないのだ。

尼

九月二十九日の夜更けのことであつた。あと一日がまんをして十月になつてから質屋へ行けば、利子がひと月分まうかると思つたので、僕は煙草ものまずにその日いちにち寝てばかりゐた。晝のうちにたくさん眠つた罰で、夜は眠れないのだ。夜の十一時半ころ、部屋の襖がことことと鳴つた。風だらうと思つてゐたのだが、しばらくして、またことことと鳴つた。おや、誰か居るのかなとも思はれ、蒲團から上半身をくねくねはみ出させて腕をのばし襖をあけてみたら、若い尼が立つてゐた。

中肉のやや小柄な尼であつた。頭は青青してゐて、顏全體は卵のかたちに似てゐた。頬は淺黒く、粉つぽい感じであつた。眉は地藏さまの三日月眉で、眼は鈴をはつたやうにぱつちりしてゐて、睫がたいへん長かつた。鼻はこんもりともりあがつて小さく、兩唇はうす赤くて少し大きく、紙いちまいの厚さくらゐあいてゐてそのすきまから眞白い齒列が見えてゐた。こころもち受け口であつた。墨染めのころもは糊つけしてあるらしく折目折目がきつちりとたつてゐて、いくらか短かめであつた。脚が三寸くらゐ見えてゐて、そのゴム毬みたいにふつくりふくらんだ桃いろの脚にはうぶ毛が薄く生えそろひ、足頸が小さすぎる白足袋のためにきつくしめつけられて、くびれてゐた。右手には青玉の珠數を持ち、左手には朱いろの表紙の細長い本を持つてゐた。

僕は、ああ妹だなと思つたので、おはひりと言つた。尼は僕の部屋へはひり、靜かにうしろの襖をしめ、木綿の固いころもにかさかさと音を立てさせながら僕の枕元まで歩いて來て、それから、ちやんと坐つた。僕は蒲團の中へもぐりこみ、仰向けに寢たままで尼の顏をまじまじと眺めた。だしぬけに恐怖が襲つた。息がとまつて、眼さきがまつくろになつた。

「よく似てゐるが、あなたは妹ぢやないのですね。」はじめから僕には妹などなかつたのだな、とそのときはじめて氣がついた。「あなたは、誰ですか。」

尼は答へた。

「私はうちを間違へたやうです。仕方がありません。同じやうなものですものね。」恐怖がすこしづつ去っていった。僕は尼の手を見てゐた。爪が二分ほども伸びて、指の節は黒くしなびてゐた。

「あなたの手はどうしてそんなに汚いのです。かうして寝ながら見てゐると、あなたの喉や何かはひどくきれいなのに。」

尼は答へた。

「汚いことをしたからです。私だって知ってゐます。だからかうして珠數やお經の本で隠さうとしてゐるのです。私は色の配合のために珠數とお經の本とを持って歩いてゐるのです。黒いころもには青と朱の二色がよくうつって、私のすがたもまさって見えます。」さう言ひながら、お經の本のペエジをぱらぱらめくった。「讀みませうか。」

「ええ。」僕は眼をつぶった。

「おふみさまです。夫人間ノ浮生ナル相ヲツラツラ觀ズルニ、オホヨソハカナキモノハ、コノ世ノ始中終マボロシノゴトクナル一期ナリ、──てれくさくて讀まれるものか。べつなのを讀みませう。夫女人ノ身ハ、五障三従トテ、オトコニマサリテカカルフカキツミノアルナリ、コノユヘニ一切ノ女人ヲバ、──馬鹿らしい。」

「いい聲だ。」僕は眼をつぶつたままで言つた。「もつとつづけなさいよ。僕は一日一日、退屈でたまらないのです。誰ともわからぬひとの訪問を驚きもしなければ好奇心も起さず、なんにも聞かないで、かうして眼をつぶつてらくらくと話し合へるといふことが、僕もそんな男になれたといふことが、うれしいのです。あなたは、どうですか。」

「いいえ。だつて、仕方がありませんもの。お伽噺がおすきですか。」

「すきです。」

尼は語りはじめた。

「蟹の話をいたしませう、月夜の蟹の痩せてゐるのは、砂濱にうつるおのが醜い月影におびえ、終夜ねむらず、よろばひ歩くからであります。月の光のとどかない深い海の、ゆらゆら動く昆布の森のなかにおとなしく眠り、龍宮の夢でも見てゐる態度こそゆかしいのでせうけれども、蟹は月にうかされ、ただ濱邊へとあせるのです。砂濱へ出るや、たちまちおのが醜い影を見つけ、おどろき、かつはおそれるのです。ここに男あり、ここに男あり、形蟹は泡をふきつつさう呟き呟きよろばひ歩くのです。蟹の甲羅はつぶれ易い。いいえ、形からして、つぶされるやうにできてゐます。蟹の甲羅のつぶれるときは、くらつしゆといふ音が聞えるさうです。むかし、いぎりすの或る大きい蟹は、生まれながらに甲羅が赤くて美しかつた。この蟹の甲羅は、いたましくもつぶされかけました。それは民衆の罪なのでせうか。またはかの大蟹のみづから招いたむくいなのでせうか。大蟹は、ひと日その白い肉のはみ出た甲羅をせつなげにゆさぶりゆさぶり、とあるカフヱへはひつたのでした。カフヱには、たくさんの小蟹がむれつどひ、煙草をくゆらしながら女の話をしてゐました。そのなかの一匹、ふらんす生れの小蟹は、澄んだ眼をして、かの大蟹のすがたをみつめました。その小蟹の甲羅には、東洋的な灰色のくすんだ縞がいつぱいに交錯してゐました。大蟹は、小蟹の視線をまぶしさうにさけつつ、こつそり囁いたといふのです。『おまへ、くらつしゆされた蟹をいぢめるものぢやないよ。』ああ、その大蟹に比較すれば、小さくて小さくて、見るかげもないまづしい蟹が、いま北方の海原から恥を忘れてうかれ出た。月の光にみせられたのです。砂濱へ出てみて、彼もまたおどろいたのでした。この影は、このひらべつたい醜い影は、ほんたうにおれの影であらうか。おれは新しい男である。しかし、おれの影を見給へ。もうはや、おしつぶされかけてゐる。おれの甲羅はこんなに不格好なのだらうか。こんなに弱弱しかつたのだらうか。小さい小さい蟹は、さう呟きつつよろばひ歩くのでした。おれには、才能があつたのであらうか。いや、いや、あつたとしても、それはをかしい才能だ。世わたりの才能といふものだ。お前は原稿を賣り込むのに、編輯者へどんな色目をつかつたか。あの手。この手。泣き落しならば目ぐすりを。おどかしの手か。よい着物を着やうよ。作品に一言も注釋を加へるな。退屈さうにかう言ひ給へ。『もし、よかつたら。』甲羅がうづく。からだの水氣が乾いたやうだ。この海水のにほひだけが、おれのたつたひとつのとりえだつたのに。潮の香がうせたなら、ああ、おれは消えもいりたい。もいちど海へはひらうか。海の底の底の底へもぐらうか。なつかしきは昆布の森。遊牧の魚の群。小蟹は、あへぎあへぎ砂濱をよろばひ歩いたのでした。浦の苫屋のかげでひとやすみ。腐りかけたいさり舟のかげでひとやすみ。この蟹や。何處(いづく)の蟹。百傳(ももづた)ふ。角鹿(つぬが)の蟹。横去(よこさら)ふ。何處(いづく)に到る。……」口を噤んだ。

「どうしたのです。」僕はつぶつてゐた眼をひらいた。

「いいえ。」尼はしづかに答へた。「もつたいないのです。これは古事記の、…………。罰があたりますよ。はばかりはどこでせうかしら。」

「部屋を出て、廊下を右手へまつすぐに行きますと杉の戸板につきあたります。それが扉です。」

「秋にもなりますと女人は冷えますので。」さう言つてから、いたづら兒のやうに頸をすくめ兩方の眼をくるくると廻して見せた。僕は微笑んだ。

尼は僕の部屋から出ていつた。僕はふとんを頭からひきかぶつて考へた。高邁なことがらについて思案したのではなかつた。これあ、まうけものをしたな、と悪黨らしくほくそ笑んだだけのことであつた。

尼は少しあわてふためいた樣子でかへつて來て襖をぴたつとしめてから、立つたままで言つた。

「私は寢なければなりません。もう十二時なのです。かまひませんでせうか。」

僕は答へた。

「かまひません。」

どんなにびんばふをしても蒲團だけは美しいのを持つてゐたいと僕は少年のころから心がけてゐたのであるから、こんな工合ひに不意の泊り客があつたときにでも、まごつくことはなかつたのだ。僕は起きあがり、僕の敷いてゐる三枚の敷蒲團のうちから一枚ひき拔いて、僕の蒲團とならべて敷いた。

「この蒲團は不思議な模樣ですね。ガラス繪みたいだわ。」

僕は自分の二枚の掛蒲團を一枚だけはいだ。

「いいえ。掛蒲團は要らないのです。私はこのままで寢るのです。」

「さうですか。」僕はすぐ僕の蒲團の中へもぐりこんだ。

尼は珠數とお經の本とを蒲團のしたへそつとおしこんでから、ころものままで敷布のない蒲團のうへに橫たはつた。

「私の顏をよく見てゐて下さい。するとみるみる眠つてしまひます。それからすぐきりきりと齒ぎしりをします。すると如來樣がおいでになりますの。」

「如來樣ですか。」

「ええ。佛樣が夜遊びにおいでになります。每晚ですの。あなたは退屈をしていらつしやるのださうですから、よくごらんになればいいわ。なにをお斷りしたのもそのためなのです。」

なるほど、話をはるとすぐ、おだやかな寢息が聞えた。きりきりとするどい音が聞えたとき、部屋の襖がことことと鳴つたのである。僕は蒲團から上半身をはみ出させて腕をのばし襖をあけてみたら、如來が立つてゐた。

二尺くらゐの高さの白象にまたがつてゐたのである。白象には黑く錆びた金の鞍が置かれてゐた。如來はいくぶん、いや、おほいに瘦せこけてゐた。肋骨が一本一本浮き出てゐて、鎧扉のやうであつた。ぼろぼろの褐色の布を腰のまはりにつけてゐるだけで素裸であ皮膚はつた。かまきりのやうに痩せ細つた手足には蜘蛛の巣や煤がいつぱいついてゐた。顔はこぶしほどの大きさで、鼻もただまつくろであつて、短い頭髮は赤くちぢれてゐた。眼もわからず、ただくしやくしやと皺になつてゐた。

「如來様ですか。」

「さうです。」如來の聲はひくいかすれ聲であつた。「のつぴきならなくなつて、出て來ました。」

「なんだか臭いな。」僕は鼻をくんくんさせた。臭かつたのである。如來が出現すると同時に、なんとも知れぬ惡臭が僕の部屋いつぱいに立ちこもつたのである。

「やはりさうですか。この象が死んでゐるのです。樟腦をいれてしまつてゐたのですが、やはり匂ふやうですね。」それから一段と聲をひくめた。「いま生きた白象はなかなか手にはひりませんのでしてね。」

「ふつうの象でもかまはないのに。」

「いや、如來のていさいから言つても、さうはいかないのです。ほんたうに、私はこんな姿をしてまで出しやばりたくはないのです。いやな奴等がひつぱり出すのです。佛教がさかんになつたさうですね。」

「あゝ、如來樣。早くどうにかして下さい。僕はさつきから臭くて息がつまりさうで死ぬ思ひでゐたのです。」

「お氣の毒でした。」それからちよつと口ごもつた。「あなた。私がここへ現はれたとき滑稽ではなかつたかしら。如來の現はれかたにしては、少しぶざまだと思はなかつたでせうか。思つたとほりを言つて下さい。」

「いいえ。たいへん結構でした。御立派だと思ひましたよ。」

「ほほ。さうですか。」如來は幾分からだを前へのめらせた。「それで安心しました。私はさつきからそれだけが氣がかりでならなかつたのです。私は氣取り屋なのかも知れませんね。これで安心して歸れます。ひとつあなたに、いかにも如來らしい退去のすがたをおめにかけませう。」言ひをはつたとき如來はくしやんとくしやみを發し、「しまつた！」と呟いたかと思ふと如來も白象も紙が水に落ちたときのやうにすつと透明になり、元素が音もなくみぢんに分裂し雲と散り霧と消えた。

僕はふたたび蒲團へもぐつて尼を眺めた。尼は眠つたままでにこにこ笑つてゐた。恍惚の笑ひのやうでもあるし、侮蔑の笑ひのやうでもあるし、無心の笑ひのやうでもあるし、役者の笑ひのやうでもあるし、諂ひの笑ひのやうでもあるし、喜悅の笑ひのやうでもあるし、泣き笑ひのやうでもあつた。尼はにこにこ笑ひつづけた。笑つて笑つて笑つてゐるうちに、だんだんと尼は小さくなり、さらさらと水の流れるやうな音とともに二寸ほどの人形になつた。僕は片腕をのばし、その人形をつまみあげ、しさいにしらべた。淺黒い頬は笑つたままで凝結し、雨滴ほどの唇は尚うす赤く、けし粒ほどの白い齒はきつちり並んで生えそろつてゐた。粉雪ほどの小さい兩手はかすかに黒く、松の葉ほど細い兩脚は米粒ほどの白足袋を附けてゐた。僕は墨染めのころものすそをかるく吹いたりなどしてみたのである。

めくら草紙

なんにも書くな。なんにも読むな。なんにも思うな。ただ、生きて在れ！

太古のすがた、そのままの蒼空。みんなも、この蒼空にだまされぬがいい。これほど人間に酷薄なすがたがないのだ。おまえは、私に一箇の銅貨をさえ与えたことがなかった。おれは死ぬるともおまえを拝まぬ。歯をみがき、洗顔し、そのつぎに縁側の籐椅子に寝て、家人の洗濯の様をだまって見ていた。盥の水が、庭のくろ土にこぼれ、流れる。音もなく這い流れるのだ。水到りて渠成る。このような小説があったなら、千年万年たっても、生きて居る。人工の極致と私は呼ぶ。

鋭い眼をした主人公が、銀座へ出て片手あげて円タクを呼びとめるところから話がはじまり、しかもその主人公は高まいなる理想を持ち、その理想ゆえに艱難辛苦をつぶさに嘗め、その恥じるところなき阿修羅のすがたが、百千の読者の心に迫るのだ。そうして、その小説にはゆるぎなき首尾が完備してあって、――私もまた、そのような、小説らしい小説を書こうとしていた。私の中学時代からの一友人が、このごろ、洋装の細君をもらったのであるが、それは、狐なのである。化けているのだ。私にはそれがよくわかっているのだけれども、どうも、可哀想で直接には言えないのだ。狐は、その友人を好いているのだもの。けだものに魅こまれた友人は、私の気のせいか、一日一日と痩せてゆくようである。私は、そしらぬふりして首尾のまったく一貫した小説に仕立ててやり、その友人にそれとなく知らせてやったほうがよいのかもしれぬ。その友人は、「人生四十から。」という本を本棚にかざってあるのを私は見たことがあって、自分の生活を健康と名づけ、ご近所のものたちもまた、その友人を健康であると信じているようである。もし友人が、その小説を読み、「おれは君のあの小説のために救われた。」と言ったなら、私もまた、なかなか、ためになる小説を書いたということにならないだろうか。

けれども、もう、いやだ。水が、音もなく這い、伸びている様を、いま、この目で、見てしまったから、もう、山師は、いやだ。お小説。百篇の傑作を書いたところで、それが、私に於いて、なんだというのだ。(約三時間。)私は眠っていたのではないのだよ。そうだ。おまえの言葉を借りて言えば、私は、思いにしずんでいたのである。

私は、枕草紙の、ペエジを繰る。「心ときめきするもの。——雀のこがひ。児あそばする所の前わたりたる。よき薫物たきて一人臥したる。唐鏡の少しくらき見いでたる。云々。」私、自分の言葉を織ってみる。「目にはおぼろ、耳にもさだかならず、掌中に掬すれども、いつとはなしに指股のあひだよりこぼれ失せる様の、誰にも知られぬ秘めに秘めたる、むなしきもの。わざと三円の借銭をかへさざる。（われは貴族の子ゆへ。）ましろき女の裸身よこたはりたる。（生きものの、かなしみの象徴ゆへ。）わが面貌のたぐひなく、惜しくりりしく思はれたる。おまつり。」もう、よし。私が七つのときに、私の村の草競馬で優勝した得意満面の馬の顔を見た。私は、あれあれと指さして嘲った。それ以来、私の不仕合せがはじまった。おまつりが好きなのだけれども、死ぬるほど好きなのだけれども、私は風邪をひいたといつわり、その日一日、部屋を薄暗くして寝るのである。

ああ、それで何枚になった？（私はお隣りのマツ子ということし十六になる娘に、私の独白を筆記させていたのである。）マツ子は、人差し指の先を嘗めて、一枚二枚三枚四枚、それから、ひいふうみい三行です、と答えた。もう、いいのだ。ありがとう。マツ子から五枚の原稿用紙を受けとり、一枚に平均、三十箇くらいずつの誤字や仮名ちがいを、腹を立てずに、ていねいに直して行きながら、私は、たった五枚か、とげっそりしていた。むかし、江戸番町にお皿の数をかぞえるお菊という幽霊があった。なんどかぞえてもかぞえても、お皿の数が一枚だけ、たった一枚だけ、たりないのである。私には、その幽霊のくやしさが、身にしみてわかった。

こんどは、寝ながら、私ひとりで筆をとって書いてみた。

いま、私の寝ている籐椅子(とういす)のすぐちかくに坐って、かたわらの机に軽くよりかかり「非望」という文芸冊子を、あちこち覗(のぞ)き読みしているこのお隣りの娘について少しだけ書く。

私がこの土地に移り住んだのは昭和十年の七月一日である。八月の中ごろ、私はお隣りの庭の、三本の夾竹桃(きょうちくとう)にふらふら心をひかれた。欲しいと思った。私は家人に言いつけて、どれでもいいから一本、ゆずって下さるよう、お隣りへたのみに行かせた。家人は着物を着かえながら、お金は失礼ゆえ、そのうち私が東京へ出て袋物かなにかのお品を、と言ったが、私は、お金のほうがいいのだ、と言って、二円、家人に手渡した。

家人がお隣りへ行って来ての話に、お隣りの御主人は名古屋のほうの私設鉄道の駅長で、月にいちど家へかえるだけである。そうして、あとは奥さまとことし十六になる娘さんとふたりきりで、夾竹桃のことは、かえって恐縮であって、どれでもお気に召したものを、とおっしゃった。感じのいい奥さまです、ということである。あくる日、すぐ私は、このまちの植木屋を捜しだし、それをつれて、おとなりへお伺いした。つやつやした小造りの顔の、四十歳くらいの婦人がでて来て挨拶した。少しふとって、愛想のよい口元をしていて、私にも、感じがよかった。三本のうち、まんなかの夾竹桃をゆずっていただくことにして、私は、お隣りの縁側に腰をかけ、話をした。たしかに次のようなことを言ったとおぼえている。

「くには、青森です。夾竹桃などめずらしいのです。私には、ま夏の花がいいようです。ねむ。百日紅(さるすべり)。葵(あおい)。日まわり。夾竹桃。蓮(はす)。それから、鬼百合。夏菊。どくだみ。みんな好きです。ただ、木槿(もくげ)だけは、きらいです。」

私は自分が浮き浮きとたくさんの花の名をかぞえあげたことに腹を立てていた。不覚だ！　それきり、ふっと一ことも口をきかなかった。帰りしなに、細君の背後にじっと坐っている小さな女の子へ、

「遊びにいらっしゃい。」と言ってやった。娘は、「はあ。」と答えてそのまましずかに私のうしろについて来て、私の部屋へはいって、坐った。たしかに、そんな工合いであったようである。私は、多少いい気持ちで夾竹桃などに心をひかれたのをくやしく思っていたので、その木の植えかた一さい家人にまかせ、八畳の居間でマツ子と話をした。私には、

なんだか本の二三十ペエジ目あたりを読んでいるような、at home な、あたたかい気がして、私の姿勢をわすれて話をした。

あくる日マツ子は、私のうちの郵便箱に、四つに畳んだ西洋紙を投げこんでいた。眠れず、私はその朝、家人よりも早いくらいに寝床から脱けだし、歯をみがきながら、新聞を取りに出て、その紙きれを見つけたのだ。紙きれには、こう書いていた。

「あなたは尊いお人だ。死んではいけません。誰もごぞんじないのです。私はなんでもいたします。いつでも死にます。」

私は、朝ごはんのときに、家人へその紙きれを見せ、あれは、きっといい子だから、毎日あそびによこすよう、お隣りへおねがいして来い、と言いつけた。マツ子は、それから毎日、かかさず、私の家へ来た。

「マツ子は、いろが黒いから産婆さんにでもなればよい。」と或る日、私がほかのことで怒っていたときに、言ってやった。そんなに醜く黒くはないのだけれども、鼻もひくいし、美しい面貌ではない。ただ、唇の両端が怜悧(れいり)そうに上へめくれあがって、眼の黒く大きいのが取り柄である。姿態について、家人に問うと、「十六では、あれで大きいほうではないでしょうか。」と答えた。また、身なりについては、「いつでも、小ざっぱりしているようじゃございませんか。奥さまが、しっかりしていますものですから。」と答えた。

私は、マツ子と話をして居れば、たまたま、時を忘れる。

「私、十八になれば、京都へいって、お茶屋につとめるの。」

「そうか。もうきまってあるのか。」

「お母さまのお知り合いで大きいお茶屋を、しているおかたがあるんですって。」お茶屋というのは、どうも、料亭のようであった。父が駅長をしていても、そうしなければ、ならないのかなあ、そうかなあ、と断じて不服に思いながら、

「それでは女中じゃないか。」

「ええ。でも、——京都では、ゆいしょのあるご立派なお茶屋なんですって。」

「あそびに行ってやるか。」

「ぜひとも。」ちからをいれていた。それから、遠いところを見ているような眼ざしで、ぼんやり呟いた。「おひとりきりでおいでなさいね。」

「そのほうがいいのか。」

「うん。」袖のはしをつまぐるのをやめて、うなずいた。「大勢さんだと、私の貯金が割合と早くなくなってしまうから。」マツ子は私に、あそばせるつもりであった。

「貯金がそんなにあるのか。」

「お母さまが、私に、保険をつけて下さっているの。私が三十二になれば、お金が何百円だか、たくさん取れるのよ。」

また、ある夜、私は、気の弱い女は父無児(ててなしご)を生むという言葉をふと思い出し、あんなに見えても、マツ子は、ひょっとしたら弱いのじゃないのかしらと気がかりになって、これは、ひとつ、マツ子に聞いてみようと思った。

「マツ子。おまえは、おまえのからだを大事と思っているか。」

マツ子は家人の手伝いをして、隣りの六畳の部屋でほどきものをしていたのだが、しばらく、水を打ったように、ひっそりなった。やがて、

「ええ。」

と答えた。

「そうか、よし。」私は寝返りを打って、また眼をつぶった。安心したのである。

このあいだ、私は、マツ子のいるまえで、煮えたぎっている鉄びんを家人のほうにむけて投げつけた。家人は、私のびんぼうな一友人にこっそりお金を送ろうとして手紙を書いているのを、私は見つけ、ぶんを越えた仕儀はよせ、と言った。家人は、これは私のへそ

くりですから、と平気な顔で答えた。私は、かっとなり、「おまえの気のままになってたまるか。」と言い、鉄びんを天井めがけて、力一ぱいに投げつけた。私はぐったりなって、籐椅子に寝ころび、マツ子を見た。マツ子は、鋏をにぎって立っていた。私を刺すつもりであったろうか。家人を刺すつもりであったろうか。私は、いつでも刺されていいのだから、見て見ぬふりをしていたが、家人は知らなかったようである。

マツ子のことについて、これ以上、書くのは、いやだ。書きたくないのだ。私はこの子をいのちかけて大切にして居る。

マツ子は、もう私の傍にいないのである。私が、家へ、かえしたのである。日が暮れたから。

夜が来た。私は眠らなければならないのだ。これでまる三日三晩、私はどのような手段をつくしても眠れず、そのくせ、眠たくて、終日うつらうつらしているのだ。このようなときには、私よりも、家人のほうが、まいってしまって、私のからだをお撫で下さい、きっと眠れると思います、と言って声たてて泣いたことがある。私は、それを、試みたが、だめであった。そのときの私の眼には、隣村の森ちかくの電燈の光が薊の花に似ていたのを記憶して居る。

私は、いま、眠らなければいけない。けれども、書きかけた創作を、結ばなければいけない。私は寝床の枕元に原稿用紙とBBBの鉛筆とを、そなえて寝た。

毎夜、毎夜、万朶の花のごとく、ひらひら私の眉間のあたりで舞い狂う、あの無量無数の言葉の洪水が、今宵は、また、なんとしたことか、雪のまったく降りやんでしまった空のように、ただ、からっとしていて、私ひとりのこされ、いっそ石になりたいくらいの羞恥の念でいたずらに輾転している。手も届かぬ遠くの空を飛んで居る水色の蝶を捕虫網で、やっとおさえて、二つ三つ、それはむなしい言葉であるのがわかっていながら、とにかく、掴んだ。

夜の言葉。

「ダンテ、――ボオドレエル、――私。その線がふとい鋼鉄の直線のように思われた。その他は誰もない。」「死して、なおすすむ。」「長生をするために生きて居る。」「蹉跌の美。」「Fact だけを言う。私が夜に戸外を歩きまわると、からだにわるいのが痛快にからだにこたえて、よくわかるのだ。竹のステッキ。（近所のものはムチと呼んでいるのを、おれは知って居る。）これがないと、散歩の興味、半減。かならず、電柱を突き、樹木の幹を殴りつけ、足もとの草を薙ぎ倒す。すぐ漁師まち。もう寝しずまっている。朝はやいのだから。泥の海。下駄のまま海にはいる。歯がみをして居る。死ぬことだけを考えてる。男ありて大声叱咤、（だらしがねえぞ。しっかりしろ！）私つぶやいて曰く、（君は、もっとだらしがなくて、心配だ。）船橋のまちには犬がうようよ居やがる。一四一四、私に吠える。芸者が黒い人力車に乗って私を追い越す。うすい幌の中でふりかえる。八月の末、よく観ると、いいのね、と皮膚のきたない芸者ふたりが私の噂をしていたと家人が銭湯で聞いて来て、（二十七八の芸者衆にきっと好かれる顔です。こんど、くにのお兄さまにお願いして、おめかけさんでもお置きになったら？　ほんとうに。）と鏡台のまえに坐り、おしろいを、薄くつけながら言った。（もう一年、否、もう半年はやかったなら！）軒のひくい家の柱時計。それがぼんぼん鳴りはじめた。私は不具の左脚をひきずって走る。否、この男は逃げたのだ。精米屋は骨折り、かせいで居る。全身を米の粉でまっしろにして、かれの妻と三人のおとこの鼻たれのために、帯と、めんこのために、努めて居る。私、（おれだって、いま、こう見えていても、げんざい精出して居るじゃないか。）したがってここでは、誇張されたるもの、精米の機械の音。」「佐藤春夫曰く、悪趣味の極端。したがってここでは、誇張されたるものの美が、もくろまれて居る。」——「文士相軽。文士相重。ゆきつ、戻りつ。——ねむり薬の精緻なる秤器。無表情の看護婦があらあらしく秤器をうごかす。」

始発の電車。

夜が明け、明け放れていっても、私には起きあがることができないのだ。このように、工合のわるい朝には、家人に言いつけて、コップにすこし、お酒を持って来させる。もう起きて歯をみがかなければいけないという思いは、これは、しらじらしくて、かなしいものだ。そんなとき子供は、「おめざ。」を要求する。私にとっては、厳粛なるお酒を、嘗めながら、私は、庭を眺めて、しぶい眼を見はった。庭のまんなかに、一坪くらいの扇型の花壇ができて在るのだ。そろそろと秋冷、身にたえがたくなって来たころ、「庭だけでも、にぎやかにしよう。」といつか私が一言、家人のいるまえで呟いたことのあるのを思い出した。二十種にちかき草花の球根が、けさ、私の寝ている間に植えられ、しかも、その扇型の花壇には、草花の名まえを書いたボオル紙の白い札がまぶしいくらいに林立しているのである。

「ドイツ鈴蘭。」「イチハツ。」「クライミングローズフワバー。」「君子蘭。」「ホワイトアマリリス。」「西洋錦風。」「流星蘭。」「長太郎百合。」「ヒヤシンスグランドメーメー。」「リュウモンシス。」「鹿の子百合。」「長生蘭。」「ミスアンラアス。」「電光種バラ。」「四季咲ぼたん。」「ミセスワン種チュウリップ。」「西洋しゃくやく雪の越。」「黒竜ぼたん。」――私は、いちいち、枕元の原稿用紙に書きしるす。涙が出た。涙は頬を伝い、はだかの胸にまで這い流れる。生れて、はじめての醜をさらす。扇型の花壇。そうして、ヒヤシンスグランドメーメー。ざまを見ろ。もう、とりかえしがつかないのだ。この花壇を眺める者すべて、私の胸の中の秘めに秘めたる田舎くさい鈍重を見つけてしまうにきまって居る。扇型。扇型。ああ、この鼻のさきに突きつけられた、どうしようもないほど私に似ている残虐無道のポンチ画。

お隣りのマツ子は、この小説を読み、もはや私の家へ来ないだろう。私はマツ子に傷をつけたのだから。涙はそのゆえにもまた、こんなに、あとからあとから湧いて出るのか。否とよ。扇型、われに何かせむ。マツ子も要らぬ。私は、この小説を当然の存在にまで漕ぎつけるため、泣いたのだ。私は、死ぬるとも、巧言令色であらねばならぬ。鉄の原則。

いま、読者と別れるに当り、この十八枚の小説に於いて十指にあまる自然の草木の名称を挙げながら、私、それらの姿態について、心にもなきふやけた描写を一行、否、一句だにしなかったことを、高い誇りを以って言い得る。さらば、行け！

「この水や、君の器にしたがうだろう。」

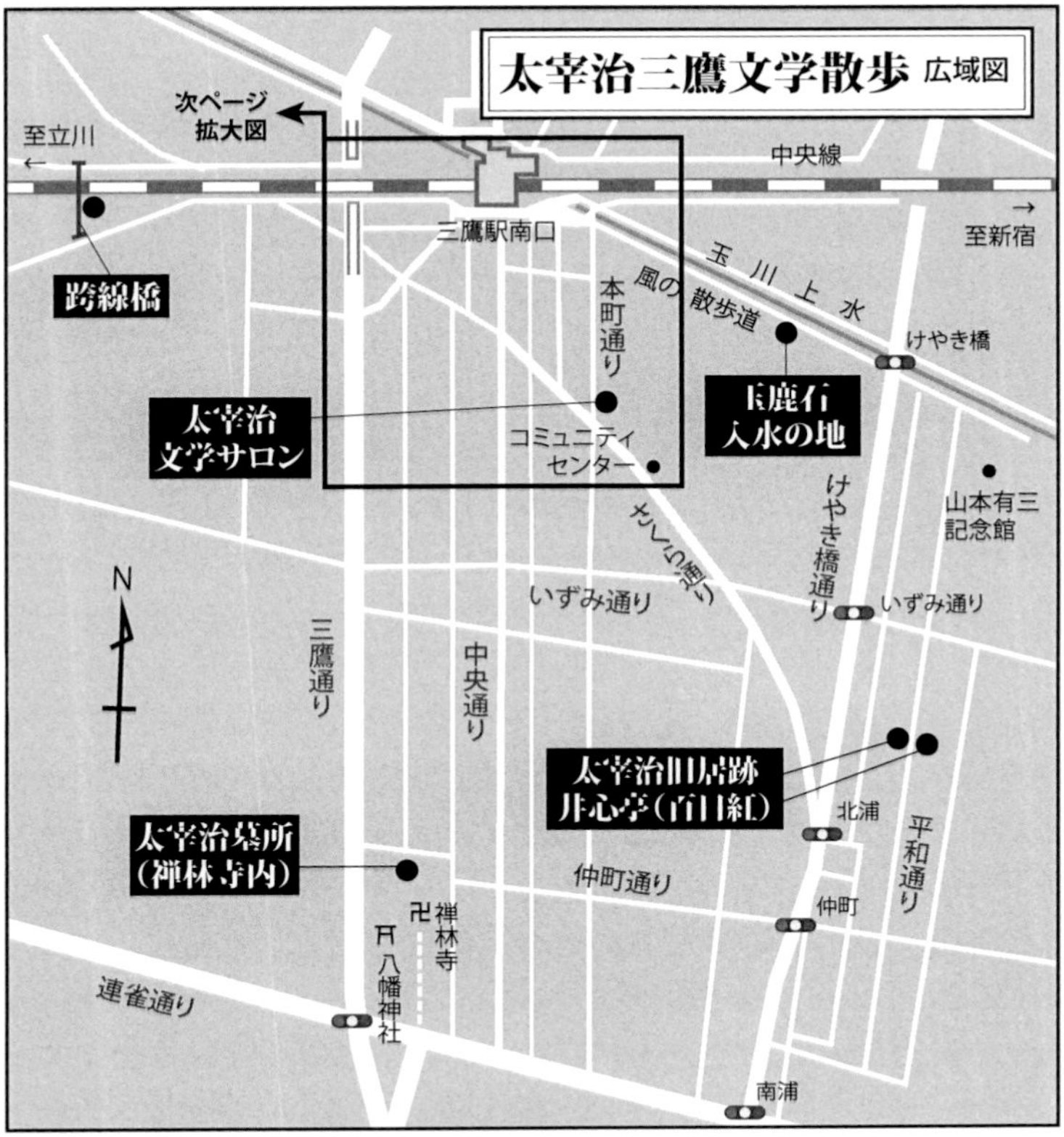

太宰治三鷹文学散歩 広域図

次ページ拡大図
至立川
中央線
至新宿
三鷹駅南口
跨線橋
玉川上水
風の散歩道
けやき橋
本町通り
太宰治文学サロン
玉鹿石 入水の地
コミュニティセンター
むらさき橋通り
山本有三記念館
けやき橋通り
いずみ通り
いずみ通り
三鷹通り
中央通り
太宰治旧居跡 井心亭（百日紅）
北浦
平和通り
太宰治墓所（禅林寺内）
仲町通り
仲町
禅林寺
八幡神社
連雀通り
南浦
N

玉川上水

現在は水面を眺めにくいが、太宰の活躍当時は名前通り水道用水で水量が多く流速も速かった・

玉鹿石（ぎょっかせき）

太宰と山崎富栄が玉川上水に身を投じた場所を示しており、現在は故郷青森金木産の玉鹿石が「風の散歩道」の歩道わきに据えられている。

旧居跡・井心亭の百日紅

旧居跡は平和通から路地（私道）を入った場所。通りに面して三鷹市の和風文化施設の「井心亭（せいしんてい）があり、一角に太宰宅から移植された百日紅（さるすべり）を見ることができる。

太宰治文学散歩 三鷹駅周辺拡大図

太宰治文学サロン

三鷹市下連雀3-16-14グランジャルダン三鷹1F
開館時間：10：00～17：30
休館日：月曜日・年末年始
月曜日が休日の場合は開館（翌：翌々日休館）
入場無料、HP：
https://mitaka-sportsandculture.or.jp/dazai/

三鷹電車庫跨線橋

太宰が訪れていた当時の姿のままの鉄橋が残る。マント姿の太宰の写真が南側駅寄階段下にある。

禅林寺墓所

三鷹駅南口下車　徒歩10分／バス八幡前下車
三鷹市下連雀 4-18-20
霊泉山 禅林寺：太宰治と森鴎外の墓所がある。毎年６月19日の太宰命日には「桜桃忌」の法要が墓前で営まれる。墓参時間は8:00から日没まで。

晩年

二〇二二年六月十三日　初版第一刷発行

原作者：太宰治
発行者：山口和男
発行所：虹色社
一六九〇〇七一　東京都新宿区戸塚町一-一〇二-五　江原ビル一階
電話：〇三-六三〇二-一二四〇／FAX：〇三-六三〇二-一二四一